Peter Nowotny

Klausentreiben

Allgäu-Thriller

Verlag Tobias Dannheimer Kempten

3. Auflage 2008
ISBN 978-3-88881-053-4
Besuchen Sie uns im Internet unter www.allgaeubuch.de

Herstellung:
AZ Druck und Datentechnik GmbH, Kempten

Klausentreiben

Das Klausentreiben ist im Allgäu ein altbekannter Vorweihnachtsbrauch. Burschen verkleiden sich Furcht erregend am fünften und sechsten Dezember mit Fellen, maskieren sich dabei mit riesigen, wild aussehenden Köpfen, auf denen Hörner aufgesetzt sind. Sie binden sich Kuhschellen und Ketten um, bewaffnen sich mit Weidenruten von anderthalb Metern Länge und machen in einigen Orten des Allgäus unter fürchterlichem Gerassel Jagd auf Passanten, vor allem natürlich auf Mädchen. Rutenhiebe müssen aber alle einstecken, die den Klausen in den Weg geraten. Wer dies vermeiden möchte, darf sich um diese Zeit abends nicht in den Ortszentren sehen lassen. Schon einen Tag zuvor, am vierten Dezember, ziehen maskierte „Bärbele", weibliche Gegenparts zu den „Rumpelklausen", ebenfalls durch diese Orte und langen mit ihren Ruten kräftig zu. Trotzdem siegt immer wieder die Neugier bei Jung und Alt dem Treiben beizuwohnen.

Der alte Brauch wird aus dem 17. Jahrhundert überliefert, manche datieren ihn auch in die Keltenzeit zurück. Er gilt bei einigen als „Rügebrauchtum": Dunkelheit und Vermummung sollten der Abrechnung mit Menschen dienen, mit denen man in Fehde lebte. Andere glauben, dass die Klausen in ihrem Häs (Gewand) und dem ohrenbetäubenden Lärm ihrer Schellen und dem Gerassel der Ketten das Dämonische vertreiben und sich deshalb verkleiden, damit die Dämonen sie nicht erkennen, im Gegenteil sogar erschreckt vor ihnen fliehen.

Das Klausentreiben hat mit dem christlichen Nikolausbrauchtum nichts zu tun. Gleichwohl marschieren die Klausen auch relativ gesittet im Gefolge von

St. Nikolaus, wenn dieser am Weihnachtsmarkt erscheint und den Kindern seine Gaben verteilt. Dabei verkörpern die Rumpelklausen nach verschiedener Meinung das vom Christlichen unterworfene Heidentum.

Quelle: Ries, Johannes. Masken Gewalten.
Leipzig: Universitäts-Verlag, 2004

1

Jener Samstag Ende November war nicht gerade der ideale Tag zum Skifahren. Graue Wolken hüllten das Gipfelgebiet des Nebelhorns ein. Sie verursachten ein derart diffuses Licht, dass viele der Skifahrer schon nach einiger Zeit frustriert die Ski abschnallten und stattdessen das Markt-Restaurant an der Station Höfatsblick aufsuchten, um sich dort bei besseren Bedingungen Kaffee und Kuchen oder eine warme Speise zu holen. Das Wetter war eben nicht vorhersehbar. Als man den 27. November als „Ski-Opening" festgelegt hatte, standen die Chancen bei 50 Prozent: Entweder wurde es gut, oder eben schlecht. Etliche Hundert ungeduldiger Skifans waren trotz der Wolken, des Nebels und der mäßigen Schneeverhältnisse zum Nebelhorn hinauf gefahren und hatten die ersten Schwünge in den platt gewalzten Schnee gezogen. Einen echten Skifahrer hält kein schlechtes Wetter dauerhaft von seiner Lieblingstätigkeit ab, auch wenn er nach einiger Zeit im Stillen zugibt, dass es jetzt wohl eher Zeit für den Einkehrschwung wäre.

Die Nebelhornbahn, eine der ältesten Bergbahnen im bayerischen Raum, gleichwohl immer auf dem modernsten technischen Stand, fuhr fleißig vom Tal zur Station Höfatsblick in 1932 Meter Höhe, nahm dann aber am Nachmittag mehr Skifahrer wieder mit ins Tal, als sie von dort nach oben brachte. Mit der neuen Gondel zum Gipfel fuhren nur unverwüstliche Könner weiter, andere benutzten die Koblat-Sesselbahn und deren Pisten.

Geschäftsführer Karl Titscher von der „Nebelhornbahn AG-Fellhornbahn GmbH" atmete auf, als ihm seine Pistenkontrolleure meldeten, dass der Bahnbetrieb ordnungsgemäß um 16 Uhr eingestellt wurde. Ihre Kontrollfahrten hätten ergeben, dass niemand mehr auf einer Piste unterwegs war. Er überflog schnell die Tageseinnahmen und dachte im Stillen, dass sie auf Grund des Wetters gar nicht so übel ausgefallen waren.

„Habt Ihr sicherheitshalber auch die Abfahrt von der Seealpe ins Tal überprüft?“, wandte er sich an einen der beiden rot gekleideten Kontrolleure, die im warmen Büro Platz genommen hatten. Der nickte etwas unschlüssig. „Ja, aber nur von der Gondel aus. Die Schneeverhältnisse sind dort noch nicht so gut, dass jemand mit Ski zur Talstation gefahren wäre.“

„Von der Gondel kann man doch nicht alles einsehen?“, fragte Titscher verwundert.

„Nein, das nicht. Aber die Leute von der Station Seealpe sind mit dem Skido abgefahren. Die haben gleichzeitig die Piste kontrolliert.“

Titscher sah beruhigt aus. Dann war ja ihrer Aufsichtspflicht Genüge getan.

„Geht's heim, Leute, morgen um acht Uhr dreißig fahren wir wieder. Hoffentlich wird das Wetter besser, große Hoffnung habe ich zwar nicht, aber vielleicht geschieht noch ein kleines Wunder“, schloss er mit einem Blick auf den Barometer, der auch nach mehrmaligem Hinklopfen keinen Mucks nach oben oder unten machte. Er fuhr den Computer herunter und schaltete ihn ab. Dann löschte er alle Lichter im Büro, vergewisserte sich, dass niemand mehr im Haus war und machte sich auf den Weg in die Wittelsbacherstraße, wo er mit seiner Frau eine Dreizimmerwohnung besaß.

Zu diesem Zeitpunkt konnte er nicht ahnen, dass ihm der kommende Tag einige zusätzliche graue Haare bescheren würde.

Sonntag, 28. November, war ein trüber, milchignebliger Tag ohne großes Versprechen auf Wetterbesserung. Nach dem üblichen Probelauf der Seilbahn fuhren die Angestellten zur Station Höfatsblick hinauf und verteilten sich auf ihre Arbeitsplätze im

Skigebiet. Einige benutzten die Gondelbahn zum Gipfel, drei fuhren zur Talstation der Koblat-Bahn hinab, wo sie alles für den Tagesbetrieb fertig machten. Es waren die Brüder Hans und Josef Blattner und Eugen Zerle, ein älterer Mitarbeiter. Er war der Verantwortliche für den reibungslosen Betrieb der Sesselbahn, die Richtung Wengenkopf führte. Rechts zog sich ein latschenbesetzter Hangrücken parallel zur Piste bergauf, über den die Snowboarder gern ihre breiten Spuren zogen. Andere Abfahrten folgten der Lifttrasse oder bogen nach Westen aus, wo sie auf die steilen Pisten vom Gipfel stießen.

Zerle blickte die Bahntrasse entlang nach oben. Noch hingen die Sessel leer am Seil, das leicht in einem böigen Wind schwankte. Viele werden heute wohl nicht kommen, dachte er und ging in die Schaltzentrale. Mit geübten Griffen setzte er die Sesselbahn in Fahrt. Dann sah er noch kurz auf die Instrumente, die alle normale Zeigerstände aufwiesen, und verließ den Raum wieder. Die Blattner-Brüder hatten inzwischen ihre vorbereitenden Arbeiten erledigt und Hans machte sich zur Fahrt auf die Bergstation fertig, wo er die Sicherheitskontrolle für den Vormittag übernehmen sollte. Der Nebel war dichter geworden, leichtes Schneetreiben setzte ein. Hans Blattner zog den Kragen seines Anoraks bis unters Kinn hinauf, wo er ihn zuband. Sein Bruder reichte ihm den kleinen Rucksack mit der Brotzeit, zu der auch ein Flachmann mit Enzianschnaps gehörte. Es muss auch die Wärme von innen kommen, dachte er und sah zu, wie sein Bruder langsam nach oben schwebte. Bergstation und Piste waren nicht mehr zu erkennen, die Sichtverhältnisse noch schlechter als gestern. Fast geisterhaft tauchten die Vierer-Sessel aus der grauen Suppe auf und umrundeten mit metallischem Geklapper das untere Seilrad um ihre Fahrt wieder nach oben anzutreten. Josef Blattner schlug die Hände gegeneinander und rieb sie. „Gut, dass ich daheim Handschuhe hab", grinste er dann, „die liegen nämlich schön warm neben dem Kachelofen." Eugen Zerle bot ihm seine Ersatzhandschuhe an, die zwar einige Löcher aufwiesen, aber immer noch besser wärmten als nichts. Doch Blattner schüttelte den Kopf. „Wenn die Leute erst mal kommen, wird es mir schon warm werden! Und falls nicht, komm' ich gerne auf dein Angebot zurück."

Zerle nickte und starrte die Bahn entlang in den Nebel. Hatte er vorhin nicht einen Ruf vernommen? Wohl kaum möglich, bei dem Geräusch des Seilrades. Er machte ein paar Schritte und lauschte in Richtung Berg. Der Wind hatte zugenommen, er riss einige Löcher in den Nebel und trieb Schneeflocken in die Mulde. Plötzlich konnte man zwei Masten weiter nach oben sehen, doch ebenso schnell war die Sicht wieder weg. Zerle wollte gerade wieder in die Talstation hineingehen, als er stutzte und sich noch einmal umdrehte. Irgendetwas war genau in dem Moment zu sehen gewesen, als die Sicht weiter reichte. Irgendetwas, was dort nicht hingehörte. Ein dunkler Fleck im milchigen Grau des Nebels und zwar gerade an einer Stelle, an der das Seil lief. Komisch, dort gab es doch weder Baum noch Strauch? Zerle blieb stehen und starrte hinauf. Seine Mütze lag in der Station, seine Ohren begannen kalt zu werden. Was zum Teufel kann das nur gewesen sein?, dachte er und wollte gerade an eine Halluzination glauben und sich abwenden, als er den dunklen Fleck wieder sah. Merkwürdigerweise war der zu einer dunklen Masse geworden, die direkt auf ihn zuhielt. Das diffuse Licht narrte ihn, Zerle merkte erst im letzten Augenblick, dass sie schon dicht vor ihm war und zwar auf einem Sessel, der von oben kam. Noch ein paar Meter legte der Sessel zurück. Zerle erkannte plötzlich eine zusammengekrümmte Gestalt, an deren einem Bein ein Ski hing, während das andere leblos daneben baumelte.

Blankes Entsetzen erfasste Eugen Zerle. Er wollte Josef Blattner zurufen, die Bahn zu stoppen. Doch er brachte keinen Laut heraus. Eine Gänsehaut jagte über seinen Rücken und als die Gestalt im Sessel an ihm vorbeifuhr, erkannte er einen Mann im Skianzug. Zerle rannte in die Station, um die Bahn abzustellen, schaffte es aber nicht mehr, bevor der Sessel mit dem Mann an das Seilrad kam. Mit lautem Geschepper schleifte der Ski um die Kurve. Das Bein verdrehte sich so, dass der Mann fast aus seinem Sitz gerissen wurde. Endlich konnte Zerle den Not-aus-Hebel umlegen und die Bahn stand mit einem Ruck still. Die Sessel schwankten heftig hin und her, der Mann im Sessel schlug im Gleichklang dazu mit dem Kopf gegen den Holm der Aufhängung. Kaltes Grausen überkam Eugen Zerle. So wie der da drin hing, nur noch von dem Bügel gehalten, konnte er nur tot sein.

Josef Blattners Ruf holte ihn aus seiner Erstarrung zurück. „Was ist los? Warum hast du die Bahn gstoppt?" Er stand außerhalb der Station und konnte den Grund nicht sehen.

„Komm her, schnell, da ist ein ... ein ... Toter im Sessel!!"

Blattner blickte um die Ecke und fragte lachend: „Ein Toter? Hat der auch a Tageskarte?" Doch dann sah er die leblose Gestalt im Sessel baumeln und trat rasch näher. „Mensch ... wer ... wer ist das?" Er starrte auf den Mann im Sessel, dessen Kopf nun wieder nach vorne hing.

„Keine Ahnung, der is von der Bergstation runterkommen, obwohl ja erst die Probefahrt läuft". Zerle war noch immer außer sich.

„Komm, wir müssen nachschauen." Josef Blattner, der bei der Bergwacht war, fing sich schneller. Er ging zu dem Mann und hielt ihm die Finger an die Halsschlagader. Dann drehte er sich um und sagte kopfschüttelnd: „Kein Puls mehr, hätt mich auch gwundert, so kalt wie der schon ist."

„Was machen wir jetzt?", fragte Zerle und trat näher. „Solln wir ihn rausziehen oder lassen, bis die Polizei kommt?"

Blattner hatte bereits sein Handy hervorgeholt und tippte die Nummer vom Betriebsbüro ein. Am anderen Ende meldete sich Karl Titscher. „Ja, was gibt's, Josef?" Am Display hatte er den Anrufer erkannt.

„Mensch, komm sofort!", rief Blattner in die Telefonmuschel, „wir haben einen Toten im Sessel! Wahrscheinlich war der schon über Nacht drin."

„Sag mal, hast du heut schon an Enzian trunken oder ist der Nebel so dicht bei euch, dass du Gespenster siehst?" Titscher war ärgerlich. Nicht so einen Scherz am Sonntag früh!

„Nein, verdammt noch mal! Ich meins ernst, frag doch den Zerle, der hat ihn als erster gsehn. Ruf gleich die Polizei an ..."

„Gib mir mal den Eugen", unterbrach ihn Titscher.

Blattner reichte Zerle das Handy hinüber. „Der Titscher glaubt mir nicht, red du mit ihm!"

„Morgn Karl, der Blattner hat recht. Wir haben wirklich einen Toten in einem Sessel sitzen. Was solln wir machen? Ihn sitzen lassen oder rausholen? Draußen stehen schon ein paar Skifahrer."

„Verdammt noch mal, das hat gerade noch gefehlt! Also ... äh ...nimm als erstes eine Leine und sperr den Zugang ab, dann schick die Skifahrer zur Gondel, sie sollen ... äh ... wegen einer technischen Panne heute nur die Gipfelgondel nehmen. Ich ruf sofort die Polizei und den Notarzt an und komm mit der nächsten Bahn rauf. Was schreit denn der Josef dauernd hinter dir? Ich muss jetzt Schluss machen!"

„Moment mal ...", Zerle drehte sich zu Josef Blattner um, „was hast gsagt?"

Blattner deutete aufgeregt in den Nebel hinauf. „Mensch, der Hans sitzt ja noch irgendwo da oben im Sessel. Wir müssen ihn runterholen, bevor er uns erfriert!!" – „Hat er ein Handy mit?"

Bevor Josef antworten konnte, klingelte sein eigenes Mobiltelefon. Er öffnete die Klappe und sah, dass der Anruf von seinem Bruder kam. „Hallo, Hans? Lebst noch?"

„Verdammt noch mal, was ist eigentlich los? Wieso lasst ihr die Bahn nicht weiter laufen? Ich frier mir hier einen ab, was macht ihr bloß für einen Mist?" Hans klang ziemlich ärgerlich.

„Ist dir niemand begegnet beim Rauffahren?", fragte Josef zurück.

„Ja freilich, deswegen hab ich ja laut grufen, da ist einer an mir vorbeigfahrn mit nur einem Ski. Hat aber nix gsagt, wie ich ihn gfragt hab. Es ist doch niemand oben, der ihn hätt einsteigen lassen."

„Der konnt auch nix mehr sagen, der ist nämlich tot!"

Es dauerte eine Weile, bis Hans Blattner begriffen hatte, dass ihn sein Bruder nicht zum Narren hielt.

„Und jetzt? Soll ich hier sitzen und frieren, bis die Polizei kommt? Mensch zieht ihn doch raus und lass die Bahn weiter fahren, dass ich aussteigen kann."

„Des geht nicht! Der Titscher hat grad den Eugen angrufen und ihm ausgrichtet, dass alles so bleiben muss, wie es ist. Er fragt dich, wie hoch du überm Boden bist und ob du nicht rausspringen kannst?"

„Rausspringen? Ihr habt vielleicht Einfälle. Aber wart, ich schau nach ... bin vor Stütze acht, vielleicht vier Meter hoch. Unter mir ist eine Bodenwelle, da ist zu wenig Schnee drauf, aber wenn ich noch drei Meter weiter oben wär, könnt ich in eine Mulde springen, in der mit Sicherheit mehr Schnee liegt."

Josef Blattner teilte dies Zerle mit. Der zögerte, die Bahn weiterfahren zu lassen.

„Mensch, stell dich nicht so an", drängte Blattner, „wenn du den Hebel erst zwei Sekunden später erwischt hättest, wär der Sessel sowieso drei Meter weiter oben. Und dem da drin tut nix mehr weh. Also los, warum soll der Hans noch länger friern?"

Zerle sah zur Station hinaus, die Skifahrer waren weggegangen.

„Gut, sag dem Hans, dass es einen ordentlichen Ruck gibt, er soll aufpassen. Dann zuerst die Ski runterwerfen, aber auf die Seite, und nachspringen. Mach schnell!"

Josef gab dies an seinen Bruder weiter.

„Mir ist alles recht, was mich aus dem kalten Sessel bringt", rief dieser zurück.

Keine zehn Minuten später stand Hans blau gefroren und schwer atmend vor ihnen. Er stellte seine Ski in die Ecke und eilte in den kleinen, warmen Raum des Aufsichtspersonals. Dem Toten hatte er nur einen kurzen Blick zugeworfen, den fror es bestimmt nicht mehr. Zerle schaute noch vor die Station, dann folgte er Josef, der zu seinem Bruder gegangen war. Der stand im Raum, zog sich den Anorak aus, rieb seine kalten Hände gegeneinander, blies hinein und schüttelte die Finger aus.

„Herrgott noch mal, war des im Sessel kalt! Durch den Wind hat sichs noch kälter angfühlt, als es war. Kennt ihr den Mann? Wie ist der bloß in den Sessel kommen, gestern bei Dienstschluss war er jedenfalls noch nicht drin. Habt ihr gsehn, wieso er tot ist?"

Zerle schüttelte den Kopf. „Des soll alles die Polizei rausfinden, ich weiß auch nicht, wie der in den Sessel reinkommen ist."

„Schöne Reklame für unser Nebelhorn, da werden gleich Skifahrer ermordet!", witzelte Josef an Zerle gewandt.

„Woher willst du wissen, dass der Mann ermordet wurde? Der kann auch einen Herzinfarkt oder sonst was bekommen haben. Vielleicht war er untrainiert am ersten Skitag?"

Hans Blattner erholte sich zusehends in der Wärme. Er starrte missmutig in den grauen Tag hinaus. Ein paar Schneeflocken wurden an das Fenster getrieben, wo sie sich festsetzten und die Scheibe allmählich zudeckten. Eugen Zerle sah es nebenbei, die Fenster müssen demnach gut isolieren, dachte er. Dann wandte er sich an Josef. „Schau mal immer wieder hinaus, ob Skifahrer da sind. Denen sollten wir auf jeden Fall den Anblick des Toten ersparen. Außerdem werden ja dann bald die Polizei und der Titscher raufkommen!"

Josef Blattner nickte und verließ den Raum.

Als Erster traf Notarzt Dr. Kreuer ein. Er stellte seine Tasche neben dem Sessel ab und begann den Toten zu untersuchen, wobei er sich bald zu Zerle umwandte und sagte: „Hier draußen kann ich nicht viel machen. Der Mann ist steif gefroren. Vermutlich saß er wohl die ganze Nacht in dem Sessel. Wir müssen ihn herunterheben und ins Tal bringen."

„Jetzt pressierts damit auch nimmer. Warten wir doch auf die Polizei. Sicher wollen die ein Foto von dem Toten im Sessel machen." Eugen Zerle wandte sich um und ging in den Aufsichtsraum zurück, wo er sein Handy hervorzog und Titscher anrief.

Es gab ein Knacken und Rauschen zu hören, dann hörte er Karls Stimme: „... bin schon ... unterwegs ... komme ..."

Schlechter Empfang, dachte Zerle und schloss die Tür hinter dem Notarzt, der seine Tasche und den Mantel auf einen Stuhl legte.

Eine viertel Stunde später betrat Karl Titscher den Raum und nahm die sich beschlagende Brille ab. Er gab den Männern die Hand und schielte durchs Fenster hinaus, das Josef Blattner wieder frei gewischt hatte.

„Ihr habts mir ja einen schönen Sonntag beschert", wandte er sich an die Wartenden und suchte sich eine Sitzgelegenheit, „wie kann nur so was passieren?"

Allgemeines Achselzucken war die unbefriedigende Antwort. Bevor man Vermutungen austauschen konnte, wurde an die Türe geklopft, dann traten zwei Polizeibeamte von der alpinen Einsatzgruppe der Kemptener Polizeidirektion ein.

„Morgn, die Herren“, grüßten sie und stellten sich vor. Danach gingen alle hinaus und traten zu dem Toten im Sessel. Wie Zerle vermutet hatte, fotografierten die Polizisten die Leiche von allen Seiten. Dann halfen alle den Toten aus dem Sessel zu heben und auf die hergerichtete Trage zu legen, wobei sie bei der Abnahme des Skis einige Schwierigkeiten hatten. Dabei besah der Arzt die Rückenseite des Mannes und stieß einen kurzen Ruf aus.

„Ah ..., schauts mal her, hier sind zwei Löcher im Anorak!“

Die beiden Polizisten beugten sich über den Rücken und folgten dem Zeigefinger des Arztes.

„Können die von einem Sturz kommen?“, fragte einer von ihnen.

„Wir müssen ihn erst ins Tal schaffen, damit er obduziert werden kann. Vorher ist alles nur Spekulation. Helft mir mal die Plane über ihn zu decken und ihn dann zur Gondel zu schaffen.“ Dr. Kreuer half beim Verschnüren mit, dann stellten sie die Trage auf den Anhänger eines Skido und Josef Blattner fuhr langsam das kurze Stück zur Station Höfatsblick hinauf. Der Notarzt hatte hinter ihm Platz genommen und behielt das Bündel im Auge.

Die Polizisten sprachen noch eine Weile mit den Bahnbediensteten, dann kehrten sie ebenfalls zur Nebelhornbahn zurück und warteten dort auf das Eintreffen der Kripo, die man inzwischen in Kempten verständigt hatte.

2

Eva Lang hatte Sonntagsdienst in der Polizeidirektion in Kempten. Sie saß in ihrem Büro im ersten Stock des großen Gebäudes, das durch die Ziegelbauweise etwas düster wirkte. Der Haupteingang glich eher einem Kirchenportal, aber die Schwere der Türe hatte wohl mit der Sicherheit zu tun, auf die Polizisten den gleichen Anspruch hatten, wie alle Staatsbürger. Im Erdgeschoss war die Inspektion untergebracht, im ersten Stock saßen die Kriminalbeamten und im zweiten residierte der Leiter der Direktion, Leitender Kriminaldirektor Hans-Joachim Gottlich. Ihm unterstand auch der Leiter der Allgäuer Kriminalpolizei Klaus Wintergerst. Er koordinierte die Arbeit der Kripo in den Landkreisen Lindau, Ober- und Ostallgäu. Im zweiten Stock befand sich auch die Einsatzzentrale, das „Gehirn" des Gebäudes, wie Hauptkommissar Paul Wanner zu sagen pflegte. Damit meinte er aber nicht, dass es außerhalb der Einsatzzentrale kein Hirn gäbe. Ganz im Gegenteil, er war mit seinen Vorgesetzten zufrieden. Sie pflegten miteinander einen sehr menschlichen Umgangston.

Eva Lang war dabei, sich zu langweilen. Ihre Wochenarbeit hatte sie bis Freitag fertig gehabt, neue würde am Montag nach der Dienstbesprechung auf sie zukommen. Außer ihr hielten sich an diesem Tag nur wenige Beamte in der Direktion auf. Natürlich waren die Einsatzzentrale und auch der Wachraum am Eingang besetzt. Einige andere Kollegen beschäftigten sich mit dienstlichen Problemen in ihren Büros, wo sie am Sonntag mehr Ruhe hatten wie unter der Woche.

Die Blumen auf der Fensterbank bekamen heute von Eva schon zum zweiten Mal Wasser. Der wiederholte prüfende Blick in den kleinen Spiegel hatte ihr gezeigt, dass sie eine hübsche junge Frau war, deren langes Haar ihr ein mädchenhaftes Aussehen verlieh. Sie war vorher in der Abteilung für Eigentumsdelikte gewesen, bevor sie Paul Wanner in sein Ermittlungsteam holte, was er nie bereut hatte. Eva Lang war nicht nur hübsch – das war bei ihren Ermittlungen zweitrangig – sondern auch klug, freundlich, fleißig, konnte gut denken, und darauf kam es Wanner besonders an.

Bei dem letzten Fall den das Team in Kempten zu lösen hatte, war Eva auch tapfer aufgetreten. Der Grünten-Mord hatte in der Öffentlichkeit Aufsehen erregt, vor allem, weil es verschiedene Allgäuer nicht glauben wollten, dass auf ihrem „heiligen" Berg ein Mord geschehen konnte. Eva lächelte vor sich hin, als sie daran denken musste, wie sie damals bei Nacht auf die Südseite des Berges stiegen, um eine vom Rettenberger Jäger entdeckte Leiche zu bewachen.

Eva Lang war gerne in Wanners Team und hoffte, dass er sie dort auch behalten würde. Sie mochte ihren Chef, wohl wissend, dass er mit seiner Lisa gut verheiratet war. Sie selbst hatte keinen festen Freund. Sie liebte ihre Freiheit, die Macht eigene Entscheidungen und Entschlüsse zu treffen, über alles. Mit 27 Jahren hatte sie immer noch Zeit eine Bindung einzugehen. Vielleicht, wenn einmal der Richtige käme, würde auch sie ihre Meinung ändern ... vielleicht ... oder sicher? Das kam darauf an ...

Eva schrak aus ihren Gedanken hoch, als es klopfte und Kollege Waldemar Schafnitzel von der Inspektion im Erdgeschoss seinen Kopf zur Türe hereinstreckte. Sie wusste, dass er schon seit einiger Zeit versuchte, Anschluss zu ihr herzustellen. Aber er war nicht ihr Typ. Eva hatte da ein feines Gespür: Entweder war jemand ihr Typ, dann gleich, oder er wurde es nie.

„Hallo, Kollegin! So einsam? Schrecklich diese Bereitschaft an einem Sonntag, an dem man doch sicher auch etwas anderes vorhaben könnte? Wie lange dauert Ihre Einzelhaft heute denn noch?" Er grinste und entblößte dabei ein prachtvolles Gebiss, in dem allerdings einer der vorderen Schneidezähne verfärbt war.

„Bis 18 Uhr, es sei denn, es passiert noch etwas", gab Eva zurück.

„Was soll denn heute noch passieren? Es ist Sonntag, die einen sind in der Kirche, die anderen beim Skifahren, Fußballspielen oder hocken vor dem Fernseher. Hätten Sie heute Abend Lust auf ein Gläschen bei mir? Habe da einen feinen 98er ..."

Das Telefon schrillte durchdringend und Eva sollte nie mehr erfahren, was ihr für ein feiner 98er entgangen war. Der Beamte im Wachraum verband ein Gespräch von der Polizeiinspektion Oberstdorf, es sei äußerst wichtig, wie er sagte.

Eva Lang nahm den Hörer vom Ohr und sah Waldemar Schafnitzel an. Der bekam einen roten Kopf und verschwand aus ihrem Büro.

„Kripo, Lang. Was gibt es Neues in Oberstdorf?" Ihr jovialer Ton verschwand, je länger sie dem Anrufer zuhörte. Es gab einen neuen Mordfall! Eva notierte sich die Durchwahl des Anrufers und bat ihn, erreichbar zu bleiben. Dann legte sie auf und dachte kurz nach. Ein Toter in einer Sesselbahn, mal was ganz Neues. Da würde ihr Hauptkommissar wieder in seinem Metier stecken, Bergsteiger und Skifahrer wie er war. Sie wählte Wanners Privatnummer. Eine freundliche Frauenstimme meldete sich. „Lisa Wanner!"

„Hallo Frau Wanner, hier Eva Lang, Polizeidirektion. Entschuldigen Sie die Störung. Ist Ihr Mann zufällig zu sprechen?"

„Hallo, Frau Lang! Mein Mann dreht gerade eine kleine Runde zwischen Vicariweg und Serrostraße. Er dürfte in 15 Minuten wieder zurück sein."

„Er hat nicht zufällig sein Handy dabei?"

„Oh – wenn Sie mich so fragen, sieht es nach abgebrochenem Sonntag aus. Er hat immer sein Handy dabei, obwohl ich versucht habe, ihm das auszureden. Darf ich auch erfahren, worum es geht?"

„Na ja, Sie dürfen das schon." Eva wusste, dass man sich auf Lisa Wanner verlassen konnte.

„Es hat am Nebelhorn einen Mordfall gegeben und wir bräuchten den Chef bei den Ermittlungen!"

„Ach du meine Güte, Mord am Nebelhorn? ... äh .. haben Sie die Handy Nummer von meinem Mann?"

„Ja, ich wollte nur vorsorglich erst zu Hause anrufen. Vielen Dank, ich wende mich dann direkt an ihn." Sie beendete das Gespräch und wählte anschließend Wanners Nummer.

„Ja, ... Wanner!" Die Antwort kam etwas atemlos.

„Hallo Paul, hier ist Eva! Entschuldige bitte die Störung beim Joggen. Bleib mal bitte stehen, es ist wichtig!" In den nächsten Minuten erfuhr Paul Wanner vom Ende seines privaten Sonntags. Er verabredete sich mit Eva eine drei viertel Stunde später in der Polizeidirektion und bat sie, Alex Riedle, Uli Hansen und Anton Haug, den Rest des Teams zu informieren. Dann lief er locker nach Hause, duschte und zog sich um.

Lisa hatte ihm schon ein paar Sachen zum Anziehen hingelegt. Bei diesem Wetter war es wohl besser, rustikal und warm angezogen zu sein. Er musste ja zum Tatort, und der lag 2000 Meter über dem Meer. Wanner bedankte sich mit einem Kuss und versprach, so schnell wie möglich zurück zu sein. Aber wie er die Lage einschätzte, blieb das wohl ein Wunschtraum. Er drehte seiner Frau vorsorglich die Heizung noch zwei Striche höher und fuhr zur Polizeidirektion.

Eva wartete schon mit einem Dienstfahrzeug vor dem Gebäude. Sie begrüßten sich und Wanner bat sie, gleich hinter dem Steuer sitzen zu bleiben. Dann kurvten sie aus dem Parkplatz und fuhren in Richtung B 19. Um diese Zeit war wenig Verkehr. Das Wetter, hier in Kempten mehr Regenschleier als Schneefall, lud niemand zu einer Fahrt in die Berge ein. Seit die Umfahrung Waltenhofen fertig war, kam man wesentlich schneller vorwärts.

„Die anderen drei waren wohl nicht aufzutreiben?", fragte Wanner.

„Nein, Alex und Anton sind nicht zu Hause gewesen und der Uli hat ja immer noch Urlaub. Was hältst du übrigens von der Sache?", fragte Eva und kurvte auf die Schnellstraße bei Immenstadt ein.

„Im Moment gar nichts. Lass uns erst einmal mit den Leuten reden und die Lage auskundschaften." Paul Wanner war wortkarg an diesem Tag, bei ihm drückte sonnenloses, trübes, nasskaltes Wetter stets aufs Gemüt. Seit er Leiter der Soko für Gewaltverbrechen war, äußerte er sich immer erst dann zu einem Fall näher, wenn er Erkenntnisse gewonnen hatte. Alles andere, so pflegte er zu sagen, war nur ein Fischen im Trüben. Er war Mitte Vierzig, hatte eine sportliche Figur und war mit Leib und Seele Bergsteiger und Skifahrer. In seinem Büro hingen an allen möglichen Plätzen Fotos von Bergen, die er bestiegen hatte. Dabei waren nicht nur das Allgäu und benachbarte Alpenländer sein Revier, er hatte bei Auslandsreisen auch höhere Gipfel erobert, worauf er stolz war.

Nach einigen Wirrnissen war es ihm auch gelungen, seine Ehe mit Lisa wieder ins Lot zu kriegen. Damals, als er den Grünten-Mord bearbeitet hatte, nahmen sie im gegenseitigen Einverständnis eine Auszeit und Lisa fuhr zu ihren Eltern nach Augsburg. Drei Wochen schafften auf beiden Seiten die Erkenntnis, dass das Leben viel zu kurz sei, um sich gegenseitig auf die Nerven zu fallen. Als Wanner den Fall gelöst hatte, war Lisa aus Augsburg zurückgekehrt. Seither verbrachten sie eine glückliche Zeit miteinander. Wanner, der Besserung für das Zusammensein mit Lisa versprochen hatte, hielt sich möglichst daran, abgesehen von dringenden Fällen, wie einer gerade eingetreten war. Und Lisa brachte mehr Verständnis für die dienstlichen Abwesenheiten ihres Mannes zu ungewöhnlichen Zeiten auf. Sie sah ein, dass es nicht von ihm abhing, wenn er zu nachtschlafender Zeit aus dem Haus musste.

„ ... was hast du gesagt?" Wanner schreckte aus seinen Gedanken hoch.

„Ich habe gefragt, ob wir zur Polizeiinspektion oder zur Nebelhornbahn fahren sollen?"

„Ich glaube, wir sollten zur Talstation der Nebelhornbahn, dann können wir gleich hinauffahren."

Eva umfuhr den Kreisel am Anfang von Oberstdorf und folgte dem Wegweiser. Die Parkplätze unterhalb der Seilbahn waren an diesem Tag nur schwach besetzt. Sie parkte und sie betraten das Gebäude. Karl Titscher hatte sie schon erwartet. Er bat sie in sein Büro und berichtete ausführlich den Sachverhalt, soweit er ihn von Zerle und den Blattners wusste.

„Fährt die Sesselbahn etwa schon wieder?", fragte Wanner. Er dachte daran, dass man die Spurensicherung abwarten sollte, die Eva noch in Kempten verständigt hatte.

„Nein, ich habe sie noch stehen lassen, heute ist der Verdienstausfall sowieso nicht so groß bei diesem Wetter." Titscher deutete zum Fenster hinaus, an dem ein paar Tropfen herunter liefen.

„Wir haben die Spurensicherung verständigt, sie müsste gleich hier sein", wandte sich Wanner an den Geschäftsführer. „Mir wäre es lieber, wenn die wenigstens einen Versuch machen könnten, etwas zu finden. Allerdings glaube ich nicht, dass man an diesem Tatort viel finden kann. Ein Tatort, der sich Hunderte von Metern vorwärts bewegt, wo gibt's denn so was." Wanner schüttelte den Kopf und studierte aufmerksam die großen bunten Poster an den Wänden des Büros. Wenn man die dort aufgedruckte Lebenslust und die unendlich scheinende Sonne so ansah, konnte man sich einen solchen Tag, wie diesen, überhaupt nicht vorstellen. Ja, ja, die Werbung macht's möglich. Wanner wandte sich an Eva.

„Hast du dir Notizen gemacht?"

Eva sah ihren Chef fragend an. Er wusste sehr genau, dass sie dies getan hatte, ihr Block lag ja vor ihr auf dem Tisch. Wanner hatte wohl gar keine Antwort erwartet. Er schien mit seinen Gedanken schon am Tatort zu sein.

„Sind die beiden Polizisten noch oben?"

„Ja, sie warten an der Station Höfatsblick auf Sie. Der Doktor ist dagegen wieder runtergekommen, er hat den Toten begleitet ..."

Wanner unterbrach Titscher. „Wo haben Sie den hinbringen lassen?"

„Der liegt in einem Raum hier an der Talstation. Wo er von dort hin soll, ist Sache der Polizei."

Wanner dachte kurz nach. „Ist der Doc ... wie war doch gleich sein Name? ... ja also Dr. Kreuer, noch bei ihm?"

Titscher zuckte die Schultern. „Der Raum ist gleich um die Ecke, Sie können selbst mit ihm sprechen, wenn er noch da ist."

„Gut, gehen wir zusammen."

Um die Ecke des großen Gebäudes der Talstation lag ein angebauter Raum, in dem allerlei Gerätschaft aufbewahrt war. Ersatzteile von Pistenraupen lagen umher, im Hintergrund nahm ein eisernes Regal die ganze Breitseite des Raumes ein. In der Mitte hatte man die Trage mit dem Toten abgestellt. Die Plane war abgezogen und Dr. Kreuer beugte sich über den Rücken des halb umgewendeten Mannes. Titscher stellte Arzt und Kriminalbeamte gegenseitig vor. Dr. Kreuer ließ den Toten sanft zurückgleiten und verdeckte dessen Gesicht. Dann wandte er sich an Wanner und wies auf den Toten: „Er ist immer noch steif von der Kälte. Sie werden ihn zur Obduktion bringen müssen, ich kann hier auf den ersten Blick nicht viel feststellen. Aber auf den zweiten Blick glaube ich, dass der Mann von rückwärts erschossen wurde. Die beiden Löcher im Anorak sind als Sturzfolgen zu klein und zu regelmäßig. Aber wie gesagt, das soll ein Spezialist feststellen." Er erhob sich und zog seinen Mantel wieder an, den er auf einem alten Stuhl abgelegt hatte.

Paul Wanner reichte ihm die Hand. „Vielen Dank, Dr. Kreuer! Sie haben uns damit schon viel geholfen, das weitere Ergebnis wird in München festgestellt werden. Eva, ruf doch bitte bei einem Bestattungsinstitut an und bitte um einen Leichentransport nach München in die Gerichtsmedizin."

Der Arzt stand angezogen im Raum, er schien ein wenig unschlüssig zu sein. Wanner, der das bemerkte, trat auf ihn zu. „Wollten Sie uns noch was sagen?"

Dr. Kreuer zögerte. „Der Mann ist noch relativ jung, vielleicht zwischen zwanzig und dreißig. Ich bin trotz meines Berufes immer wieder erschüttert, wenn ich zu jemand gerufen werde, dem das Schicksal nur einen kurzen Lebensweg zugestand. Er hat doch sicher Eltern, die in diesem Augenblick noch gar nicht wissen, dass ihr Sohn tot ist, vielleicht eine Freundin, die auf ihn wartet, Kameraden, Freunde, einen Arbeitgeber ..." Er stockte. Dann wandte er sich um und verließ abrupt den Raum.

Karl Titscher stand blass neben Wanner. „Ja, so muss man diesen Fall auch sehen", sagte er leise. Dann setzte er noch etwas hinzu, aber das war nicht mehr zu verstehen.

Wanner nickte leicht, sagte aber nichts. Eva hatte ihr Telefongespräch beendet und gab an, dass der Leichenwagen bald eintreffen würde. Wanner bat sie, solange hier zu bleiben, bis der Tote untergebracht war und der Fahrer die genaue Adresse hatte.

Zwei Männer von der Spurensicherung meldeten sich zur Stelle. Ihre Begeisterung an diesem Sonntag war nicht groß, sie sagten aber nichts. Es gehörte zu ihrem Job, zu allen möglichen Zeiten ihre Arbeit durchzuführen. Paul Wanner kannte einen von ihnen näher. Sie hatten damals schon zusammen am Grünten gearbeitet. Hans Kern war ein verlässlicher Spurensucher, und der Hauptkommissar freute sich, dass gerade dieser heute dabei war.

„Hallo Hans, grüß dich!", sagte er freundlich und reichte ihm die Hand. Hans Kern erwiderte den Gruß und stellte seinen Mitarbeiter vor, der erst wenige Tage in Kempten Dienst tat. Wanner instruierte die beiden und schlug vor, zusammen zur

Station Höfatsblick hinaufzufahren und sich den Tatort anzuschauen. Titscher fragte ihn, ob er dabei sein müsse, er habe noch einige Arbeit im Büro zu erledigen. Nach kurzem Überlegen verzichtete der Hauptkommissar auf die Begleitung des Geschäftsführers, konnten ihm doch vermutlich Zerle und die Blattner-Brüder vor Ort besser helfen.

An der Station Höfatsblick angekommen, wurden sie von den Polizisten erwartet, die mit ihnen das kurze Stück zur Talstation der Koblat-Sesselbahn hinabstiegen. Die drei Bahnangestellten hatten inzwischen die Absperrung vervollständigt. Die Spurensicherer nahmen die Situation in Augenschein, ließen sich von Zerle informieren und bestanden schließlich darauf, zur Bergstation zu fahren, um sich auch dort umsehen zu können. Die Untersuchung des Sessels Nummer 52, in dem der Tote gesessen hatte, erbrachte nichts. Hans Kern nahm sicherheitshalber eine Probe von vermutlichen Blutflecken im Sitz, dann suchte er nach Fingerabdrücken, von denen er erwartungsgemäß eine große Menge unterschiedlicher fand. Damit ließ sich nicht viel anfangen.

Hans Blattner hatte inzwischen einige Decken bereitgelegt, in die sich die Männer einhüllten. Zwar hatte es aufgehört zu schneien und auch der Wind wehte nur noch schwach. Eine Auffahrt im Sessel war ohne entsprechende Kleidung dennoch kein Vergnügen. Für Hans Kern lag ein Paar Gummistiefel bereit, die er anstelle seiner dünnen Halbschuhe anzog. Zerle ließ auf Bitten von Wanner den Sessel, der den Toten getragen hatte, mit einigen rot und weiß gestreiften Plastikbändern sperren. Dann nahmen Wanner, Kern und dessen Kollege im nächsten Sessel Platz, ihm folgten Zerle, die beiden Polizisten und Hans Blattner. Dessen Bruder blieb an der Talstation zurück. Es war gut, dass die beiden von der Spurensicherung wenigstens Mützen dabei hatten, bei der Auffahrt zog es ziemlich und alle waren froh, als sie oben waren. Hier in 2060 Metern Meereshöhe war die Sicht erwartungsgemäß sehr schlecht, was Paul Wanner, der das Nebelhorn von verschiedenen Skiaufenthalten gut kannte, bedauerte. An klaren Tagen gab es einen herrlichen Rundblick in die Berge.

Zerle stellte die Bahn ab, augenblicklich kehrte wieder Ruhe ein. Die Sessel schwankten leicht, hingen aber bald still. Gerade drei Masten waren bergab zu erkennen, auf der anderen Seite verhüllten Wolken und Nebel die Gipfel des Nebelhorns und der Wengenköpfe. Die Männer besprachen kurz ihr weiteres Vorgehen. Hans Kern bat darum, als Erster um die Station gehen und nach etwaigen Spuren suchen zu können, wobei er seinen Kollegen und einen der beiden Polizisten mitnahm. Wanner schaute sich inzwischen in der Bergstation um, begleitet von Zerle, Blattner und dem zweiten Polizisten. Für ihn kam es darauf an, etwas zu finden, was nicht hierher gehörte, wobei ihm die Bahnangestellten nützlich sein konnten.

Sie gingen langsam durch die kleine Bergstation. Zerle und Blattner bestätigten dann auch bald, dass es nichts Ungewöhnliches zu erkennen gab. Schon wollte Wanner zurückgehen, um auf die Spurensicherer zu warten, als sein Blick zufällig ein Stück Skistock erfasste, das aus einer Schneewehe herausragte. Er deutete darauf und fragte, ob der Stock schon länger hier oben läge? Hans Blattner verneinte und stieg hinab um den Stock zu holen. An dem war nichts Auffälliges zu entdecken, ein gewöhnlicher Skistock der Marke Leki, wie er von vielen Skifahrern benutzt wurde. Wanner sah ihn sich sorgfältig an. Dann holte er eine Plastiktüte aus dem Anorak und band sie um den Griff. „Man kann nie wissen! Aber normalerweise trägt ein Skifahrer Handschuhe, da gibt's keine Fingerabdrücke." Er nahm den Stock mit zum Einstieg. Es hatte wieder leicht zu schneien begonnen. Die Sicht war nach wie vor schlecht, sie mochte kaum hundert Meter betragen. Hans Kern und seine beiden Begleiter kamen zurück.

„Also, was ich gefunden habe, waren einige teilweise stark verwehte Skispuren, nicht von heute", wandte sich Kern an Wanner. „Ich vermute, es handelt sich um zwei Skifahrer, die sich oberhalb der Bergstation getroffen haben, wenigstens lässt sich das aus der Richtung der Spuren annehmen. Und, ach ja, noch was", er zog einen abgeknickten Skistock aus seinem Mantel, „der hier lag in der Nähe der Bergstation und das hier hatte sich im Gestänge der Konstruktion verfangen!" Damit hielt er Wanner einen Stoffteil entgegen, der cremefarben war und zwei ovale Löcher aufwies.

Wanner stieß einen Pfiff aus. Dann untersuchte er den Skistock und fand seine Vermutung bestätigt: die gleiche Marke, wie der von der Schneewehe. Der Stoffteil hatte Ähnlichkeit mit einer Maske, im unteren Bereich war er eingerissen.

„Nun fehlt noch ein Ski der Marke Völkl, dann hätten wir die Ausrüstung zum Pistenfahrer vollständig", meinte er und zögerte. Mit dem Stück Stoff konnte er gedanklich noch nichts anfangen. Er steckte es ein. Am liebsten hätte er sich die Spuren ja selbst angesehen, aber da wäre wohl Hans Kern beleidigt gewesen.

Sie packten sich wieder in die warmen Decken und fuhren zur Talstation. Der Wind hatte aufgehört, der Nebel begann sich langsam zu lichten. Schemenhaft tauchten die Konturen der Umgebung auf, man konnte bereits den Verlauf der Piste ahnen. Aber es war kein Wetter zum Skifahren, dementsprechend war auch die Gipfelabfahrt nicht benutzt.

Umso erstaunter sah Wanner, wie ein einzelner Skifahrer zur Station Höfatsblick abfuhr.

Aber er maß dem keine Bedeutung bei.

3

Überraschenderweise bekam dann Hauptkommissar Wanner doch noch rechtzeitig sein Abendessen. Er war mit Eva Lang am Nachmittag von Oberstdorf, wo sie noch einen Besuch bei der Polizeiinspektion gemacht hatten, nach Kempten zurückgefahren und hatte das bisher Bekannte mit Eva im Büro bei einem Glas Wasser diskutiert. Was ihm am meisten Kopfzerbrechen verursachte, war die Tatsache, dass der Tote in einem Liftsessel aufgefunden wurde. Es ergaben sich dabei zwei Fragen: war er schon tot, als er in den Sessel gelangte, oder hatte er noch gelebt, war er also selbst in den Lift gestiegen? Und wenn ja, wann? Denn Blattner hatte ja ausgesagt, dass er bei Dienstschluss der Sesselbahn niemand mehr darin gesehen hatte. Also geschah alles, nachdem die Bahn abgeschaltet war. Man musste davon ausgehen, dass der Mann in den ersten oben befindlichen Sessel gelangte und dort sitzen blieb, weil sich ja die Bahn nicht mehr bewegte. Das würde bedeuten, dass Hans Blattner bei seiner Auffahrt eigentlich die Bergstation hätte erreichen müssen, da ja beide Teile des Seiles gleich lang waren. Der aber hatte ausgesagt, dass er *vor* der Bergstation in den Schnee springen musste, weil sein Sessel noch nicht ganz oben war. Also musste sich der Sessel mit dem Toten doch noch ein Stück abwärts bewegt haben.

Wanner runzelte die Stirn. „Habe ich einen Denkfehler drin?", wandte er sich an Eva Lang, der er diese Gedanken vorgetragen hatte.

„Nein, bis daher ist alles klar. Wir müssen also rauskriegen, ob, wann und warum sich die Sesselbahn am Samstagabend noch einmal bewegt hatte. Vielleicht geht das aus irgendeiner Aufzeichnung hervor. Dass man die Bahn auch von der Bergstation aus bedienen kann, haben wir ja gesehen. Also konnte es vielleicht auch der Mörder. Aber woher hatte er die Kenntnisse?"

„Genau das wollen wir jetzt herausbringen. Als Nächstes werden wir uns um die Identität des Toten kümmern und zusehen, dass der Obduktionsbericht so schnell wie möglich – also gestern noch – fertig wird." Wanner lächelte über seinen Scherz. Er hatte noch nie erlebt, dass es bei einem Fall *nicht* eilig war.

Eva blickte auffällig-unauffällig auf ihre Uhr.

„Ja, ich verstehe schon", knurrte Wanner, der gerne weiterdiskutiert hätte, „also wir treffen uns morgen zehn Uhr in meinem Büro. Gib den anderen Bescheid ... äh ... wann kommt der Uli vom Urlaub zurück?"

„Am Mittwoch, soviel ich weiß."

„O.K., dann fangen wir vier schon mal morgen an. Schönen Abend noch."

Als Eva den Raum verlassen hatte, konnte es der Hauptkommissar nicht lassen, seinen Flip-Chart aufzustellen und einen neuen weißen Bogen einzuspannen. Dann skizzierte er sorgfältig den Bereich zwischen der Station Höfatsblick und dem Nebelhorn. Den Sesselbahnverlauf trug er ungefähr ein und beschriftete alles mit Stichworten. Flip-Chart, Beschreibungen und Zeichnungen spielten in allen seinen Fällen eine Rolle. Er war der visuelle Typ, der am besten dann denken konnte, wenn er vor sich etwas sah, worüber er denken, was er verändern oder neu gestalten konnte. Am Ende eines Falles sah das große Blatt meistens aus, wie eine moderne Grafik. Seine Kollegen wussten genau, dass Wanners Arbeit mit diesem Flip-Chart einen wesentlichen Teil zum Erfolg beitrug.

Das Telefon riss ihn aus seinen Überlegungen. Es war Lisa. „Du sitzt nicht zufällig im Büro und arbeitest am morgigen Tag?", fragte sie scheinheilig.

Wanner lachte. Dann sah er auf seine Uhr und antwortete: „Wenn du uns ein schönes Abendessen zurechtmachen würdest, könnte ich in 15 Minuten bei dir sein."

„Abgemacht! Es ist jetzt 18 Uhr 10, also um 18 Uhr 25 gibt's was zu essen oder das nächste Mal morgen früh um sieben!" Sie hängte lachend ein.

Am folgenden Montag versammelten sich Anton Haug, Alex Riedle, Eva Lang, Staatsanwalt Max Riegert und der Pressesprecher der Polizei, Axel Wolf, in Wanners Büro, in dem Tisch und Stühle gerade ausreichten, um die Runde aufzunehmen. Der Hauptkommissar deckte den ersten Bogen vom Flip-Chart auf. Eva sah Zeichnung und Beschriftung mit einem belustigten Lächeln. Also hatte er nach ihrem Weggang doch noch gearbeitet! Das sah ihm ähnlich.

Nach einer kurzen Begrüßung begann Paul Wanner die Lage zu erklären, die sich gestern ergeben hatte. Er nahm dabei immer wieder Bezug auf seine Zeichnung. Die Kollegen unterbrachen nur wenig, machten sich aber entsprechende Notizen.

Am Ende seiner Ausführungen fasste Wanner zusammen: „Ohne dem Obduktionsergebnis vorzugreifen, können wir davon ausgehen, dass der bisher unbekannte Skifahrer in der Nähe der Sesselbahn-Bergstation erschossen wurde. Die beiden vermutlichen Schusswunden im Rücken beweisen das. Fakt ist, dass der Mann erst nach Ende der Betriebszeit in den Sessel gelangt ist, da das Bedienungspersonal vorher niemand darin gesehen hatte. Er muss also entweder selbst eingestiegen oder bereits tot dort hineingesetzt worden sein. Die Frage ist nur, warum setzt man einen Toten in einen Sessellift? Und wenn er selbst noch eingestiegen ist, warum nach Beendigung der Betriebszeit? Im Sessel selbst ist er vermutlich nicht erschossen worden, da die Lehne des Sessels keinerlei Beschädigungen aufweist. Ich bin daher der Meinung, dass der Mann erschossen und dann erst in den Sessel gesetzt wurde, so absurd dies auch erscheinen mag."

„Hat man den zweiten Ski gefunden?", fragte der Staatsanwalt.

„Nein, noch nicht. Aber er müsste entweder unter der Bahn liegen, oder oberhalb der Bergstation oder der Mörder hat ihn weggeräumt", war Wanners Antwort.

Anton Haug hob wie immer seinen Zeigefinger nur Zentimeterweise über die Tischplatte. Gleichzeitig fragte er. „Ich bin kein Skifahrer, deshalb klingt die Frage vielleicht etwas laienhaft: Wenn Spuren in den Schnee gezogen werden und es schneit danach wieder darauf, bleiben diese Spuren dann nicht unterhalb des Neuschnees erhalten? Ich meine, könnte man den Verlauf der Spuren durch ... durch ... wegputzen des Neuschnees wieder sichtbar machen?"

Paul Wanner schaute verblüfft auf seinen Kollegen. Der hatte vielleicht Einfälle! Anton Haug war der älteste Fahnder im Team und rechnete sich schon manchmal die Zeit aus, die ihm bis zum Vorruhestand noch blieb. Mit Wanner hatte er eine Art Stillhalteabkommen geschlossen, sie respektierten sich gegenseitig. Aber ganz verwunden hatte Anton Haug die Tatsache immer noch nicht, dass der jüngere Wanner den Chefposten im Ermittlungsteam bekommen hatte. Dabei war bei der Vergabe des Postens alles mit rechten Dingen zugegangen. Wanner hatte sich offiziell beworben und war vorgezogen worden. Haug schaute manchmal recht griesgrämig drein, hatte aber ein hervorragendes Gedächtnis und arbeitete gut.

„Also ich habe noch nie davon gehört, dass man Neuschnee aus einer Spur putzen kann", ging er auf Haugs Frage ein. „Man zerstört wohl mehr, als man sichtbar machen könnte."

Anton Haug nickte wortlos und lehnte sich wieder in seinen Stuhl zurück. Er hatte eine Frage gestellt und damit seine Anwesenheit kundgetan, jetzt konnte er zuhören, dachte er. Der Polizeisprecher hatte sich etliche Notizen gemacht. Nun wandte er sich an die Runde.

„Was dürfen wir denn der Öffentlichkeit mitteilen? Schließlich sollen die Ermittlungen nicht gestört werden!"

„Ganz genau!", Paul Wanner war froh, dass Axel Wolf dies angesprochen hatte. „Ich schlage vor, dass wir erst einmal uns selbst orientieren, bevor wir mit Spekulationen oder Ungereimtheiten an die Presse treten. Vielleicht fallen dir ein paar Redewendungen ein, mit denen einiges gesagt, aber nichts verraten wird."

„Halt, halt, so geht das aber nicht!", rief der Staatsanwalt und deutete auf den Flip-Chart. „Vielleicht können wir Ihrer Zeichnung etwas entnehmen und entsprechend darauf aufbauen. Die Presse ist ja häufig zufrieden, wenn sie Anhaltspunkte bekommt!"

„Und dann selbst Ermittlungen anstellt, die in Teufels Küche führen", knurrte Wanner.

„Aber etwas müssen wir der Öffentlichkeit bieten."

Axel Wolf nickte. „Wenn Sie gestatten, setze ich was auf und lasse es Herrn Wanner lesen."

Als der Zustimmung signalisierte, war man sich darüber einig.

„Wie geht's jetzt weiter?" Der Staatsanwalt schlug eine neue Seite von seinem Block auf.

Paul Wanner sah verstohlen auf die Uhr. Dann sagte er: „Als Erstes müssen wir den Obduktionsbericht abwarten, der hoffentlich bald kommt. Das Nächste sind dann Ermittlungen im Umfeld des Toten. Und so weiter."

„Na gut. Bitte halten Sie mich stets auf dem Laufenden!" Riegert verabschiedete sich, ihm folgte Axel Wolf. Mit den Übrigen diskutierte Wanner noch eine Weile, wobei ihm auffiel, dass Alex Riedle ziemlich wortkarg blieb. Alex war Ende dreißig, geschieden und hatte gesundheitliche Probleme. Grippe, Husten und Schnupfen stellten sich jedes Jahr zu allen möglichen Zeiten ein, sodass man hinter seinem Rücken schon zu tuscheln begann, wie er das wohl anstellte. Riedle war keine Führungspersönlichkeit, aber immer zuverlässig und arbeitswillig. Man konnte ihn auch mitten in der Nacht herausläuten, ohne dass er deswegen sauer gewesen wäre.

Nachdem alle wieder in ihre Büros gegangen waren, Eva mit dem Auftrag, Schritte für die Identifizierung einzuleiten, holte sich Wanner einen Apfel aus der Schublade, die mit „Vertraulich" gekennzeichnet war. Er schälte ihn und wunderte sich, dass er noch essbar war. Er hatte die Schublade schon vor vierzehn Tagen mit Äpfeln aufgefüllt, die er am Wochenmarkt gekauft hatte. Ein Blick zum Fenster zeigte ihm, dass das Wetter trübe, aber trocken war. Seine Uhr wies auf die Mittagszeit hin. Zwei Butterbrezen hatte er von zu Hause mitgenommen, er verließ das Büro um sich im Sozialraum dazu einen Kaffee zu holen. Das war durchaus nicht so einfach, wie sich das anhört, denn Paul Wanner stand mit dem Kaffeeautomaten dort auf Kriegsfuß. Vom verbrühten Finger bis zum halbleeren Becher war ihm schon alles passiert. Auch die mit Kaffee besudelte Bluse seiner Reinemachefrau hatte er noch in Erinnerung. Allerdings war es Raumpflegerin Camile Cirat selbst gewesen, die die Kurve geschnitten und den Zusammenstoß mit ihm provoziert hatte.

Im Sozialraum stellte er den Becher unter den Einlaufstutzen und ließ ihn füllen. Dann machte er sich wieder auf den Rückweg ins Büro.

Camile Cirat aus Antalya stand mit einem Besen in der Hand auf dem Gang und redete auf Meier Zwei von der Inspektion im Erdgeschoss ein. Meier Zwei hatte insgesamt nur etwa zwei Drittel des Volumens, das sein Gegenüber besaß. Der Oberbau von Camile Cirat näherte sich bedenklich dem Gesicht des Polizisten, der sich langsam Schritt für Schritt zurückbewegte. Es war absehbar, wann der Treppenabsatz der Absetzbewegung ein Ende bereiten würde. Dabei hatte es die Raumpflegerin gar nicht auf Meier Zwei als Mann abgesehen, sie war nur so in Gesprächsfahrt, dass sie die Bedrängnis des Polizisten gar nicht bemerkte. Als Wanner näher kam, konnte er einen Teil der Unterhaltung zwangsläufig mithören.

„ ... und ich sagen dir, dass ich bald besser reden als du!"

„Ah – und wie soll das gehen?"

„Ich jetzt in Volkshochschule, machen Kurs „Deuts für Ausländer". Dann kann ich besser Deuts sprechen als du!"

„Wieso als ich?", fragte Meier Zwei und schielte auf das näher kommende Unheil.

„Du nicht gut sprechen deuts. Es nicht heißt „nix", es heißt „nischts",es heißen nicht „i gang jetz hoim", es mussen heißen: „Isch gehen jetzt nach Heim."

„Hause."

„Was Hause?"

„Es muss heißen: nach Hause", sagte Meier Zwei und befand sich nur noch wenige Schritte von der Treppe entfernt. Plötzlich bemerkte er den näher kommenden Hauptkommissar. Er rief schnell und mit freudiger Miene: „Hallo, da kommt einer, der kann auch kein gutes Deutsch!"

Camile Cirat fiel auf den Trick herein. Sie wandte sich um. Blitzschnell verschwand Meier Zwei zur Treppe und war mit einem Grinsen nach unten verschwunden.

Camile trat einen Schritt auf Wanner zu. „Du auch nicht ..."

„Ja, ja doch. Ich kann ganz gut Deutsch sprechen. Aber Sie müssen es dem Meier Zwei wirklich mal beibringen. Der sagt immer „nix", das geht doch nicht. Tschüss!" Er hatte sie umrundet und eilte mit zunehmender Geschwindigkeit zu seinem Büro. Beinahe hätte ich nix mehr machen können, dachte er und schloss aufatmend seine Bürotüre hinter sich.

Am späten Nachmittag erreichte ihn ein Anruf aus

der Gerichtsmedizin. Die Pathologin Dr. Lenze war am Apparat. „Ich dachte, es interessiert Sie vielleicht schon vorab, was wir hier herausbekommen haben?"

„Aber klar, immer!", rief Wanner und setzte sich schreibbereit.

„Also, der schriftliche Befund folgt morgen. Der Mann ist tatsächlich erschossen worden, wie das auch von Ihnen vermutet wurde. Die Projektile, die wir aus dem Körper geholt haben, sind vom Kaliber neun Millimeter. Alter des Toten zwischen 25 und 30 Jahre, keine weiteren Auffälligkeiten. Was noch interessant für Sie sein könnte, ist der Befund seiner Hände. Wir haben an ihnen, vor allem an und unter den Fingernägeln Öl- und Fettreste gefunden, und zwar mineralischen Ursprungs. Der Mann könnte also in einer Autowerkstätte oder ähnlichem gearbeitet haben. Genaueres morgen bis etwa Mittag."

Paul Wanner war von dem Gehörten überrascht. Da gibt's sicher eine Menge zu tun, dachte er und bedankte sich für die schnelle Arbeit der Medizinerin.

Er rief Alex an und bat ihn, Eva zu helfen. Sie mussten so schnell wie möglich wissen, wer der Ermordete war. Sonst tappten sie noch lange im Nebel herum.

Draußen war es mittlerweile dunkel geworden. Um diese Zeit setzte die Nacht schon am späten Nachmittag ein. Wanner schaltete die Deckenbeleuchtung aus und setzte sich zu seiner Schreibtischlampe. Er holte sein Notizbuch und sah die Aufzeichnungen durch. Ein Toter im Liftsessel! Immer wieder kam er auf dieses Rätsel zurück. Wollte der Mörder damit etwas sagen? Umsonst machte sich wohl niemand die Mühe, einen Toten in einen Sessel zu heben. Und wo war denn der zweite Ski? Wanner grübelte. Was, wenn die Ski nicht Eigentum des Toten gewesen, sondern geliehen waren? Es könnte doch sein, dass auf dem zweiten Ski die Verleihfirma kenntlich war, etwa durch einen Aufkleber, den der Mörder nicht abziehen konnte? Wanner gab sich einen Ruck. Das könnte es sein! Er musste den Ski des Toten gleich morgen selbst mal anschauen. Und er würde Anton Haug beauftragen alle Ski-Verleihfirmen in Oberstdorf und Umgebung zu befragen, ob sie in letzter Zeit eine Skiausrüstung mit Völkl P 60 und Skistöcken der Marke Leki ausgeliehen hatten. Übrigens P 60, dachte er, das Neueste vom Neuen. Wer solche Ski fährt, muss mit ihnen umgehen können, also ein guter Skifahrer sein. Der zweite Ski musste so schnell wie möglich gefunden werden. Er machte sich ein paar weitere Notizen und sah dann auf die Uhr. Es war wieder mal höchste Zeit aufzuhören und heim zu gehen. Lisa würde auf ihn warten und hatte sicher schon das Abendessen hergerichtet. Er knipste die Schreibtischlampe aus und tastete sich zur Tür. Draußen auf dem breiten Gang brannten bereits die Sparlampen. Ihr Licht verdüsterte das Hausinnere noch mehr und Wanner wunderte sich, warum der Architekt nicht etwas hellere Farben oder ein anderes Mauerwerk verwendet hatte. Auch Polizisten hatten Anrecht auf ein freundliches Ambiente! Er grinste ein wenig vor sich hin, grüßte den Wachhabenden durch die Scheibe des Wachraumes und verließ das Gebäude.

4

Am nächsten Vormittag erhielt Paul Wanner zunächst den Anruf seines Freundes Althaus aus Sonthofen, der ihn einlud, zum Klausentreiben zu kommen. Er zögerte mit der Zusage. Lisa würde davon nicht so begeistert sein. Sie erinnerte sich immer an einen Besuch vor Jahren, bei dem ihr damals ein Rumpelklaus mit einer Rute ordentlich was auf die Beine gegeben hatte. Dass man sich die Hosenbeine mit Zeitungspapier ausstopfen musste, wenn man zum Klausentreiben ging, hatten sie damals noch nicht gewusst. Wanner versprach zurückzurufen und hängte ein. Im Moment beschäftigte ihn etwas anderes als Klausentreiben. Wie gewöhnlich beherrschte der neueste Fall seine Gedanken vollständig. Er steckte im Bewusstsein wie Unterbewusstsein und würde auch da bleiben, bis er gelöst war. Das war auch der Grund, warum Wanner plötzlich Einfälle hatte: das ständige „Standby" seines Gehirns brachte sie hervor, ohne dass er gezielt nach ihnen gesucht hätte. Klausentreiben? Man würde sehen.

Axel Wolf kam vorbei und brachte ihm den Entwurf einer Pressemitteilung. Wanner las ihn durch und gab sein O.K. dazu. Wolf war ein guter Pressesprecher. Er konnte mit vielen Worten nichts sagen, was für ihre Arbeit von großem Nutzen war. Genauso gut hätte er auch in die Politik gehen können, aber er war lieber Polizist.

Es klopfte und Eva huschte herein. „Ich habe vom Toten ein paar Fotos machen und ihm Fingerabdrücke abnehmen lassen. Beides ist schon im Computer, vielleicht finden wir einen Hinweis, wer der Tote sein könnte. Ich glaube, dass er aus der Gegend stammt."

„Was bringt dich zu der Annahme?" Wanner war gespannt.

„Einfach mein Gefühl. Jemand, der am Nebelhorn Ski fährt, und zwar am ersten Tag der neuen Saison, kommt nicht aus Ulm oder Stuttgart."

„Damit könntest du Recht haben. Aber sicher ist es nicht." Wanner bat sie, eine entsprechende Mitteilung in der Allgäuer Zeitung und im Kreisboten zu veröffentlichen und Anton und Alex zu einer Sitzung um 14 Uhr einzuladen. Er wollte sich einen Kaffee holen, aber ein Bote brachte den Obduktionsbericht. Wanner riss den Umschlag auf und begann zu lesen. Im Großen und Ganzen stand das drin, was Frau Dr. Lenze ihm schon mündlich mitgeteilt hatte. Die Öl- und Fettreste stammten aus der Motorenindustrie, mit großer Wahrscheinlichkeit aus der Autobranche. Sie waren relativ neu und offensichtlich durch Waschen nicht unter den Fingernägeln wegzubringen gewesen. Die Schusskanäle verliefen gerade durch den Rücken, die Einschüsse mussten horizontal erfolgt sein. Auf Grund der Besonderheit des Tatortes ließ sich aber eine bestimmte Richtung, aus der die Schüsse abgegeben wurden, nicht ermitteln. Die Flecken im Sessel stammten vom Blut des Toten, Fingerabdrücke konnten keine identifiziert werden, ihre Qualität war zu schlecht. Der Hauptkommissar legte die beiden Blätter nachdenklich beiseite. Dann trat er vor den Flip-Chart und sah sich Zeichnung und Beschriftung nochmals an. Das „unbekannter Toter" musste so schnell wie möglich durch einen Namen ersetzt werden, das war jetzt das A und O. Hoffentlich bekamen sie ihn bald heraus. Bei der Jagd nach einem Mörder kam es besonders auf die Schnelligkeit am Anfang an, bevor sich Spuren verwischten oder Betroffene verschwanden. Aber übers Knie brechen ließ sich dabei natürlich nichts.

Wie immer, wenn er intensiv über ein Problem nachdachte, stellte er sich vor eines seiner Bergbilder, die in großer Zahl an den Wänden hingen, und studierte die Aufnahme. Dabei bohrten seine Gedanken im Fragenkomplex des neuen Falles. Er sah zwar den Gipfel der Trettachspitze, aber darin nur einen neuen Weg, der ihm vielleicht bei der Lösung weiterhelfen konnte. Sein Blick wanderte zum Fenster. Der Nebel des vergangenen Tages hatte sich gehoben und hing nun als graue, wabernde Schicht über der Stadt, von Sonne keine Spur. Zwei Krähen flogen um das Gebäude und ließen sich in der Nachbarschaft auf einem First nieder. Ihr hässliches Krächzen drang durch das geschlossene

Fenster herein. Wanner sah auf seine Uhr. Es war schon kurz nach zwölf. Er wollte in den Sozialraum gehen und sich dort etwas zum Trinken holen, zwei belegte Holzofen-Krustis hatte ihm Lisa mitgegeben.

Draußen auf dem Gang begegnete er Meier Zwei, der das gleiche Ziel hatte.

„Du hast mich wohl gestern in Verlegenheit bringen wollen?", fragte Wanner den Polizisten aus dem Erdgeschoss. „Aber das ist dir nicht gelungen. Ich war unsere Raumpflegerin schneller los, als du."

Meier Zwei sah etwas verlegen drein. „Na ja, war doch nur ein Scherz", murmelte er, sodass sich Wanner anstrengen musste, um ihn zu verstehen.

„Lass mal solche Scherze lieber sein", sagte Wanner und klopfte seinem Kollegen auf die Schulter. „Das nächste Mal achte besser darauf, mit wem du dich auf eine Diskussion einlässt. Ich kenne Frau Cirat schon länger, sie kann zwar nicht gut Deutsch, aber mit dem Wenigen macht sie jeden fertig!"

Sie betraten den Sozialraum, in dem rund ein Dutzend Polizisten in der Mittagspause saß. Wanner holte sich eine Flasche Sprudel und kehrte ins Büro zurück. Dort legte er die Beine auf einen Stuhl, stellte die Rückenlehne seines Sessels auf „Kipp" und verzehrte genüsslich die beiden Krustis. Selbst ein kleines Nickerchen war anschließend noch drin. Dann bereitete er die Konferenz vor.

Als sein Team versammelt war, wobei Uli Hansen ja noch fehlte, gingen sie gemeinsam alle Erkenntnisse durch, die sie bisher hatten. Wanner beauftragte Haug, die Bergwacht in Oberstdorf anzurufen und sie zu bitten, das Nebelhorn auf den Kopf zu stellen, um den zweiten Ski zu finden. Das konnte, wenn sie Glück hatten, schneller zur Identifizierung des Toten beitragen, als ein Hinweis in den Zeitungen. Dann las er den Obduktionsbericht vor. Eva Lang machte sich Notizen, ebenso Alex Riedle. Nur Anton Haug speicherte das Gehörte ohne Notizen in seinem Gedächtnis. Wanner ließ ihn gewähren, er wusste, dass man sich auf sein Gedächtnis verlassen konnte.

„Habt ihr noch Fragen?" Er sah im Kreis herum, doch alle schüttelten den Kopf.

„Gut, dann volle Kraft auf die Identifizierung des Toten!" Am liebsten wäre er ja selbst aufs Nebelhorn gefahren, um den zweiten Ski zu suchen! Die Mitarbeiter verließen das Büro. Eva lächelte ihm zu, bevor sie die Tür schloss. Wanner fasst dieses Lächeln rein dienstlich auf und freute sich darüber. Als sein Telefon klingelte, sah er am Display, dass der Anruf aus der Spurensicherung kam. Es war Hans Kern, der ihm das technische Untersuchungsergebnis mitteilte. An beiden Skistöcken waren so gut wie keine verwertbaren Fingerabdrücke, am Sessel dagegen wurde doch ein Fingerabdruck gefunden, der gegenüber anderen, die mehr oder weniger verwischt erschienen, gut erhalten war. Sonst habe er nichts gefunden. Eine Skizze der Skispurenreste oberhalb der Bergstation käme gleich per Fax. Dem genannten Fingerabdruck am Rohrgestell des Sessels würden sie nachgehen. Nach ein paar persönlichen Worten beendeten die beiden das Gespräch. Wanner legte auf und blickte auf seinen neuen Telefonapparat. Es hatte lange gedauert, bis er ihn bekommen hatte. Davor benutzte er ein so altes Ding, dass er sich vor Besuchern schämte, die während eines Gespräches anwesend waren. Natürlich hatte der neue Apparat so viele technische Möglichkeiten, dass Wanner beim Durchlesen der buchstarken Gebrauchsanleitung nach einer Stunde entnervt aufgab und sich lediglich die Handgriffe, Knöpfe und Schaltungen einprägte, die er täglich brauchte. Was zum Kuckuck musste er „anklopfen" können, wo er doch nur telefonieren wollte? Er entnahm seiner Schublade einen Apfel und biss hinein. Dann warf er den Butzen in den Papierkorb. Camile Cirat würde ihn dort todsicher herausfischen und in den dafür vorgesehenen Biomüll Container bringen.

Beim nächsten Wiedersehen würde sie ihm dann vorwurfsvoll sagen: „Du nix schmeißen Apfel-Butz in Papierkorb!"

Wanner trat zum Flip-Chart und ergänzte einige Stichworte, die sich aus dem Obduktionsbefund und der technischen Spurensicherung ergeben hatten. Er ertappte sich dabei, dass er ungeduldig auf einen Anruf wartete, der ihm das Auffinden des zweiten Skis mitteilte. Aber nichts dergleichen geschah. Man hatte die Bergwacht noch einmal angerufen und gebeten, den Fundort des zweiten Skis unbedingt genau zu markieren. Daraus konnte Wanner vielleicht Schlüsse ziehen.

Es ging auf 17 Uhr, draußen war es dunkel. Dann war wohl heute nicht mehr damit zu rechnen. Er erledigte noch einige Post und ein paar andere Dinge, die liegen geblieben waren. Er hatte sich von Kripo Chef Wintergerst die Vergünstigung eingeholt, dienstliche Eingänge, die mit dem aktuellen Fall nichts zu tun hatten, an einen Kollegen umleiten zu können. Das hielt ihm den Rücken frei und gab ihm den nötigen Freiraum, den er dringend brauchte.

Am Flur war schon die Putzkolonne unterwegs, wie man den Arbeitsgeräuschen entnehmen konnte. Ob Camile Cirat in dieser Schicht war? Dann bekam er wohl gleich den vorwurfsvollen Blick zu spüren, der ihn wegen des Apfelbutzens im Papierkorb treffen musste. Er sah auf die Uhr, gleich halb sechs. Warum heute mal nicht heimgehen, wenn sowieso nichts mehr im Falle Nebelhorn-Mord kommen würde? Wenn es weitere Erkenntnisse geben würde, war von der Einhaltung einer geregelten Dienstzeit sowieso keine Rede mehr. Er räumte seinen Schreibtisch auf, indem er alles von rechts nach links schob, sperrte die Schubläden seines Schreibtisches zu und verließ den Raum. Gerade rechtzeitig, denn er sah eben die Raumpflegerin schon ins Nachbarbüro gehen und den Staubsauger nach sich ziehen.

5

Zu Hause war es angenehm warm. Lisa empfing ihn mit einem Kuss und fragte nach seinem Tag, dann er nach ihrem. Diese kleine Zeremonie gehörte seit ihrer Versöhnung zum täglichen Ritual. Lisa hatte ein paar Telefongespräche mit Freundinnen geführt, keines länger als zwanzig Minuten, wie sie lächelnd hinzusetzte. Dann hatte sie bei Feneberg eingekauft, wobei sie dessen Produkte „Von hier" bevorzugte. Und dann war ihr noch etwas eingefallen. Sie sah ihren Mann erwartungsvoll an.

„Was ist dir noch eingefallen?", fragte Paul und setzte sich erwartungsvoll in seinen Sessel, nachdem er Mantel und Schuhe ausgezogen hatte und in seine warmen Hausschuhe geschlüpft war.

„Nun ja, wir wollten doch nach Ägypten ans Rote Meer reisen und dort Weihnachten und ein paar Sonnentage verbringen. Was wird jetzt daraus? Wirst du mit deinem Fall vorher fertig?"

Ihr Mann verzog sein Gesicht. Herrje, das auch noch! Aber er sagte: „Ich hab es nicht vergessen! Aber ob ich rechtzeitig vor dem Abflug fertig bin, steht in den Sternen."

Lisa wurde traurig. „Ich habe mich so darauf gefreut, über die Feiertage mit dir ein paar Tage wegzufahren!"

Wanner streichelte ihr den Rücken. „Ich doch auch! Aber die Aufklärung geht vor."

„Bist du denn der Einzige in Kempten, der einen Mordfall lösen kann?"

Ihr Mann lachte. „Nein, natürlich nicht! Aber ich bin halt mal der Leiter der Sonderkommission und zuständig für die Aufklärung von Mordfällen." Er nahm seine Frau bei der Hand und führte sie zum Sofa. „Lass uns mal versuchen, das Problem gemeinsam zu lösen ..." Lisa erhob sich gleich wieder.

„Na gut, Herr Soko-Leiter, aber erst nach dem Abendessen. Mit vollem Bauch entstehen weniger Aggressionen."

Paul Wanner half seiner Frau in der Küche und beim Aufdecken, dann ließen sich die beiden das Essen schmecken. Anschließend räumten sie ab und verstauten das Geschirr in der Spülmaschine. Lisa hatte ein helles Weizenbier kaltgestellt, sie holte es nun für ihren Mann. Sie selbst zog ein Glas Rosé vor. Dann machten sie es sich auf dem Sofa bequem, beide legten ihre Füße nebeneinander auf denselben Hocker.

Es folgte eine längere Diskussion mit Vorschlägen und Gegenvorschlägen, die schließlich nach dem dritten Weizenbier und dem vierten Rosé zu einem überraschenden Ergebnis kam.

„Also du würdest, wenn wir eine nette Dame finden könnten, mit ihr statt mit mir nach Ägypten fahren?", fragte Paul und sah Lisa leicht verschwommen vor sich lehnen.

„Na ja, wenn du nicht ... hupps ... entschuldige! ... zusagen kannst, dann könnte ich es mir in diese Richtung über ... legen." Lisa lächelte Paul liebevoll, aber etwas schräg an und nahm seine Hand.

Pauls Gedächtnis lief auf Hochtouren. „Mir ist da jemand eingefallen, dem würde ich dich anvertrauen oder eher umgekehrt?"

„Also auf jemand aufpassen will ich nicht, aus diesem Alter b ... bin ich heraus", Lisa schüttelte den Kopf, dass die Locken flogen.

„So hab ich es auch nicht gemeint! Aber ich könnte mir vorstellen, dass du und Ramona Rind prima zusammenpassen würdet."

„Ramona Rind? Wer ist denn ... ist denn das nicht die Schwester von dem Ermordeten am Grünten?" Lisa gewann plötzlich den Eindruck, dass ihre Sprache unsicher geworden sei. Sie erhob sich, schob Pauls Hände weg, die plötzlich überall waren, und ging ins Bad, wo sie sich das Gesicht mit kaltem Wasser abwusch. Dann ging sie kurz vor die Haustüre, sog die kalte Winterluft ein und kehrte deutlich erfrischt ins Wohnzimmer zurück.

„Ja, genau die ist es!" Paul Wanner sprach dort weiter, wo sie stehen geblieben war. „Ich kann mir vorstellen, dass ihr euch gut verstehen würdet und Ramona könnte auch die Abwechslung brauchen."

Lisa ließ sich mehr von Ramona Rind erzählen, die inzwischen das Bauunternehmen ihres Vaters überschrieben bekommen hatte.

Paul erzählte seiner Frau von der Vergiftung Ramonas, die beinahe zu ihrem Tod geführt hätte. Dann verschwand er ebenfalls an die frische Luft und kehrte mit verbesserter Durchsicht wieder zurück.

„Eigentlich schade, um unsere Reise", fing er wieder an, „schließlich wollten *wir* zwei zusammen reisen!"

„Natürlich wollten wir das. Aber dein Mord hindert uns ja daran", meinte Lisa und gähnte. „Und noch einmal möchte ich die Reise nicht verschieben, nachdem uns schon zweimal etwas dazwischen gekommen ist. Also ...", sie schnippte mit den Fingern und lächelte ihn an, „geht es jetzt eben ohne dich."

Wanner seufzte. Allerdings nicht besonders tief. Natürlich wäre er gerne mit Lisa weggefahren, aber Ägypten war nie sein Lieblingsziel gewesen. Zu heiß, keine Berge, viel Sand, ein Haufen Ruinen, kein Weizenbier: was also sollte er dort? Na ja, eine Woche hätte er in Hurghada am Roten Meer überlebt, aber es wäre schon knapp geworden. Viel lieber wollte er mit seiner Frau einmal im Herbst nach Südtirol oder in die Schweiz. Dort warteten eine Menge Berge auf ihn ...

Bevor Paul Wanner einzuschlafen drohte, was zu erwarten war, erhob er sich und klopfte seiner Frau sacht auf die Schulter. Morpheus hatte sich sein erstes Opfer schon geholt.

Aber am anderen Morgen sah die Angelegenheit anders aus. Lisa wollte nicht mehr ohne ihren Mann nach Ägypten reisen, lieber hätte sie die Reise ein drittes Mal verschoben. Aber Paul konnte sie ihr so schmackhaft machen, dass sie schließlich unter der Bedingung einwilligte, dass Ramona Rind sie begleitete. Beide waren sich darüber klar, dass diese von ihrem Glück ja noch keine Ahnung hatte und vielleicht um diese Zeit längst verplant war. Paul versprach, am Vormittag Ramona anzurufen.

Als er in sein Büro kam, lagen etliche Zettel auf seinem Schreibtisch, die er flüchtig durchsah. Wichtiges war nicht dabei, so wandte er sich seinem Flip-Chart zu. Bevor er sich erneut in den Fall eindenken konnte, klopfte es und Uli Hansen steckte seinen Kopf herein. – „Hallo, Paul! Störe ich?"

Wanner winkte ihm. „Grüß dich Uli! Schön dich wieder zu sehen. Wie war's im Urlaub?" Uli Hansen, der Vierte in seinem Team, war stets gut aufgelegt, Anfang dreißig und ledig. Er sah gut aus und war öfters am Abend in den Lokalen der Kemptener Innenstadt zu finden. Mit Bergsteigen hatte er nichts am Hut, das war ihm zu anstrengend. Er war erst relativ kurz im Allgäu, kam aus Niedersachsen und hatte mit der Allgäuer Sprache noch erhebliche Schwierigkeiten.

„Toll! Ich war mit ein paar Freunden aus Hannover an der Algarve, herrliche Felsenlandschaft, blaues Meer, sogar schwimmen konnte man noch."

„Na prima! Dann bist du jetzt ja gerade richtig fit, um in den neuen Mordfall einsteigen zu können", antwortete Wanner und winkte Uli zum Flip-Chart. Dort wies er ihn mit knappen Worten ein und bat ihn, Unterlagen bei Eva Lang zu holen, die sie kopiert hatte.

„Also gewöhn dich wieder ein", entließ Wanner seinen jungen Kollegen, der sich auf den Weg zu Eva machte. Wanners Blick streifte den Kalender. Es war Mittwoch, der 1. Dezember. Noch vier Wochen, dann war auch dieses Jahr wieder vorbei.

6

Am Donnerstag hatte man den zweiten Ski immer noch nicht gefunden. Wanner wurde langsam nervös. Er hatte sich eine Menge von diesem Ski erhofft. Niemand von ihnen glaubte, dass er sich zufällig vom Schuh gelöst hatte, auch wenn die modernen Bindungen manchmal aufgingen, wenn sie es gerade nicht sollten. Aber meistens saßen sie wie angegossen, das hatten die Männer auch bei dem Ski am Schuh des Toten erlebt. Wanner hatte sich mit seiner Idee der Leihski bei seinen Kollegen durchgesetzt. Die Suchanzeigen in den Zeitungen waren erschienen, aber es gab noch keinen Erfolg zu vermelden. Der Hauptkommissar lief in seinem Büro, ähnlich einem Tiger im Käfig, umher. Täglich klingelte sein Telefon mehrmals und Vorgesetzte oder Staatsanwalt erkundigten sich nach den Fortschritten. Die Medien ihrerseits versuchten die neuesten Erkenntnisse zu erfahren, wenigstens diese Anrufe nahm ihm Axel Wolf ab. Zum Kuckuck, dachte Wanner wütend, warum geht nix vorwärts? Er rief sein Team täglich zum Rapport, studierte den Flip-Chart und bastelte an der Zeichnung herum, ohne dass ihn dies auch nur einen Millimeter weiter brachte. Wer hatte den Unbekannten getötet, warum überhaupt und wieso dieser merkwürdige Tatort? Wo war der verflixte zweite Ski? Er rief noch einmal Karl Titscher bei der Nebelhornbahn an. Aber der konnte ihm auch nichts Neues mitteilen. Die Bergwacht hatte die Lifttrasse schon zweimal abgesucht, aber der zweite Ski war und blieb verschwunden. Kruzitürken, das gibt's doch nicht! Wanner hielt es auf seinem Stuhl nicht aus. Ein Ski mit einer Länge von 1,85 Metern verschwand doch nicht so einfach von der Bildfläche! Am liebsten würde er ... jawohl, und genau das mache ich jetzt, unterbrach er seine Gedanken. Er rief Kripochef

Wintergerst an und verständigte ihn von seiner Absicht. Der war überhaupt nicht erbaut davon, dass der Hauptkommissar persönlich nach dem Ski suchen wollte. Aber er sah ein, wie wichtig es war, jede Möglichkeit auszuloten. Außerdem war Wanner ein ausgezeichneter Skifahrer.

„Gut, fahren Sie morgen nach Oberstdorf und versuchen Sie Ihr Glück", sagte er schließlich. „Soll Sie noch jemand begleiten?"

Wanner verneinte dies. Am liebsten arbeitete er in solchen Fällen allein, da konnte ihn keiner ablenken.

„Vielleicht jemand von unserer alpinen Einsatzgruppe?" Wintergerst war hartnäckig.

Wanner überzeugte ihn, dass das in Frage kommende Gebiet nicht so groß war und er sich einfach einen Überblick verschaffen wollte, wohin der Ski verschwunden sein könnte. Außerdem käme es billiger, wenn er allein unterwegs war. Mit dem Sparsamkeitstrick konnte man heutzutage so manches lenken, dachte er und hörte aufatmend Wintergersts Zusage für den Alleingang. Sparsamkeit, so dachte er schmunzelnd, kann auch was Positives haben.

Eva klopfte kurz und trat ein. „Meinst du wir könnten herausfinden, *wo* das Öl und Fett verwendet wurde? Ich meine in welcher Werkstatt?"

Wanner schüttelte den Kopf. „Solche Schmierstoffe gibt es in Hülle und Fülle und sie werden wahrscheinlich in allen Werkstätten Bayerns verwendet. Es müsste schon ein absolutes Sonderöl oder -fett sein, dass man seinen Spuren folgen könnte, aber davon stand nichts im Bericht."

„Hm, na ja, schade", Eva Lang machte kehrt und wollte wieder gehen. Wanner hielt sie zurück und erzählte ihr von seinem Vorhaben.

„Oh, gratuliere", rief sie, „dienstlich Ski fahren, das ist doch mal was anderes!"

„Hör auf, solchen Quatsch zu reden", brummte

der Hauptkommissar. „Ich gehe nicht zum Ski fahren, sondern ich suche ein wichtiges Beweismittel in unserem Mordfall."

„Etwas anderes habe ich ja auch nicht gemeint". Eva schmollte ein wenig. „Dass du aber auch alles so ernst nimmst!" Sie ließ Wanner allein und ging zu ihrem Büro zurück. Jetzt wäre es Zeit für einen Tee, dachte sie mit einem Blick auf die Uhr.

Da tauchte Anton Haug in ihrem Blickfeld auf. „Kommst du vom Chef?", fragte er, ohne eine Miene zu verziehen.

„Ja, ich hab ihn was gefragt. Er fährt übrigens morgen selbst aufs Nebenhorn, um nach dem zweiten Ski zu suchen."

„Hat er dir das gesagt?"

„Ja, aber nur so nebenbei."

Haug sah beleidigt aus. Immer musste sie um den Chef herumtänzeln! Der hätte ihm doch zuerst davon erzählen können. Er ging verstimmt den Gang entlang. Eva sah ihm kopfschüttelnd nach. Was ist denn dem wieder für eine Laus über die Leber gelaufen? Sie wusste, dass Anton eifersüchtig sein konnte, wenn andere früher etwas erfuhren, als er. Schulterzuckend betrat sie ihr Büro. Du meine Güte, Anton, dachte sie, ich nimm dir deinen Posten nicht weg.

Paul Wanner fuhr am Freitag aufs Nebelhorn und stand jetzt an der Gipfelstation. Im Rucksack waren Fernglas und Fotoapparat, sowie eine Brotzeit, die ihm Lisa vorsorglich eingepackt hatte. Das Wetter war einigermaßen stabil, die Fernsicht gut, wenn auch leichte Schleierwolken vor der Sonne hingen und das Licht diffus erscheinen ließen. Paul Wanner fuhr bei diesem Licht nur ungern Ski. Man konnte kaum Buckel und Wannen erkennen, wenn man die Piste verließ, und das musste er heute vielleicht. Hier aus 2224 m Höhe hatte man einen fantastischen Rundblick über die Allgäuer und Kleinwalsertaler Bergwelt. Er blieb eine Weile stehen und genoss die Sicht. Dann zog er den Riemen seines Rucksacks fest, stieg in seine Bindungen und nahm die Stöcke auf. Die Bergstation der Koblat-Bahn lag schräg links unter ihm, etwa 150 Höhenmeter tiefer. Wanner studierte das Gelände unterhalb des Nebelhorngipfels. Er verfolgte die Abfahrten und versuchte sich ein Bild davon zu machen, was hier wohl am letzten Samstag geschehen sein mochte.

Also, wenn man vom Gipfel losfuhr, so wie er das jetzt gleich tun wollte, konnte man auf direktem Weg zur Bergstation gelangen, das war keine Schwierigkeit. Wenn der Mann diese Abfahrt benutzt hatte, war er von weitem schon zu sehen. Wanner überlegte. Wie würde er jetzt fahren, und welche Alternativen gab es noch? Er beschloss, die erste Fahrt an den rechten Rand der Piste zu legen, dann weiter bis zur Station Höfatsblick zu fahren und von dort mit der Gondel wieder zum Gipfel zurückzukehren. Dann kam die zweite Runde. Eine andere Route benutzend, könnte er auf diese Weise die gesamte Strecke zwischen Gipfel und Sesselbahn absuchen. Er stieß sich ab. Gekonnt zog er seine Schwünge die Piste hinab, wobei er darauf achtete, nicht so schnell zu werden, wie er es gewohnt war. Ein paar Mal blieb er stehen. Er prägte sich den befahrenen Streifen ein und hielt auf die Bergstation der Koblat-Sesselbahn zu, bog jedoch vorher rechts ab. Bis dorthin hatte er nichts gefunden. Nun folgte er der Lifttrasse, aber bis zur Talstation blieb das Ergebnis negativ. Er kehrte zum Gipfel zurück und begann die zweite Abfahrt. Wieder nichts, dachte Wanner, als er bei der Koblat-Bergstation abschwang. Dann stieg er aus den Bindungen, lehnte seine Ski an eine Verstrebung und wollte sich informieren. Da fielen seine Ski mit lautem Getöse um. Einer rutschte unter den abstehenden Holzboden und blieb mit seiner Bindung hängen. Der Hauptkommissar bückte sich, stellte den einen Ski wieder auf und versuchte dann den zweiten Ski herauszuziehen. Dies gelang ihm zunächst nicht, da sich die Bindung verfangen hatte. Er bückte sich noch einmal, um das Hindernis in Augenschein zu nehmen und nestelte daran herum. Gerade als er den Ski gelöst hatte, fiel sein Blick auf einen schmalen Gegenstand, der, fast vom Schnee zugedeckt, daneben lag. Wanner ließ sich auf die Knie nieder und langte unter den Boden. Er bekam etwas zu fassen und zog daran, konnte es aber nur wenige Zentimeter bewegen. Aber er fühlte bereits, dass er das Ende eines Skis in seiner Hand hielt!

Sein Herz begann schneller zu schlagen. Ein Ski hier unten? Wenn das nicht ... Er begann hastig an dem Ski hin und her zu rütteln und bekam ihn frei. Dann zog er schließlich ... einen Völkl P60 heraus. Er stieß einen Pfiff aus, legte sich auf den Bauch und schaute in den Hohlraum, konnte aber nichts weiter entdecken. Jetzt hab ich dich, war sein erster Gedanke und er suchte nach einem Aufkleber. Und da war er auch! Vor der Bindung und ziemlich zerkratzt. Aber man konnte noch Bruchstücke der Aufschrift erkennen, der Rest war jetzt Aufgabe des kriminaltechnischen Labors. Erleichterung machte sich bei Wanner breit. Endlich würden sie weiterkommen! Er stieg wieder in seine Ski, packte sich seinen Fund auf die rechte Schulter, die beiden Stöcke in die linke Hand und fuhr vorsichtig zur Station Höfatsblick ab. Er musste so schnell wie möglich nach Kempten zurück und den Ski untersuchen lassen.

Die Seilbahn brachte ihn nach Oberstdorf hinunter. Dort gab er Titscher kurz Bescheid, bat ihn die Bergwacht zu verständigen und fuhr zu seiner Dienststelle zurück. Als er in sein Büro kam, fand er einen Zettel von Anton Haug vor, er solle sich umgehend mit ihm in Verbindung setzen. Ohne den Anorak auszuziehen, rief Wanner ihn an. Haug teilte mit, dass ein gewisser Horst Lechner aus Sonthofen angerufen habe, er kenne wahrscheinlich den Mann auf dem Fahndungsfoto in der Zeitung. Aber dazu bräuchte er ein klareres Bild.

„Gut, bitte ihn nach Kempten zu kommen", antwortete Wanner.

„Hab ich schon. Er kann am späten Nachmittag hier sein."

„Prima. Und ich hab den zweiten Ski gefunden." Die Stimme verriet nichts von dem Triumph, der damit verbunden war. „Kommt mal alle kurz zu mir, sag es bitte den anderen." Wanner legte auf. Na also, es ging ja doch vorwärts! Beide Ereignisse konnten sie entscheidend weiter bringen.

Zehn Minuten später saßen Haug, Riedle, Hansen und Eva Lang um den runden Tisch in Wanners Büro und hörten sich gespannt den Bericht ihres Chefs an. Das war ja wohl klar gewesen, dass nur *er* den Ski finden konnte! Sie grinsten alle vor sich hin. Hätte man Wanner gleich aufs Nebelhorn geschickt, wären sie schon zwei oder drei Tage weiter. Haug und Riedle wurden beauftragt, Horst Lechner das Originalbild vorzulegen und ihn entsprechend zu befragen, woher er den Toten kannte, und alles, was in diesem Zusammenhang wichtig war. Hansen sollte Verbindung zum technischen Labor halten, das unbedingt heute noch den Aufkleber entziffern sollte, und Eva war mit der Suche nach Werkstätten beschäftigt, in denen vielleicht seit Sonntag ein Mann fehlte. Außerdem sollte sie sich um den Fingerabdruck vom Sessel kümmern, dessen Identität immer noch nicht feststand. Jetzt lief die Maschinerie auf vollen Touren. Der Hauptkommissar rieb sich die Hände. Es wäre doch gelacht, wenn wir den Burschen nicht finden, der Skifahrer erschoss und sie dann in einen Sessel verfrachtete!

Draußen begann es schnell zu dämmern. In der Stadt selbst lag noch kein Schnee. Die einsetzende Dunkelheit wurde durch tief hängende Wolken verstärkt. Am Außenthermometer erkannte Wanner zwei Grad, lange würde der Schnee auch hier nicht mehr auf sich warten lassen. Der Straßenlärm drang gedämpft ins Zimmer, seit sie Schallschutzfenster hatten, konnten sie in größerer Ruhe arbeiten.

Wanner ergänzte seinen Flip-Chart mit einigen Daten. Dabei sah er unruhig auf seine Uhr. Würden heute noch Ergebnisse bekannt werden? Er hoffte, dass Horst Lechner bald hier wäre, um den Toten, der noch in München war, anhand des Bildes zu identifizieren und auch der Skiaufkleber sein Geheimnis preisgeben würde.

Eine Stunde später war der große Ruck nach vorn geschehen! Horst Lechner hatte nicht nur den Toten als Thomas Klein identifiziert, sondern auch den Arbeitsplatz angegeben. Haug und Riedle saßen Wanner gegenüber und berichteten anhand von Notizen. Horst Lechner und Thomas Klein arbeiteten in einer Werkstatt, die am Stadtrand von Sonthofen untergebracht war. Von deren Vorhandensein wusste kaum jemand etwas. Merkwürdigerweise sah man nie eine Reklame oder hörte etwas von der Arbeit, die dort stattfand. Es war, als ob es die Werkstatt gar nicht gäbe.

„Und wer sind denn nun Lechner und Klein?“, fragte Wanner dazwischen.

„Sie arbeiten an einem neuartigen Motor, dessen Treibstoffverbrauch erheblich reduziert werden soll.“ Haug machte eine Kunstpause und genoss die sichtbare Neugier des Hauptkommissars.

„Ja und, mach schon weiter“, drängte der.

„Also wenn wir den Lechner richtig verstanden haben, arbeiten sie an diesem Projekt, zusammen mit einem dritten Mann. Sie entwerfen Motoren für einen völlig neuen Treibstoff ... “.

Paul Wanner sah etwas überfordert seine Gegenüber an. „Also was denn nun, arbeiten sie an einem neuen Treibstoff oder an einem neuen Motor?“

„Lechner hat sich nicht deutlich ausgedrückt und schob dies auf Daten- und Entwicklungsschutz. Wir sind der Meinung, dass sie an einem Motor arbeiten, der eventuell unabhängig von Rohöl arbeiten soll."

Wanner sah sie überrascht an. „Das würde die Öl- und Fettreste unter den Fingernägeln erklären", sagte er sinnend, „und die Brisanz der ganzen Angelegenheit. Wer hat Interesse daran, dass ein solcher Motor nie das Licht der Welt erblickt?"

„Natürlich alle, die Rohöl liefern und alle, die es verarbeiten." Alex Riedle lehnte sich in seinem Stuhl zurück. „Da hätten wir aber einen ganz dicken Fisch an der Angel!"

Wanner nickte. „Wenn das wirklich der Fall ist, müssen wir unser weiteres Vorgehen sehr genau überdenken. Ich könnte mir vorstellen, dass solche Leute nicht nur über *eine* Leiche gehen. Da geraten dann wohl auch wir in ihr Visier. Wer ist übrigens der Chef?"

„Das war aus Lechner nicht rauszukriegen."

Sie diskutierten noch eine Weile, als es klopfte und Eva eintrat. Sie schwenkte ein Blatt Papier und strahlte. „Sie haben das Etikett entziffern können. Es handelt sich um ein Sportgeschäft in Sonthofen in der Burgberger Straße, das auch Ski verleiht. Ich habe dort gleich angerufen, aber es war niemand mehr da. Es müsste aber auch morgen noch reichen, die sind ja am Samstag voll tätig." Sie trat näher und legte das Blatt auf Wanners Schreibtisch.

„Gut! Das ist der zweite Streich, vom ersten haben wir soeben erfahren. Wir wissen den Namen des Toten und kennen seine Arbeitsstätte. Das Sportgeschäft kann uns jetzt aber noch diesen Namen bestätigen." Wanner erzählte von den gehörten Neuigkeiten.

„Dann wäre dein Ausflug aufs Nebelhorn ja gar nicht notwendig gewesen?" Anton Haug trank genüsslich einen Schluck Wasser.

In Wanner stieg Ärger auf. „Erstens hat vorher niemand gewusst, dass wir den Namen über unsere Suchanzeige herausbekommen würden, zweitens ist es immer gut, Bestätigung für eine Ermittlung zu haben!“ Er sah Anton Haug nicht besonders freundlich an. Bloß weil der nicht Ski fahren konnte, motzte er herum!

Eva hatte sich einen Stuhl herangezogen. „Soll ich den Uli dazuholen?“, fragte sie. Wanner nickte.

„Hab schon probiert, er war aber nicht im Büro.“ Er rief noch einmal dort an, aber Uli hob nicht ab.

„Ich erzähl's ihm morgen früh, wir müssen sowieso auch am Samstag hier sein. Also fassen wir kurz zusammen ...“ Sie besprachen die neue Situation und legten sich einen Plan über ihr weiteres Vorgehen zurecht.

Als Wanner abends heimkam, wartete Lisa schon gespannt auf ihn. „Und, hast du Ramona gefragt?“

Ihr Mann holte tief Luft, dann sah er irgendwo auf die Gardinenstange hinauf und schüttelte langsam den Kopf. „Es war heute einfach zu viel los, ich musste ja auch noch aufs Nebelhorn fahren und ...“

Lisa seufzte. „Wie könnte es auch anders sein? Jetzt schiebst du es wieder hinaus, bis es zu spät ist!“

Wanner sah auf die Uhr. Es war kurz vor acht. Ohne ein weiteres Wort ging er zum Telefon, suchte die Nummer heraus und rief Ramona Rind an.

Während Lisa kopfschüttelnd die Herdplatte wieder anmachte um das Essen warm zu halten, hörte sie ihren Mann lang und mit vielen Betonungen sprechen. Immer wieder tauchten Halbsätze auf, wie „ihr werdet euch prima verstehen“, „nur kurze Reise“, „gar nicht heiß um diese Zeit“.

Als Lisa mit entschlossener Miene das Essen ins Zimmer brachte, saß ihr Mann lächelnd auf seinem Platz. „Ramona will sich das bis morgen überlegen. Aber was ich so herausgehört habe, wäre sie durchaus nicht abgeneigt ...“

Wanner kam mit seiner Frau überein, dass sie selbst mit Ramona Rind sprechen sollte. Dann ging es nicht um zwei Ecken und die Damen konnten das Notwendige direkt austauschen.

7

Es geschah Ende September ... Ein Taxi fuhr langsam die Mühlenstraße entlang. Die Scheiben waren getönt, sodass man die beiden Männer kaum sehen konnte, die im Fond saßen. Der Fahrer trug eine Sonnenbrille und beugte sich gelegentlich nach vorn, um besser die Straßenschilder lesen zu können. Vor der Fußgängerzone bog er links ab und erreichte Schüsselbuden. Unterhalb der Marienkirche rief ihm einer der Fahrgäste zu:

„Von hier ist es nicht mehr weit zu unserer Adresse. Wir haben noch Zeit und gehen ein Stück zu Fuß. Holen Sie uns bitte um ...", er wandte sich an seinen Begleiter und wechselte ein paar Worte mit ihm „... um 18 Uhr wieder ab. Die Anschrift ist Königstraße 18 B. Wenn Sie nicht vor dem Haus parken können, kommen Sie bitte, uns abzuholen."

Der Fahrer nickte und hielt an. Die beiden Männer kletterten aus dem Auto und begaben sich mit ihren Aktenkoffern zur Mengstraße. Dort bogen sie rechts ab, passierten das Buddenbrook-Haus und bummelten über die Breite Straße.

Erik Sörensen wandte sich an seinen Begleiter.

„Lübeck hat eine wunderschöne Altstadt! Ich bin immer wieder gerne hier und schau mir die herrlichen Fassaden und Portale aus den verschiedenen Stilepochen und die Backsteingotik der Kirchen an. Und diese Lage! Rundherum von Wasser umschlossen: einen besseren und geschützteren Ort hätten sich die Gründer vor 900 Jahren nicht aussuchen können."

Torsten Becker nickte. „Mir geht es ebenso. Vor allem die Umsegelung der Stadt mit dem Ausflugsschiff ist etwas Besonderes. Ich liebe diese alten Segelschiffe im Oldtimerhafen an der Untertrave. Dort lagen ja einst auch die Koggen der Hanse." Sie erreichten das Rathaus, dessen Bau 1230 begonnen wurde. Auffallend die hoch aufragende Südwand mit den beiden großen Windlöchern. Von der Breiten Straße führt eine prachtvolle Renaissancetreppe in den ersten Stock, wo sich der in Rokoko gehaltene Audienzsaal befindet.

Becker und Sörensen warfen einen kurzen Blick auf den Marktplatz, mit den sehenswerten alten Gebäuden. Dann gingen sie am Café Niederegger, Herstellungsort des Lübecker Marzipans, vorbei zur Königstraße, die mitten durch die Stadt verläuft. Sie bogen links ab und erreichten ihr Ziel, ein Eckhaus mit renovierter Fassade. An einem Portal aus dem 16. Jahrhundert, mit einem kleinen Namensschild „P.A. Glandorp", zog Becker den Messinggriff einer Schelle, deren Läuten bis auf die Straße drang. Die Tür öffnete sich wie von Geisterhand und fiel nach ihrem Eintreten von selbst wieder ins Schloss. Sie befanden sich in einem Flur, an dessen Wänden alte Gemälde mit Schiffsmotiven hingen. Im Hintergrund führte eine steinerne Treppe in den ersten Stock. Ein Mann kam herunter. Er mochte Mitte fünfzig sein, ein weißer, gestutzter Bart umrahmte sein Kinn. Seine große Gestalt bewegte sich flink über die Treppenstufen. Mit ausgestreckter Hand kam er auf Becker und Sörensen zu.

„Guten Tag, guten Tag! Bitte entschuldigen Sie, dass ich Sie nicht persönlich am Eingang begrüßt habe! Herzlich willkommen! Ich freue mich, dass wir uns heute wieder sehen. Das letzte Mal liegt ja schon etwas zurück."

Sie schüttelten sich die Hände und die beiden Ankömmlinge folgten ihrem Gastgeber in den ersten Stock. Sie waren nicht das erste Mal hier, deswegen kannten sie das in Renaissance gehaltene große Wohnzimmer schon, das über die gesamte Breite des Hauses verlief und vier Fenster auf die Königstraße hinaus hatte. Trotzdem überraschte sie immer wieder der geschmackvoll eingerichtete Raum, der Wohlhabenheit und Stilgefühl verriet.

Per-Axel Glandorp bat sie Platz zu nehmen und bot ihnen einen Drink an, den sie dankend annahmen. Sie begannen ein allgemeines Gespräch, dem die jeweiligen gesundheitlichen Verhältnisse zu entnehmen waren. Nach einer Viertelstunde erhob sich Glandorp und goss die Gläser noch einmal nach. Dann wandte er sich an seine beiden Gäste. „Ich danke Ihnen, dass Sie meiner Einladung Folge geleistet haben. Wir haben ein Problem zu besprechen, das globale Bedeutung erreichen könnte. Ich habe Sie beide um Ihren Besuch gebeten, weil ich weiß, dass Sie die richtigen Ansprechpartner sind."

Er hob sein Glas und prostete ihnen zu. Becker und Sörensen taten ihm Bescheid. Dann setzte Glandorp sein Glas hart auf die polierte Platte, deren Intarsien die Zeit bisher ohne jede Beschädigung überstanden hatten.

„Ich will mich kurz fassen: Mir ist zu Ohren gekommen, dass an einem Motor gebaut wird, der weder Benzin noch Dieseltreibstoff braucht und nicht mit gewöhnlichem Wasserstoff betrieben werden soll! Überlegen Sie mal, was das bedeuten würde: der Rohölverbrauch würde drastisch sinken, die OPEC-Länder hätten dramatische Einkommenseinbußen und die Erdöl verarbeitende Industrie in den westlichen Staaten, ihre Zwischenhändler und das gesamte Vertriebsnetz verzeichneten ungeheure Verluste. Außerdem müssten alle Automobilhersteller, ich wiederhole: *alle* Automobilhersteller ihre Produktionen umstellen. Das allein gäbe einen Aufwand, der in die Hunderte von Milliarden ginge. Unsere Geschäfte, Ihre und meine, wären unmittelbar betroffen. Was das bedeutet, brauche ich wohl nicht näher auszuführen. Es geht nicht um Peanuts, sondern um Beträge im achtstelligen Bereich, möglicherweise sogar um die Existenz. Das heutige Zusammentreffen soll einer ersten Bestandsaufnahme der neuen Situation dienen, die ich mit Ihnen gerne erörtern möchte." Glandorp lehnte sich zurück und sah seine Gegenüber gespannt an.

Becker und Sörensen waren verdutzt. Dann erwiderte Becker: „Davon habe ich schon gerüchteweise gehört. Aber nicht zum ersten Mal. Immer wieder tauchen solche Hinweise auf, deren einziges Ziel die Störung des Erdölmarktes ist. Wer sagt uns, dass es diesmal nicht wieder so ist?"

„Und", ergänzte Sörensen, „die Entwicklung eines solchen Motors ist wohl so schwierig, dass er längst auf dem Markt wäre, wenn sie einfach wäre."

Glandorp nickte. „Möglicherweise gibt es ihn schon! Aber die Gegner, zu denen auch wir gehören", er lachte vor sich hin, „hätten weltweit wohl soviel Kapital dagegen setzen können, dass jeder Erfinder umgefallen wäre. Tatsächlich wüssten es nur ganz wenige, wenn ein solcher Motor serienreif vorliegen würde."

„Trotzdem, ich weiß nicht. Sollen wir uns ins Bockshorn jagen lassen, nur wegen eines Gerüchtes?" Becker leerte sein Glas.

Sörensen betrachtete ein Gemälde auf der gegenüber liegenden Wand. Es zeigte die Seeschlacht bei Lepanto und war meisterhaft ausgeführt. 17. oder 18. Jahrhundert, schätzte er und wandte sich wieder Glandorp zu.

„Darf ich fragen, woher Sie davon erfahren haben?"

Sein Gesprächspartner wiegte den Kopf. Man sah ihm an, dass er hierauf ungern antworten wollte. „Nun, es sollte zunächst genügen, dass es Hinweise und nicht nur Gerüchte gibt. Um aber darüber Klarheit zu erhalten, müssten wir uns vergewissern. Mit anderen Worten: wären Sie bereit, dazu beizutragen, dass wir einen, sagen wir, Kundschafter dorthin schicken, wo dieser Motor entsteht? Natürlich muss das ein Experte im Motorenbau sein, deshalb habe ich Sie hergebeten." Es blieb ihm nichts anderes übrig, als die beiden einzuweihen.

Sörensen und Becker sahen sich an. Letzterer meinte dann zögernd: „Wenn das unsere Firma erfährt, werden wir gefeuert. Zwar läge eine Aufklärung der Angelegenheit auch in ihrem Interesse, aber die Bosse würden das wohl anders aufziehen wollen.“

Sein Begleiter nickte nachhaltig. „Um es gezielt auszudrücken: wir können und wollen es uns nicht leisten, aus der Firma zu fliegen!“

Glandorp verzog keine Miene. Natürlich hatte er nicht erwartet, dass seine Gäste von seinem Plan begeistert wären. Also würde er weiter mit Geduld und Taktik, und zum Schluss noch mit einer hübschen Summe, die beiden zu überzeugen versuchen.

„Wie ich schon sagte: es muss ein Experte sein, der sich den neuen Motor einmal ansieht, jeder andere wäre uns ohne Nutzen. Und natürlich wird das nicht an die große Glocke gehängt. Meine ... sagen wir: Auftraggeber ... wären sehr interessiert daran, dass von einem Besuch und einer ... Untersuchung ... des neuen Motors niemand, ich wiederhole: niemand etwas erfährt. Wenn bei diesem Besuch dem Motor ein Leid geschähe und gar Unterlagen verschwänden, würden diesen Umstand einige Stellen sehr hoch schätzen!“

Er betonte das *sehr hoch.*„Es müssten auch nicht zwei Mann sein, die das Unternehmen durchführen, je weniger, umso besser. Einer würde – vielleicht – genügen!“

Becker verzog sein Gesicht. Dass er und Sörensen hierher gebeten worden waren, hatte natürlich auf eine besondere Sache schließen lassen. Aber was er jetzt erfahren hatte, ging ihm zu weit. Er wandte sich an Sörensen:

„Was meinen Sie dazu?“

„Nun“, der zögerte etwas, „natürlich dürfte von der Angelegenheit absolut nichts nach außen dringen. Das müsste garantiert werden. Zum anderen wären die Spesen hoch ...", als er Glandorps Gesicht sah, setzte er schnell hinzu: „ ... sehr hoch. Wenn ich recht verstanden habe, müsste man dem Motor einen unangemeldeten Besuch abstatten. Das bedarf einer genauen Vorbereitung und verlangt Ortskenntnisse, die man sich nur dort holen kann, wo der Motor steht. Das dauert. Woher diese Zeit nehmen, damit niemand dahinter kommt?"

Glandorp unterdrückte einen zufriedenen Gesichtsausdruck. Schneller als erwartet lief der Hase in die geplante Richtung. Nun galt es so zu taktieren, dass er nicht kurz vor dem Käfig noch umkehrte. Er wandte sich daher Sörensen zu und antwortete in einem jovialen Ton: „Über Kosten brauchen wir uns nicht zu unterhalten. Alle Spesen werden wie üblich gedeckt, der Rest wird mit einer sechsstelligen Summe honoriert. Meinerseits kann ich die Garantie übernehmen, dass außerhalb dieses Raumes niemand etwas erfahren wird, was hier gesprochen wurde. Es dürfen allerdings auch keine anderen Personen eingeweiht werden. Vor Ort gibt es einen Mittelsmann, dessen Namen ich erst preisgeben werde, wenn es notwendig ist. Er wird von mir entsprechend benachrichtigt und ist absolut zuverlässig. Im Übrigen würde ich vorschlagen, dass Sie beide sich unser Gespräch durch den Kopf gehen lassen und sich mit mir, sagen wir morgen um die gleiche Zeit, wieder treffen. Ihre Firma wird natürlich nie etwas von unserem Gespräch erfahren, es wäre ja auch sehr fatal für Sie." Sein Gesichtsausdruck hatte plötzlich alle Freundlichkeit und Jovialität verloren.

Becker und Sörensen wussten sehr wohl, dass hinter den letzten Worten eine unausgesprochene Drohung lag. Tatsache war, dass sie Glandorp in der Hand hatte. Vor zwei Jahren hatten sie sich auf Geschäfte mit ihm eingelassen, die ihnen sehr viel Geld einbrachten. Später stellte sich heraus, dass sie illegal waren. Aber sie konnten nichts mehr rückgängig machen. Da Glandorp stets gut bezahlte, hatten sie die Bekanntschaft weitergeführt, was sie immer mehr in seine Abhängigkeit brachte.

Sie erhoben sich und verabschiedeten sich von Glandorp, der seine Freundlichkeit wiedergewonnen hatte. Als sie auf die Straße hinaus traten, war es kurz vor 18 Uhr. Das Taxi stand schon vor dem Haus, der Fahrer sah dem Verkehrstreiben auf der Königstraße zu. Er fuhr sie ins angegebene Hotel. Unterwegs sprachen sie kein Wort. Erst nachdem sie ihre Zimmer bezogen hatten, trafen sie sich an der Bar und verabredeten sich zum Abendessen in der „Schiffergesellschaft", einem traditionsreichen Lokal in Lübeck.

Sie gingen zur verabredeten Zeit zu Fuß das kurze Stück vom Hotel dorthin. Das Haus aus Backsteinen hatte einen Treppengiebel und war als Versammlungshalle der Schiffer 1535 entstanden. Es machte einen gepflegten Eindruck. Die zum Restaurant umgewandelte Halle hatte noch ihre originale mittelalterliche Einrichtung und bot eine heimelige Atmosphäre.

Da sie einen Tisch für sich bekamen, besprachen Becker und Sörensen die entstandene Situation. Sie einigten sich, das „Angebot" nicht abzulehnen. In diesem Punkt war Glandorp deutlich gewesen. Jetzt ging es noch um *wer* und *wie*.

„Der Bursche lässt uns ganz schön zappeln", meinte Sörensen und nahm einen Schluck aus seinem Bierglas. „Wir wissen ja nicht einmal, wo dieser ominöse Motor stehen soll!"

Becker hatte sich über seine Salatschüssel hergemacht und nickte mit vollem Mund. Dann meinte er: „Das stimmt schon. Aber es kann uns gleich sein, wo der Motor zu finden ist, wir müssen allemal dorthin fahren. Was uns klar werden muss, ist die Frage, ob nur einer von uns den Auftrag ausführen soll oder beide." Da gerade ihre Hauptspeise kam, wurde die Klärung verschoben und beide aßen schweigend, wobei nur ab und zu ein anerkennender Laut zu hören war.

Beim Nachtisch nahm Sörensen den Gesprächsfaden wieder auf. „Wir hängen beide drin und wir sollten auch dieses Mal wieder zusammenarbeiten. Zwei sehen mehr, hören mehr und können mehr. Einer kann dem anderen zu Hilfe kommen, es gibt einfach mehrere Gründe für ein gemeinsames Vorgehen."

Becker kratzte den Rest der Mousse au chocolat von seinem Teller. „Ich habe mir das auch überlegt. Wir müssen möglichst heute noch zu einem Entschluss kommen. Morgen Vormittag können wir dann einen Schlachtplan entwerfen und ihn Glandorp am Nachmittag vorlegen. Was mich noch beschäftigt, ist die Höhe unserer „Vergütung". Was er uns da zugesagt hat, klingt natürlich gut und bisher hat auch immer alles geklappt mit der Bezahlung. Aber was ist, wenn er uns diesmal linken will?"

Sörensen schüttelte den Kopf. „Erstens glaube ich das nicht, schließlich ist er ein angesehener Geschäftsmann und kein Gangster, zweitens wäre er uns dann los, und drittens möchte ich eine Überweisung sehen, die zu Beginn unserer Aktion auf ein Schweizer Nummernkonto erfolgt ist. Über die Höhe müssen wir morgen noch verhandeln."

Becker dachte nach. „Na ja, so könnte man verfahren. Also machen wir es zusammen?"

„Hand drauf. Bei dieser Gelegenheit schlage ich vor, uns zu duzen, schließlich sind wir Komplizen." Er lachte etwas unsicher und streckte Becker die Hand hin, die dieser ergriff und schüttelte. „Darauf wollen wir noch einen trinken! Herr Ober?" Er drehte sich um, doch von dem war nichts zu sehen. „Na ja, der wird wohl wieder mal in unsere Gegend kommen."

Er wandte sich Becker erneut zu. „Was mich beschäftigt: Sind wir nun Gangster oder noch ehrliche Motorenbauer?"

Der zuckte die Schultern. „Wem tun wir weh, außer unserem Herrn Finanzminister? Klar, wir sollen einen Motor zerstören und Unterlagen klauen. Du hast recht: einfach ist das nicht!"

Sie redeten eine Weile weiter, tranken auch noch zwei Biere. Als sie schließlich die Schiffergesellschaft verließen, stand der Mond hoch am Himmel und warf ein fahles Licht über die Hansestadt. Von der Trave blies ein heftiger Wind herauf.

8

Paul Wanner war am vierten Dezember ziemlich rege. Er telefonierte gleich selbst mit dem Sportgeschäft in Sonthofen und ermittelte, dass an einen gewissen Thomas Klein ein Paar Ski der Marke Völkl P60 und ein Paar Stöcke der Marke Leki ausgegeben aber und bisher nicht zurückgegeben wurden. Wanner bedankte sich und versprach, Ski und Stöcke zu bringen. Er war sich jetzt sicher, dass der Tote am Nebelhorn eben dieser Thomas Klein war. Das Fragezeichen, das am Flip-Chart noch hinter dem Namen stand, wurde von ihm wegradiert. So ist es jetzt, und von da geht's weiter, dachte er grimmig. Warte nur, Bursche, wir kriegen dich! Er rief Riedle und Hansen an und vereinbarte mit ihnen eine Fahrt nach Sonthofen. Er wollte sich selbst die Werkstatt ansehen, in der Thomas Klein gearbeitet hatte. Innerhalb kürzester Zeit waren sie unterwegs und langten 40 Minuten später vor dem angegebenen Haus an. Es lag am östlichen Stadtrand an einer schmalen Straße, die im Abstand von einigen Metern an ihm vorbeilief. Der Vorgarten sah verwildert aus, das Gras war nicht gemäht, es lag vom Schnee umgebogen und wirr am Boden. Teile des Fassadenputzes waren herabgefallen, das Haus machte mit seiner Staubschicht und den vorhanglosen Fenstern einen vernachlässigten, geradezu unheimlichen Eindruck. Wanner schüttelte den Kopf. Was war das denn für eine seltsame Werkstatt? Nirgends waren Maschinen zu sehen. Das Haus schien verlassen zu sein.

„Sind wir hier überhaupt richtig?“, fragte er seine Kollegen. Riedle blickte auf einen Zettel.

„Der Anschrift nach stimmt es.“

Wanner läutete, doch der Klingelknopf schien keinen Widerstand zu haben. Er schob die Gartentüre auf und klopfte an die Haustüre. Nichts rührte sich. Er bewegte den Drücker, die Tür war abgeschlossen. Sie gingen um das Haus herum. Überall das gleiche Bild von menschlicher Abwesenheit. An der Rückseite des Gebäudes schloss sich ein geteerter Hofraum an, der leer war. Ein Ölfleck zeigte an, dass hier öfters ein Auto geparkt worden war. Hinter dem Hof führte ein breites Tor aus Maschendraht auf einen angrenzenden Weg. Bäume markierten einen Grenzverlauf. Am Haus war ein flacher Anbau, der eine ganze Hofseite einnahm. Alle Fenster waren innen verhängt, sodass man nicht sehen konnte, was sich dahinter verbarg. Der Anbau hatte eine Doppeltüre, die ebenfalls verriegelt war, wie Uli Hansen schnell feststellte. Das Haus selbst hatte keinen zweiten Eingang.

Wanner ging zu dem Maschendrahttor und blickte hinaus. Draußen lief ein gekiester Fahrweg vorbei, der dem Zaun folgte und in einer Kurve verschwand. Das Tor ließ sich leicht öffnen. Wanner sah, dass die Angeln gefettet waren. Auf dem Weg war ebenfalls ein Ölfleck, direkt vor der Einfahrt.

„Uli, geh du den Weg links und der Alex rechts. Schaut mal, ob irgendetwas Auffälliges zu sehen ist.“

Er selbst wandte sich noch einmal dem Hof zu und umschritt ihn, sorgfältig den Boden betrachtend. Immer wieder huschte sein Blick zu Haus und Anbau, aber beide machten nach wie vor einen menschenleeren Eindruck. Nach ein paar Minuten kamen seine Mitarbeiter zurück.

„Der Weg links endet nach etwa 20 Metern an einem Grundstück, in dem aber kein Gebäude liegt", meinte Hansen.

Riedle zuckte die Achseln. „Rechts runter hat der Weg nach etwa 150 Metern einen Anschluss an die öffentliche Straße. Ein paar Häuser liegen mit ihrer Rückseite daran, ähnlich wie dieses hier. Sonst hab ich nichts feststellen können."

„O.K., dann lasst uns mal das Gebäude in Augenschein nehmen." Paul Wanner ging zur Türe des Anbaues und untersuchte das Schloss. Er pfiff durch die Zähne. Das war ja ein Sicherheitsschloss mit mehreren Zuhaltungen, dachte er, das wird nicht einfach werden.

„Uli, schau mal auf die Vorderseite, ob die Luft rein ist!", wandte er sich an seinen Kollegen und wartete, bis der zurückkam.

„Scheint eine wenig frequentierte Gegend zu sein, außer einem geparkten Auto ist nichts zu sehen."

Wanner wurde aufmerksam. „Sitzt jemand im Wagen?"

Hansen schüttelte den Kopf. „Nein, ich hab niemanden gesehen."

Dies war ein Irrtum, der sich noch ziemlich nachteilig für ihn auswirken sollte.

„Gut, dann schauen wir mal, ob die Türe zufällig offen steht. Der Alex kommt mit. Uli, du passt hier draußen auf." Der nickte und stellte sich an die Hausecke, von der aus er sowohl den Hof als auch ein Stück des Vorgartens überschauen konnte. Während ihm Alex Riedle gespannt zusah, versuchte sich Paul Wanner am Türschloss. Er hatte einen Bund entsprechender Schlüssel und Dietriche herausgezogen und probierte nun einen nach dem anderen. Doch keiner passte. Noch einmal probierte er seine Werkzeuge durch – wieder ohne Ergebnis. „Mist", murmelte er, „so was gibt's doch nicht!

Bisher hab ich noch jedes Schloss aufgebracht." Er kniete sich hin, um besser sehen zu können.

Riedle beugte sich zu ihm hinab. „Soll ich mal probieren?"

Nach einer Weile antwortete der Hauptkommissar brummig: „Von mir aus! Ich bring das Ding nicht auf!"

Aber auch Riedles Bemühen blieb ohne Ergebnis. Kopfschüttelnd gab er Wanner den Schlüsselbund zurück. „Könnte es sein, dass es sich um irgendein ausländisches Fabrikat handelt?"

„Könnte sein, ist aber nicht zu erkennen. Wir müssen da rein. Mein Versuch verfolgt lediglich den Zweck ohne Lechner, der ja einen Schlüssel haben müsste, einen ersten Blick in die Werkstatt zu werfen." Er rief Uli Hansen her. „Hast du die Adresse von dem Lechner?"

Der zog sein Notizbuch aus der Tasche und blätterte schnell darin. „Ja, hier: Sonthofen, Kreisstraße 14."

„Waaas? Kreisstraße 14?" Wanner schwante Unheil. „Seltsamer Straßenname, noch nie gehört. Also los, fahr hin und schau, ob du den Lechner herbringen kannst. Mit Schlüssel! Alex und ich machen in der Zwischenzeit einen Spaziergang in der Gegend. Sagen wir: In einer Stunde könntest du wieder hier sein?"

Hansen nickte und ging zum Wagen. Wanner wandte sich an Riedle: „Wir zwei gehen ein bisschen Klinkenputzen. Nimm du die Straße nach links, ich die nach rechts, soweit es jeweils Wohnhäuser gibt. Frag die Leute, was sie über diese Werkstatt wissen, wer Hausbesitzer ist und was sie eventuell beobachtet haben. Jede Kleinigkeit kann wichtig sein. Viele Häuser stehen hier nicht in der Nachbarschaft, ich glaube, wir könnten es schaffen bis Uli wieder kommt."

Sie trennten sich und jeder ging eine Seite der Straße vor dem Haus ab. Plötzlich fiel Wanner auf, dass irgendetwas nicht stimmte. Er sah aber nichts Besonderes. Schon wollte er zum nächstliegenden Haus weitergehen, als es ihm einfiel: na klar, vorhin hatte ja der Uli von einem Wagen gesprochen, der hier geparkt hatte. Jetzt war er weg. Das musste nichts bedeuten, aber sein Instinkt sagte ihm, dass in dieser kaum bebauten Straße ein Auto nicht ohne Grund vor der Werkstatt gestanden hatte.

Er befand sich kurz vor dem nächsten Haus. Die Straße passierte dieses und mündete in die etwa 150 Meter entfernte, nach Bad Hindelang führende Hauptstraße. Ihr ganzer Verlauf war allerdings nicht zu sehen, weil ein paar Kurven dazwischen lagen und Bäume und Sträucher die Sicht versperrten.

Inzwischen war der Hauptkommissar beim Nachbarhaus angelangt. Es war ein altes, umgebautes Bauernhaus, bei dem Wohnhaus, Stall und Scheune unter einem Dach lagen. So war die frühere Bauweise im Allgäu, dachte Wanner. Im ehemaligen Stall waren zwei Garagen eingebaut, die Scheunentore mit einer Kette gesichert. Wanner fand einen Klingelknopf und läutete. Die Stille hier am äußersten Stadtrand war fast bedrückend. Einzig der Verkehrslärm auf der fernen Hauptstraße unterbrach sie. Schon wollte Wanner wieder gehen, als hinter der Tür schlurfende Schritte laut wurden und eine ältere Frau heraustrat.

„Ja? Was gibt's?“ Sie war ärmlich gekleidet und hatte einen Stock in der Hand. Zuerst hielt Wanner ihn für eine Abwehrwaffe, bis er merkte, dass die Frau humpelte.

„Wanner von der Kriminalpolizei Kempten“, er zeigte seinen Ausweis, den die Frau aber nicht ansah. „Ich ermittle in der Gegend hier in einem Mordfall und möchte gerne ein paar Fragen an Sie richten.“

„Mordfall?“ Die Augen der Frau nahmen einen ängstlichen Ausdruck an. „Wen habens denn umbracht?“

„Darf ich kurz hineinkommen?"

Zu seinem Erstaunen schüttelte die Frau ihren Kopf. „I hab nicht aufgräumt, i leb allein. Und gehn kann i au nimmer so gut." Sie wies auf ihren Stock.

„Na gut, bleiben wir hier. Dieses Haus dort drüben", Wanner wies auf die Werkstatt, „hat im Hof einen größeren Anbau. Wissen Sie, wem die Gebäude gehören?"

Die Frau zuckte die Schultern und stützte sich auf ihren Stock. „Des war mal ein alts Austragshaus. Die frühern Besitzer habens verkauft und sind weggezogen. Später sind dann ein paar Fremde kommen und haben den Anbau hinbaut. Hinterm Haus is ein Feldweg, den habens aufgekiest und sind öfters auf *dem* zum Haus gfahrn, als auf der Straßn *vor* dem Haus."

„Mit welchen Fahrzeugen sind die immer gefahren? Waren es LKW?"

„Na, da wär der Weg zu schmal. Des warn so Kastenwägen, wie mans heut oft fahrn sieht."

„Haben Sie jemals die Leute gesehen? Ich meine so, dass Sie sie wieder erkennen würden?"

Die Frau machte eine abweisende Geste. Unruhig huschte ihr Blick zu der Werkstatt hinüber, deren Dach gerade noch hinter Bäumen und Büschen auszumachen war.

„Na, so näh war i nie." Sie machte einen Schritt rückwärts.

„Entschuldigen Sie, ich habe Sie noch gar nicht nach Ihrem Namen gefragt!?"

„Kreszentia Abele."

Wanner sah, dass er wohl nicht mehr herausbringen würde und wollte sich schon verabschieden, als ihm noch eine Frage einfiel. „Leben Sie allein hier?"

Ein schmerzlicher Zug grub sich um die Mundwinkel von Kreszentia Abele. „Jetzt scho seit mei Mann gstorben is."

„Oh, das tut mir leid. War er krank?"

Wieder dieser Blick zur Werkstatt. „Ja, ziemle. Aber erst zum End hin."

Wanner wurde aufmerksam. Er spürte, dass etwas nicht stimmte. Die Frau war noch einen Schritt weiter im Hausgang verschwunden.

„Darf ich fragen, was ihm gefehlt hat?"

Frau Abele brach plötzlich in Tränen aus, dann schüttelte sie den Kopf und machte die Haustür vor Wanners Nase zu.

Der wollte gerade den Arm ausstrecken, um zu klopfen, überlegte es sich dann aber anders und wandte sich den nächsten beiden Häusern zu. Doch dort erfuhr er so gut wie nichts. Er ging daher wieder zu Haus und Werkstatt zurück. Riedle stand am Gartentor gelehnt und sah ihm entgegen.

„Was rausgekriegt?", fragte er.

Wanner nickte. „Ich glaube schon, aber das muss ich erst gedanklich aufarbeiten. Was war bei dir?"

„In einem der drei Häuser weiter oben war niemand zu Hause. In den beiden anderen hat man ab und zu bemerkt, wie ein Lieferwagen vom hinteren Weg zur Werkstatt gefahren ist. Zwei oder drei Männer waren dabei. Sie waren aber zu weit weg, um sie erkennen zu können. Im Wohnhaus hat nie Licht gebrannt. In den Anbaufenstern haben sich jeweils nur Lichtstreifen abgezeichnet. Das wäre alles."

„Na ja, das ist doch schon etwas", sagte Wanner nachdenklich. Bevor er fortfahren konnte, sahen sie, dass Hansen die Straße heraufkam. Er saß allein im Auto. Als er ausgestiegen war, fiel sein betretenes Gesicht auf.

„Tut mir leid, aber Lechner war nicht aufzutreiben", sagte er unglücklich und sah an Wanner vorbei.

„Ach ja, und wieso nicht?"

„Die Anschrift, die wir von Lechner bekommen haben, war falsch. Die Straße gibt es gar nicht." Trotz der Situation musste Wanner lachen. „Eine

Kreisstraße gibt es schon, aber das ist keine Stadtstraße in Sonthofen", sagte er dann, „zu blöd, dass ich nicht vorher auf die Adresse geschaut habe."

„Ich bin noch schnell auf die Polizeiinspektion gefahren und habe mich nach Lechner erkundigt. Aber unter diesem Namen ist niemand gemeldet. Ich könnte mich sonst wohin beißen, dass ich in Kempten nicht den Ausweis von ihm verlangt habe."

„Nobody is perfect", tröstete ihn Wanner.

„Und jetzt?", fragte Hansen, während Riedle ein leichtes Grinsen nicht unterdrücken konnte.

„Jetzt bleibst du mal hier und passt auf das Haus auf, Alex und ich fahren zur Polizeiinspektion und stimmen das weitere Vorgehen mit denen dort ab. Auf jeden Fall müssen wir da rein und schauen, was los ist. Irgendwie scheint mir über dem Anbau ein Geheimnis zu liegen, hinter das wir so schnell wie möglich kommen müssen. Das hilft uns sicher in unserem Fall weiter." Er stieg in den Wagen und winkte Riedle einzusteigen. Dann wendete er und fuhr Richtung Stadtmitte, wo die Inspektion lag.

Hansen stand ein wenig unschlüssig herum. Auf das Haus aufpassen, dachte er missmutig, wie wenn das einer klauen würde. Er achtete nicht auf ein Geräusch, das von der Hausrückseite zu ihm drang. Langsam ging er die Straße entlang. Beim Nachbarhaus kehrte er um. Neugierig blickte er auf die Fassade und sah hinter einer weggeschobenen Gardine das Gesicht einer Frau, das schnell verschwand, als sich ihre Blicke trafen. Er kehrte zum Vorgarten der Werkstatt zurück, ohne sich Gedanken darüber zu machen. Das Gartentor stand offen. Haben die das vorhin offen gelassen?, dachte Hansen und ging am Haus vorbei auf den Hinterhof. Als er um die Ecke bog, sah er dort einen Kastenwagen stehen, in den gerade ein Mann etwas einlud. – Er wollte noch seine Waffe ziehen, als ihn ein harter Schlag am Hinterkopf traf. Lautlos brach er zusammen.

9

Thomas Klein gehörte zu jener Art von Menschen, die sich schnell an eine neue Umgebung gewöhnen. Als er in Füssen arbeitslos wurde und deshalb eine Anzeige in der Zeitung aufgab, bekam er überraschend schnell Antwort. Bei einem Vorstellungsgespräch in Sonthofen im Nebenzimmer eines Hotels, hatte ihn ein Mann begrüßt, der wohl um die Vierzig war. Er hatte sich als Hubert Pabst vorgestellt und ihn nach seinen Kenntnissen, Fähigkeiten und bisherigen Arbeiten befragt. Thomas Klein erzählte ihm wahrheitsgemäß alles von sich. Vor allem wies er auf seine Kenntnisse bei Motoren hin. Ein paar Tage später bekam er von Pabst die Mitteilung, dass er für den Posten in Frage käme. Er solle sich am folgenden Freitag im Haus Nr. 18 einer bestimmten Straße in Sonthofen einfinden, wo er Näheres erfahren würde. Froh, wieder Arbeit zu haben, war Klein am 22. September zur angegebenen Adresse gefahren. Zu seinem großen Erstaunen stand er dort vor einem alten Haus, das einen reichlich verwahrlosten Eindruck machte. Zögernd war er zur Türe gegangen und hatte geklopft, nachdem der Klingelknopf offenbar defekt war. Pabst hatte ihm geöffnet und war in ein auf der Südseite liegendes Büro gegangen, das bis auf Schreibtisch samt Stuhl, Schrank und Regal leer war und einen trostlosen Eindruck hinterließ. Klein fiel aus allen Wolken. Da hatte er sich ja wohl viel zu viel versprochen. Enttäuscht und zunehmend zornig sah er sein Gegenüber an, dem die Veränderung in Kleins Gesicht nicht entgangen war.

Bevor Thomas Klein etwas fragen konnte, sagte Pabst schnell: „Sie brauchen keine Horrorvorstellungen wegen dieses Büros bekommen. Hier wird nur gelegentlich gearbeitet, und zwar von mir.“ Er ließ ein unangenehmes Lachen hören, wobei sich sein Gesicht mit der breiten Nase zu einer Grimasse verzog. „Alles spielt sich in der Werkstatt ab, die hinter dem Haus liegt und in der auch Sie Ihren Arbeitsplatz haben werden."

Thomas war beim ersten Zusammentreffen der lauernde Gesichtsausdruck von Hubert Pabst nicht aufgefallen. Wahrscheinlich war ihm das Gespräch um den Job wichtiger gewesen.

Er wollte sich setzen, fand aber keinen Stuhl.

„Wir sind hier nicht so toll möbliert", grinste Papst und erhob sich. „Gehalt und Arbeitszeitregelung haben wir ja schon das letzte Mal besprochen. Ich zeige Ihnen jetzt Ihren Platz und Horst Lechner wird Sie einweisen. Ach ja und noch was: Es ist absolut strikt verboten, dass Sie irgendetwas von hier nach außen tragen, weder im wörtlichen noch im übertragenen Sinne. Sie verpflichten sich mit Ihrer Unterschrift unter dem Arbeitsvertrag zur absoluten Verschwiegenheit bis drei Jahre nach Ihrem eventuellen Ausscheiden." Seine Augen funkelten plötzlich böse, sodass Klein ein Schauer über den Rücken lief. „Ansonsten ist eine Konventionalstrafe in Höhe von einer Million Euro fällig!"

Mit einem unguten Gefühl betrat Klein den Anbau. Sie durchschritten zuerst einen Gang, der diesen vom Haus trennte. Ein paar Bilder von Oldtimern hingen an den Wänden. Dann öffnete Pabst eine eiserne Tür und sie betraten einen Raum von annähernd 100 qm Größe. Er war künstlich hell erleuchtet und wies einige Abluftöffnungen auf. Auf einer Reihe von Werkbänken lagen allerlei Geräte, Werkzeuge und Bauteile. Auf der rechten Seite sah man zwei große Motorblöcke auf einem Tisch, die zur Stabilisierung von einem Hallenkran mit Ketten gehalten wurden. Auf der Schmalseite im Hintergrund war ein Einbau zu sehen. Er hatte etwa die Größe von fünf mal fünf Metern und konnte durch eine weitere eiserne Türe betreten werden.

Ein Mann im blauen Arbeitskittel kam auf sie zu.

„Hallo Horst, das hier ist Thomas Klein, dein neuer Mann. Herr Klein: Horst Lechner, ein alter, zuverlässiger Mitarbeiter, der sich genau auskennt." Ein eigentümlicher Ausdruck huschte über seine Züge. „Er wird Ihnen alles zeigen, was notwendig ist und Ihnen Ihr Aufgabengebiet vorstellen."

„Arbeiten nur wir zwei hier?", fragte Thomas verwundert über die Art der Vorstellung.

„Ja, ich habe noch andere Arbeitsbereiche", antwortete Pabst. „Herr Lechner ist für Sie der Chef hier. Und denken Sie daran, was ich Ihnen vorher noch gesagt habe: kein Geschwätz!" Er blickte finster, drehte sich abrupt um und verließ mit großen Schritten die Werkstatt.

Horst Lechner reichte ihm die Hand. „Nimm es ihm nicht übel, er ist ein kauziger Typ, der wohl mehr bellt als beißt!" Aber sein Lächeln hörte vor den Augen auf. Dann führte er Thomas Klein herum und zeigte ihm alles.

„Sag mir bitte", Thomas Klein bediente sich ebenfalls der von Lechner angefangenen Du-Anrede, „was genau wir hier machen. Ich bin nicht so recht schlau draus geworden. Es soll sich um Motoren einer neuen Bauart handeln, aber wieso experimentiert man hier im Kleinen daran herum? Das wäre doch Sache einer großen internationalen Motorenfirma?"

„Im Prinzip richtig", antwortete Lechner und sah an Thomas vorbei, „wir sind hier eine Experimentier-Abteilung. Die ganze Geschichte ist hochbrisant, wie du dir vielleicht vorstellen kannst. Wenn irgendwer spitz kriegt, dass eine Firma an diesem Thema arbeitet, ist der Teufel los, und zwar weltweit. Und die Gefahr der Industriespionage ist bei einer bekannten Firma viel größer, als in so einem Kleinstbetrieb, wie wir ihn haben. Deshalb sind wir „ausgelagert" worden. Und niemand wird hinter unserer Fassade ein solch wichtiges Experiment vermuten. Also absolutes Stillschweigen, ich kann dir nur gut dazu raten.“ Lechner hatte zum Schluss ziemlich ernst gesprochen.

„Und welche Firma ist unsere Mutter?“, fragte Klein.

Lechners Augenbrauen zogen sich zusammen. „Eines sollst du dir von allem Anfang an merken: stell hier keine Fragen, die nicht unmittelbar mit deiner Arbeit zu tun haben. O.K.?“

Klein merkte, dass er sich wohl auf ein Abenteuer eingelassen hatte. Andererseits war der versprochene Lohn weit über Tarif, und er brauchte dringend Geld. Er hatte sich in Füssen unterhalb des Hohen Schlosses eine Eigentumswohnung gekauft, die teuer war und noch abgezahlt werden musste.

„Eines musst du mir aber noch erklären. Die Absicht, Motoren ohne Rohöltreibstoffe zu bauen, ist so neu nicht mehr. Heute gibt es ja schon welche, die sich mit Wasserstoffgas oder mit flüssigem Wasserstoff betreiben lassen. Sogar im Wagenpark des Bundeskanzlers fährt ein F-Cell-Fahrzeug von DaimlerChrysler und auch Ford hat mit dem Focus FCEV Hybrid einen fahrbereiten Wagen der Zukunftsklasse. In beiden Fällen wird Strom an Bord erzeugt, und zwar mit Hilfe des Wasserstoffes. In Berlin ist die größte Wasserstofftankstelle der Welt, was also sollen wir hier noch experimentieren?“

Horst Lechner hatte mit wachsendem Erstaunen zugehört. „Du scheinst ja bestens Bescheid zu wissen. Ich kann sogar noch ergänzen, dass sowohl BMW als auch Opel bereits Fahrzeuge konstruiert haben, die mit flüssigem Wasserstoff, der tiefgekühlt ist, fahren können. BMW hat einen Typ in der 7er Klasse mit modifiziertem Ottomotor und Direktverbrennung und Opel nutzt die Brennstoffzellentechnik in seinem HydroGen 3. Anders als beim herkömmlichen Motor wird nicht Benzin, sondern Wasserstoff in die Zylinder gespritzt.“

„Na und? Was erfinden wir dann hier?“, fragte Klein und sah enttäuscht aus.

„Abwarten. Hinter dem ganzen bisherigen Vorhaben steckt eine Allianz aus Firmen und öffentlicher Hand. Sie bilden eine „Clean Energy Partnership“, zu der auch der Konzern ARAL gehört. Bisher haben sie schon 33 Millionen Euro in das „Pilotprojekt Berlin“ gesteckt.“

„Gut. Aber was ...“, Klein wurde unterbrochen.

„Nicht so ungeduldig! Wir bewegen uns auf einem Feld, das gefährlich und unglaublich teuer ist. Die Folgen für alle Motorenindustrien der Welt wären von ungeheurer Bedeutung.“

Klein sah ungläubig im Raum umher. „Und wir zwei sollen etwas erfinden, was die Riesenfirmen mit all ihrem Kapital nicht fertig gebracht haben?“

Lechner lächelte. „Dass man wasserstoffbetriebene Fahrzeuge schon serienmäßig anbieten kann, hat München bereits 1999 gezeigt. Die Station am Flughafen war die erste öffentliche Wasserstofftankstelle der Welt. Die Flughafenbusse haben seither mehrere hunderttausend Kilometer mit Wasserstoffantrieb zurückgelegt und zur WM 2006 sollen sogar Wasserstoffbusse zwischen Flughafen, Stadion und Pressezentrum pendeln.“

„Damit ist meine Frage immer noch nicht beantwortet“, knurrte Klein jetzt deutlich genervt.

„Wenn Wasserstoffmotoren schon funktionieren, wieso weiter suchen?“

Das Lächeln war aus Lechners Gesicht verschwunden. „Einfach abwarten! Es gibt immer Verbesserungen, sonst würden wir noch Steinbeil und Holzräder verwenden. Wir sollen hier eine solche Verbesserung zu den Wasserstoffmotoren herausfinden. Geheime Anleitungen dazu gibt es, aber die sind nur mir zugänglich. Das sollte dir jetzt genügen“, schloss er unvermittelt.

„Aber, wenn das Wasserstoffgas vor Ort durch Elektrolyse erzeugt wird, muss es dann nicht unter Druck gesetzt und verdichtet werden?“

„Ja auf 350 Bar, und?“

„Dann wird also dieses Druckgas getankt, was sollen wir daran verbessern?“ Thomas Klein war zäh. Er konnte sich bei der Einrichtung dieser Werkstatt keine großen Forschungserfolge vorstellen.

Sein Gegenüber wurde ungeduldig. „Das erfährst du schon rechtzeitig! Willst du dich jetzt an die Arbeit machen?“

„Na schön, an mir soll's nicht liegen.“ Er streckte Lechner die Hand hin, die dieser zögernd ergriff. Lechner zeigte im Folgenden erstaunliche Kenntnisse im Motorenbau. Er wies Klein in verschiedene Pläne ein, wobei der sehr bald merkte, dass ihm der Gesamtüberblick verwehrt wurde. Er sagte nichts, da er an die Drohungen von Pabst denken musste.

„Und Ziel ist ein Motor auf Wasserstoffbasis?", wandte er sich nach einiger Zeit an Horst Lechner. Der nickte nur wortlos.

„Woher kommen die Pläne, die wir hier verwirklichen sollen?“ Thomas Klein war trotz allem höchst unzufrieden.

Lechner stand mit einem Ruck auf und trat dicht vor ihn hin. „Hast du mich vorhin nicht verstanden oder willst du nicht verstehen? Halt die Klappe und mach das, was ich dir sage, dann werden wir zwei bestens miteinander auskommen.“ Die gute Atmosphäre war dahin.

Den Rest des Tages arbeiteten sie meist schweigend weiter, nur ab und zu unterbrach Klein die Stille um sich Rat bei einer Zeichnung zu holen, die er nicht verstand. Lechner konnte ihm jedes Mal helfen, ohne lange überlegen zu müssen. Verstohlen betrachtete Thomas Klein seinen Chef von der Seite. Irgendwie passten weder der blaue Arbeitsmantel noch die schmutzig-öligen Finger zu ihm. Und wenn er ein Werkzeug aufnahm, geschah das stets in einer Weise, wie sie Klein nicht von gelernten Arbeitern her kannte. Höchst mysteriös das Ganze, dachte er, ich bin gespannt, wie das weitergehen soll.

Sie arbeiteten problemlos zusammen. Lechner gab Auskunft, solange ihn Klein etwas Fachliches fragte. Pabst kam gelegentlich und sah nach dem Rechten, wobei er nur belanglose Worte mit den beiden wechselte. Thomas Klein musste an Hand von Detailplänen verschiedene Teile bauen oder prüfen. An der ganzen Geschichte passte vieles nicht, das hatte er im Gefühl.

Pabst und Lechner verschwanden manchmal zusammen im Einbau auf der hinteren Stirnseite, in den ihm Pabst das Betreten streng verboten hatte. Das trug auch nicht gerade zu Kleins Beruhigung bei. Aber er tat seine Arbeit und schwieg. Irgendwann werde ich das schon herauskriegen, dachte er im Stillen.

Die Ereignisse überschlugen sich Ende November.

Es begann damit, dass Thomas Klein eines Abends beim Heimfahren seine Aktentasche vergessen hatte. Das wäre an sich nicht tragisch gewesen, aber es befanden sich einige Papiere drin, die er für eine Ergänzungsfinanzierung seiner Wohnung in Füssen brauchte. Der Bankenvertreter wollte um 18 Uhr kommen und die Angelegenheit mit ihm besprechen. Gegen halb sechs verließ er daher sein Zimmer in der Stadt und fuhr noch einmal zur Werkstatt hinaus. Es war bereits ziemlich dunkel und der Wind blies böig aus Ost. Es wird kälter, dachte Klein und stellte seinen Wagen vor dem Haus ab. Gerade als er die Gartentüre öffnete, fiel sein Blick auf die Hausfassade. Sie lag normalerweise im Dunkeln, da außer dem Büro kein anderes Zimmer genutzt wurde. Ihm fiel daher sofort auf, dass hinter einem Fenster ein Lichtschein zu sehen war, der vorbeihuschte und verschwand. Gleich darauf geschah dasselbe zwei Fenster weiter. Klein war stehen geblieben. Einbrecher?, dachte er, was suchen die im leeren Wohnhaus? Bis ihm einfiel, dass ein Fremder von dem leeren Haus nichts wissen konnte. Er langte nach seinem Handy um die

Polizei zu rufen, aber dann erinnerte er sich, dass dieses zu Hause auf dem Tisch lag. Er war unschlüssig. Was sollte er tun? Die Hausfront war wieder dunkel. Was, wenn der Einbrecher jetzt im Anbau war und ihm dort Unterlagen in die Hände fielen? Es gab zwar eine Alarmanlage, die ein unbefugtes Betreten des Anbaues signalisierte, aber die war nicht zur Polizei gekoppelt, sondern zu Hubert Pabst. Klein hatte dies für reichlich kurios erachtet, als er davon erfuhr. War Pabst denn immer zu erreichen? Und wie wollte er bewaffnete Einbrecher in die Flucht schlagen?

Er beschloss, nachzusehen und schlich um das Haus herum zum Anbau im Hof. Auch hier alles finster. Das war allerdings bei der vorgenommenen Verdunkelung des ganzen Raumes auch kein Wunder. Er bewegte vorsichtig die Türklinke. Abgeschlossen! Also konnte der Einbrecher nur durch das Haus in den Anbau gelangen, falls er dies vorhatte.

Er ging zurück und probierte die Haustüre zu öffnen. Sie gab nach. Er huschte ins Innere und blieb stehen. Es war stockdunkel. Da er sich auskannte, bewegte sich Klein sicher durch den Flur in den Zwischengang. Bis hier hatte er weder etwas gehört noch gesehen. Er öffnete vorsichtig die eiserne Tür zur Werkstatt. Dahinter konnte er einen Lichtschein wahrnehmen. Da sich die Türe lautlos in ihren Angeln bewegen ließ, zog sie Klein so weit auf, dass er ins Innere schlüpfen konnte. Dort blieb er stehen und sah sich um. Ja, dort im hinteren Bereich, bewegte sich eine Gestalt und leuchtete mit einer großen Taschenlampe die Werktische ab. So sehr Thomas Klein auch schaute, er konnte nur diesen einen Mann erkennen. Dass es ein Mann war, nahm er einfach an. Thomas wusste, dass neben der Türe zwei eiserne Rohre abgestellt waren, etwa zwei Meter lang und mit einem Zoll Durchmesser. Ohne den Mann aus den Augen zu lassen, griff er im Dunkeln nach rechts und bekam eines der

Rohre zu fassen. Vorsichtig zog er es zu sich heran, darauf bedacht keinen Lärm zu machen. Der Einbrecher war inzwischen bei dem Einbau angekommen und fingerte an der eisernen Tür herum, die abgeschlossen war. Er langte in seine Innentasche und zog einen Gegenstand heraus, den Klein aus der Entfernung nicht richtig sehen konnte. Er schlich sich näher, während der Fremde an der Türe hantierte. Als sich Klein bis auf wenige Meter genähert hatte, sprang plötzlich die Türe auf. Der Mann verschwand im Inneren. Klein folgte ihm, stieß aber mit seinem Rohr an einer Tischkante an, so dass es schepperte. Blitzschnell erschien der Einbrecher an der Tür und starrte dem Schein seiner Taschenlampe nach, der Klein erfasste. Der riss sein Rohr hoch und drang auf den Fremden ein. Es kam zu einem Handgemenge, in dem sich das Rohr für einen Einsatz als zu lang erwies. Der Mann hielt Kleins Handgelenk. Also ließ dieser das Rohr los und versuchte den Eindringling mit bloßen Händen zu packen. Beide stolperten plötzlich und stürzten, die Lampe fiel zu Boden und erlosch.

In die Dunkelheit hinein rief Klein aufs Geratewohl: „Halt, stehen bleiben, Polizei!“ Er hörte aber nur, wie der andere durch den Gang weglief, wobei er öfters anstieß und jedes Mal fluchte. Als Klein sich erhoben hatte und durch den Gang zur Türe hintastete, hörte er wie diese zufiel und abgesperrt wurde. Er suchte den Lichtschalter und ließ die Deckenlampen aufleuchten. Es brannte nur eine Reihe davon. Dann lief er zur Hoftüre, doch diese war ja versperrt und hatte innen keinen Schlüssel stecken. Verdammter Mist! Klein fluchte innerlich wie ein Rohrspatz. Wie hatte er sich so übertölpeln lassen können? Klar, das Rohr war als Waffe viel zu lang. Ein Hammer wäre besser gewesen. Aber er war ja auch nicht als Einbrecherfänger ausgebildet! Er blickte sich um. Auf die Schnelle konnte er nicht erkennen, ob und was der Einbrecher hier gesucht oder gefunden hatte. Dann sah er die Türe zum Einbau offen stehen. Die Gelegenheit war günstig! Endlich konnte er einmal einen Blick hineinwerfen, ohne dass er Angst haben musste, überrascht zu werden. Er trat in den Raum. An der Innenwand war ein eisernes Regal mit weit auseinander liegenden Böden angeschraubt. Darauf standen oder lagen halb fertige Teile, die Klein schnell als Bestandteile eines Motors erkennen konnte. Einige davon hatte er selbst hergestellt, sie waren jetzt zusammengebaut worden, ergaben aber noch kein sinnvolles Ganzes. Im hinteren Eck stand ein Safe von etwa anderthalb Metern Höhe. Er war verschlossen. Gegenüber dem Regal nahm ein großer Schrank fast die ganze Wandfläche ein. Klein trat zur Tür und probierte. Sie war nicht versperrt. Er öffnete sie und fand einige Aktenordner, ein paar persönliche Utensilien und mehrere Schachteln, die mit einer Schnur verschlossen waren. Vorsichtig holte er einen Aktenordner mit einem roten Rücken heraus und öffnete ihn. Seiten voller Zahlen, Erklärungen und Zeichnungen füllten ihn zur Hälfte. Klein schlug den Ordner an einem Trennblatt auf.

Was er auf den folgenden Seiten zu lesen bekam, verschlug ihm den Atem. Er stand mitten im Raum und las, indem er den Ordner mit einer Hand an sich drückte und mit der anderen immer weiter blätterte. Das konnte doch nicht wahr sein! Betäubt blieb er stehen und ließ den Ordner sinken. Dann drehte er sich fassungslos um ... und stand Hubert Pabst Auge in Auge gegenüber! Der war lautlos eingetreten und sah ihn tückisch an.

„Was machen Sie hier? Wie sind Sie hereingekommen?"

Thomas Klein war zu Tode erschrocken. Er hatte kein Geräusch gehört und doch stand Pabst jetzt vor ihm! „Ich ... ich ... ich hab einen Einbrecher verfolgt ..., der war hier und hat die Türe aufgebrochen ..., wir hatten ein Handgemenge, aber er ist mir entwischt. Und weil die Türe offen war ..., nun ja, es tut mir leid, dass ich hier reingegangen bin ..." Er versuchte vergeblich, den Aktenordner hinter seinem Rücken zu verbergen.

Hubert Pabst funkelte ihn an, aber er sagte ziemlich beherrscht: „Stellen Sie den Ordner wieder auf seinen Platz und machen Sie die Türe zu. Sie haben Glück, dass Sie der Einbrecher eingesperrt hat, sonst würde ich Ihnen diese Geschichte nicht abnehmen. Wie viel haben Sie gelesen?"

„Ach, gar nicht so viel, habe gerade angefangen darin zu blättern, habe wirklich keine Ahnung, was hier steht." Thomas Klein war ein solch schlechter Lügner, dass ihn jeder Anfänger durchschaut hätte. Ein höhnisches Grinsen ging über Hubert Pabsts Gesicht, als er antwortete: „Also haben Sie alles gelesen. Bürschchen, das war nicht für dich bestimmt!" Er betonte das *nicht* so stark, dass es Klein auffiel. Und das plötzliche Duzen deutete auf nichts Gutes hin. Klein versuchte einen Gegenangriff. „Was hier drinsteht, wäre für die Polizei höchst interessant", sagte er, als er die Schranktür wieder geschlossen hatte.

Pabst sah ihn höhnisch an. „Ich kann mir nicht vorstellen, dass die Polizei diesen Ordner jemals lesen wird. Zu blöd nur, dass ich das letzte Mal vergessen habe, ihn in den Safe zurückzustellen. Aber jetzt ist es so ..." Plötzlich hellte sich seine Miene auf und er sagte: „Lassen wir das. Sie werden nicht zur Polizei gehen, denn das würde Sie Ihren Arbeitsplatz kosten. Außerdem habe ich den Eindruck, dass Sie das Gelesene gar nicht verstanden haben. Wir müssen demnächst miteinander sprechen und ich erkläre Ihnen alles. Bis dahin möchte ich Ihr Wort, niemandem etwas von dem zu berichten, was Sie hier gesehen haben. Auch die Sache mit dem Einbrecher bleibt unter uns. Offensichtlich hat er ja nichts mitnehmen können, da Sie ihn überrascht haben." Er kicherte. „Sind wir uns klar darüber?“ Wieder trat dieser lauernde Ausdruck in sein Gesicht.

Thomas Klein wusste nicht, wo ihm der Kopf stand. Zuerst das Handgemenge, von dem Schmerzen an ein paar Stellen seines Körpers stammten, dann der Riesenschreck, als er sich plötzlich Hubert Pabst gegenüber sah und jetzt noch das Verlangen, nichts nach außen dringen zu lassen!Er musste Zeit gewinnen. Deshalb nickte er und antwortete:

„Na gut, lassen wir alles auf sich beruhen. Ich habe weder was gesehen noch gelesen und meine blauen Flecken stammen von einem Treppensturz!“

Pabst nickte. „So gefallen Sie mir! Und jetzt wollen wir doch Schrank und Türe abschließen und gehen.“ Er untersuchte noch die Hoftüre, dann fiel ihm auf, dass nur eine Reihe der Leuchtröhren brannte. „Ah – sieh einer an! Die Alarmanlage überbrückt! Nicht schlecht!“ Dann setzte er die Sicherungen wieder in Funktion, vergewisserte sich, dass alle Röhren im Raum brannten und legte einen kleinen Hebel auf die andere Seite um.

„Wenn die Alarmanlage ausgeschaltet war, woher wussten Sie dann von dem Einbruch?“ fragte Klein erstaunt.

„Das war Eingebung.“ Pabst lächelte, aber seine Augen blieben davon unberührt. Thomas wollte noch etwas fragen, aber er überlegte es sich und schwieg. In seinem Kopf arbeitete es und Pabst sah dies. Dann löschte der unvermittelt die Lichter und sie gingen durch das Haus zurück in den Vorgarten. Klein dachte: verdammt, was ging hier vor? Wer konnte bis in den Einbau der Werkstatt vordringen, ohne Spuren an den Türen zu hinterlassen? Schlüssel jedenfalls konnte der Einbrecher nicht gehabt haben. Auch Pabst fluchte im Stillen. Der Teufel soll diesen Klein holen! Dass aber auch ausgerechnet *dieser* Ordner nicht im Safe eingeschlossen war! Er musste über alles nachdenken, und zwar schnell.

Die Nacht erschien ohne Sterne dunkel und

drohend. Nur über der Stadt spiegelte sich ein schwacher Lichtschein in den tief hängenden Wolken. Das Ostrachtal entlang blies der Ostwind und senkte die Temperaturen noch weiter ab.

Als Thomas Klein mit seiner Aktentasche heimkam, fiel sein Blick zufällig auf ein Plakat an der Litfaßsäule vor dem Eingang. Bunt und sonnig war es gemalt und in großen Lettern stand darauf: „Ski-Opening am Nebelhorn, Samstag 27. November, ab 8.30 Uhr alle Bahnen in Betrieb."

Dieser Abend hatte ihn ziemlich mitgenommen. Eigentlich könnte er am Samstag ja aufs Nebelhorn fahren und dort die ersten Schwünge der neuen Wintersaison in den Schnee ziehen. Heute war erst der 25. November! Blieb noch der morgige Tag zur Vorbereitung.

Unter der Tür war ein Zettel des Bankenmitarbeiters durchgeschoben. Er habe gewartet und würde ihn am Montag anrufen.

Doch Thomas Klein hatte den letzten Montag in seinem Leben schon hinter sich.

Als er am nächsten Morgen in den Briefkasten schaute, fand er einen Umschlag mit seiner Adresse. Er riss ihn auf. Darin lagen der Gutschein für eine Tageskarte am 27. November und eine maschinengeschriebene Mitteilung: „Hallo Thomas! Habe diesen Gutschein für Dich bekommen. Geh doch am Samstag zum Ski-Opening, da ist immer was los! Gruß Horst."

Das ist ja vielleicht ein Ding, dachte Thomas Klein erfreut, welch kurioser Zufall!

10

Paul Wanner kehrte mit Riedle und zwei Polizisten von der Inspektion Sonthofen zum Haus zurück. Es hatte länger gedauert, weil er sich sicherheitshalber noch einen Durchsuchungsbeschluss beschafft hatte. Die beiden Polizisten waren Experten im Öffnen verschlossener Türen. Sie hatten einen Koffer mit entsprechendem Werkzeug dabei. Als Wanner vor dem Haus hielt, überfiel ihn plötzlich ein ungutes Gefühl. Er wusste nicht, was es war und wo es herkam. In seiner langen Dienstzeit hatte er aber gelernt, auf dieses Gefühl zu achten. Hansen war nicht zu sehen. Wanner stieg aus dem Wagen und rief seinen Begleitern zu: „Zieht eure Waffen!"

Während Riedle dies sofort tat, fragte einer der Polizisten: „Was ist los? Wieso ..."

„Psssst ..." unterbrach ihn der Hauptkommissar und trat auf die Gartentüre zu, gefolgt von Riedle. Die beiden Polizisten zuckten die Schultern, zogen aber ebenfalls ihre Revolver und folgten. Wanner ließ einen von ihnen beim Eingang zurück und schickte den Zweiten auf die rechte Seite des Hauses, er selbst schlich sich mit Riedle an der linken entlang zum Hof. Vorsichtig bog er um die Ecke.

Die beiden Polizisten hörten ihn plötzlich schreien und rannten in seine Richtung. Im Hof lag dicht an der Hauswand ein Mann, dem der Hauptkommissar gerade vorsichtig den Kopf hob und dauernd „Uli, he Uli, sag doch was!" zurief. Am Boden breitete sich eine Blutlache aus, der Kopf des Bewusstlosen war über und über mit Blut bedeckt. Wanner herrschte Alex an. „Gib mit deine Jacke und ruf den Notarzt und den Krankenwagen. Schnell, schnell, der Uli verblutet uns sonst!!" Riedle riss sich die Jacke herunter und warf sie Wanner zu, der sie vorsichtig unter Uli Hansens Kopf legte. Riedle fingerte an seinem Handy herum, vor Aufregung zitterten seine Finger so, dass er kaum die Notrufnummer eintasten konnte. Einer der beiden Polizisten rief von seinem Handy die Inspektion an und berichtete hastig von dem Vorfall. Der andere half Wanner, der dabei war, Ulis Gesicht mit seinem Taschentuch abzuwischen, mit einem Päckchen Tempo. Verdammt noch mal, wo blieb denn der Notarzt? Wanner war außer sich und machte sich größte Vorwürfe, Hansen hier allein zurückgelassen zu haben. Hätte ich doch bloß noch den Riedle dagelassen, schoss es ihm durch den Kopf, während er vorsichtig das Blut aus Ulis Gesicht entfernte. Ständig sickerte es aus einer Wunde von der Schädeldecke nach. Außerdem stellte er fest, dass Hansen auch am Hinterkopf eine ziemliche Platzwunde trug, also hatte man zweimal zugeschlagen. Wut stieg in ihm auf. Diese feigen Hunde, das sollen sie büßen!

Alex war zur Straße vorgelaufen und wartete dort auf das Eintreffen des Notarztwagens, der auch bald mit Sirenengeheul vorfuhr. Der Arzt sprang heraus und rannte hinter Riedle her zu dem Verletzten. Schnell verschaffte er sich einen Überblick und begann den Kopf zu verbinden.

„Er muss schnell in ein Krankenhaus! Haben Sie schon ..."

„Ja, der Rettungswagen ist verständigt ... ach, da ist er schon!" Riedle rannte wieder zur Straße und kam gleich darauf mit zwei Sanitätern zurück, die den Verletzten auf eine Trage betteten und vorsichtig zum Auto trugen. Der Arzt hatte inzwischen eine Infusion gelegt und ging, die Flasche hochhaltend, nebenher.

Die Trage wurde in den wartenden Sanka geschoben, die Türen klappten zu und mit Blaulicht und Martinshorn verschwand der Wagen Richtung Klinik.

Wanner war außer sich. Riedle hatte ihn noch nie so erlebt. Natürlich war auch er erschrocken und empört, aber bei Paul Wanner war es wohl etwas anderes. Das Schicksal seiner Mitarbeiter berührte ihn persönlich.

„Es wird bestimmt gut gehen mit dem Uli, er wird durchkommen mit seinem harten Niedersachsen-Schädel." Der versuchte Scherz kam nicht so recht an und ein Trost war er für Paul Wanner in diesem Augenblick auch nicht. Er antwortete nichts, sondern strich sich über die Augen. Dann wandte er sich mit einem Ruck um. „Los, brecht diese verdammte Türe auf. Ich will wissen, was sich dahinter verbirgt!"

Die beiden Polizeibeamten holten den Werkzeugkasten und machten sich an die Arbeit.

Wanner nahm sein Handy heraus und rief die Klinik an, aber dort wusste man noch nichts über den Zustand von Hansen, er wäre gerade erst eingeliefert worden. Natürlich, dachte der Hauptkommissar, ich muss ihnen ja eine gewisse Zeit geben.

Riedle war inzwischen zum Tor gegangen und schaute den Kiesweg entlang. Es war nichts zu sehen. Als er sich umdrehte, blieb sein Blick auf einem Gegenstand haften, der etwas abseits am Boden lag. Er hob ihn auf. Das ist ja interessant, dachte er und ging zu Wanner zurück, der schon wieder mit der Klinik telefonierte. Aber sie wussten immer noch nichts.

„Paul, das hier lag vor dem Tor am Kiesweg!" Wanner klappte sein Handy zu und nahm den Gegenstand in die Hand. Er drehte ihn ein paar Mal hin und her, dann sagte er kopfschüttelnd:

„Keine Ahnung, was das sein könnte, sieht fast aus wie ein Ventil."

Das Fundstück war etwa 25 cm lang, verschieden dick zugeschliffen und hatte an einer Seite einen Fortsatz, der aus einem silbrigen Metall bestand.

„Geh noch mal hin und such die Umgebung ab, vielleicht haben sie ja noch was verloren." Riedle nickte und verschwand. Wanner war überzeugt, dass die Gangster in großer Eile gehandelt und dabei dieses Teil verloren hatten. Er zuckte die Schultern und steckte es ein.

Ein Ruf von der Tür kündete vom Erfolg der beiden Polizisten.

„Wir sind gleich soweit. Nur eine der Zuhaltungen hat sich irgendwie verklemmt", rief einer herüber.

Einer plötzlichen Eingebung folgend schrie der Hauptkommissar: „Halt! Aufhören! Gehen Sie sofort von der Tür weg!!" Diesmal folgten die zwei ohne zu fragen und rannten herbei.

„Es könnte nämlich sein, dass ..."

Rrrrrrummmm, eine heftige Explosion erschütterte die Türe, die aus den Angeln gerissen wurde. Teile wirbelten durch die Luft, Staub und Rauch hüllten die drei ein, die vor Schreck bewegungslos standen. Wanner riss sein Taschentuch heraus und wischte sich die Augen sauber. „Was passiert?", rief er dann.

Die Polizisten husteten und schnäuzten sich, schüttelten aber den Kopf und deuteten bloß auf ihre Ohren. „Gottseidank, wenigstens nur Sachschaden", das klang ziemlich sarkastisch und so war der Hauptkommissar auch aufgelegt.

Einer der Polizeibeamten trat auf ihn zu. Der Schreck stand ihm noch ins Gesicht geschrieben. „Vielen Dank, Herr Hauptkommissar! Wenn Sie uns nicht weggerufen hätten ..."

„O.K., ging ja noch mal gut!" Wanner dankte dem Himmel, dass er nicht noch mehr Verluste zu verzeichnen hatte. Nicht auszudenken, wenn den beiden was passiert wäre. Drei Mann Verlust und keinen Schritt weiter: Ein gefundenes Fressen für Vorgesetzte und Presse.

„Der Rauch muss erst mal abziehen, dann versuchen wir reinzukommen. Inzwischen ruf ich noch mal die Klinik an." Dort wusste man inzwischen wenigstens, dass Hansen im OP lag.

„Herrgott noch mal, das kann doch nicht so lange dauern, bis man weiß, was mit Uli los ist", rief er wütend in die Muschel. Doch eine kühle Stimme am anderen Ende versicherte ihm, dass alles getan werde, dieses aber seine Zeit brauche. Wanner entschuldigte sich kleinlaut und steckte sein Gerät wieder weg.

„Natürlich haben die recht", knurrte er und sah Alex fragend an, der vom Kiesweg hereinkam.

„Was ist passiert?", fragte er atemlos, „ich war beinahe an der Straße unten, hab aber nichts gefunden."

„Da ist ein Feuerwerkskörper losgegangen, und hat uns geholfen, die verdammte Tür zu öffnen". Wanner untertrieb ziemlich stark.

Alex sah die in Trümmern liegende Tür, neben der ein großes Loch aus der Mauer gerissen war. Jetzt, da sich Rauch und Staub langsam verzogen, konnte man allmählich den äußeren Schaden überblicken.

„Schaut mir eher nach einer Ladung TNT aus", brummte Alex und wollte sich der Türe nähern.

Wanner hatte es sich plötzlich anders überlegt. „Halt, niemand betritt den Raum. Es könnten noch mehr solcher Überraschungen auf uns warten. Da müssen zuerst die Sprengstoffexperten her", rief er und bat per Handy die Direktion in Kempten um entsprechende Veranlassung.

Außerdem ließ er sich mit Hans-Joachim Gottlich verbinden und berichtete ihm.

Der Polizeichef war betroffen. „Was zum Kuckuck haben Sie denn da für einen Fall aufgetrieben?", fragte er, „das schaut ja nach wesentlich mehr, als *nur* nach einem Mordfall aus! Hoffentlich kriegen die den Kollegen Hansen wieder auf die Beine. Schrecklich, der andere Gedanke! Ich werde gleich in der Klinik anrufen und mich nach seinem Befinden erkundigen. ... Ah ... da bekomme ich eben die Nachricht, dass die vom Sprengstoff schon mit dem Hubschrauber unterwegs sind. Vielleicht können Sie oder der Riedle den Helikopter beim Landen einweisen!"

Wanner versprach es und sie beendeten das Gespräch. Er hatte sicherheitshalber in der Klinik vorher seine Handynummer hinterlassen, damit man ihm gleich über Hansens Zustand Bescheid geben konnte. Aber bisher hatte sich noch niemand gemeldet.

Ein paar Neugierige tauchten auf, vom Knall der Explosion magisch angezogen. Wanner bat die beiden Beamten der Inspektion Sonthofen, die Straße abzusperren und die Zuschauer weiter zu schicken. Allerdings entging ihm eine Gestalt, die sich beim Auftauchen der Polizisten aus der Schar der Gaffer löste und verschwand.

Wanners Handy spielte die Erkennungsmelodie. Sinnigerweise hatte er damals „Auf in den Kampf Torero" gewählt. Er meldete sich. Die Klinik teilte ihm mit, dass Uli Hansen außer Lebensgefahr wäre. Er war knapp an einem Schädelbruch vorbei geschrammt und hatte eine schwere Gehirnerschütterung und zwei Wunden am Hinterkopf und am Schädel erlitten. Das würde wohl mehrere Wochen Dienstunfähig bedeuten, wenn die Heilung gut verlief.

Wanner dankte und legte auf. Eine große Sorge fiel ihm von der Seele. Mein Gott, was sind schon ein paar Wochen, dachte er, Hauptsache der Uli wird wieder gesund. Mit neuer Energie wandte er sich um. Da hörte er den Hubschrauber kommen, und wenige Minuten später stellten sich zwei Männer in Sonderkleidung als die angeforderten Spezialisten vor. Sie nahmen einige Apparate mit zum Eingang und begannen dort mit Messungen und Untersuchungen, die sie im Inneren des Gebäudes fortsetzten. Es dauerte fast 45 Minuten, dann riefen sie: „Alles klar! Wir haben nichts mehr gefunden!"

Wanner schlüpfte mit Riedle an der zertrümmerten Tür vorüber in das Innere des Anbaues. Der Anblick, der sich ihnen bot, war wenig schön. Überall lagen Mauerstücke, Putz, Eisenteile und umgeworfene Tische herum, eine dicke Staubschicht deckte das Durcheinander zu. Im rückwärtigen Teil des Gebäudes konnte man einen Einbau erkennen, dessen Tür offen stand. Vorsichtig balancierten sie über die Trümmer und warfen einen Blick hinein. Ein Schrank mit geöffneter Türe war bis auf Reste von Papier und Akten leer, ein geschlossener Safe stand auf der Schmalseite und ein eisernes Regal barg einige Metallgegenstände. Am Boden verstreut lagen Blätter mit Zahlen und Texten. Überall war noch die Explosion zu riechen, Riedle zog auch schon sein Taschentuch heraus und hielt sich Mund und Nase zu.

Wanner sammelte die Blätter vom Boden auf und warf einen Blick darauf. Aber er konnte aus dem Inhalt nicht schlau werden. „Wir stellen eine Wache vor den Eingang und warten, bis die Spurensicherung hier war", wandte er sich an seinen Begleiter. „Wir sind offenbar zu spät gekommen!"

Riedle nickte. Sie verließen das Gebäude und hörten den Hubschrauber wieder wegfliegen. Danach telefonierte Wanner mit der Inspektion in Sonthofen und bat um einen Beamten zur Bewachung des Eingangs. Man sagte ihm zu, einen der beiden vor Ort dafür abzustellen, der andere sollte mit dem Dienstwagen zurückkommen. Die Neugierigen hatten sich verlaufen, ein einzelner PKW fuhr die Straße herunter und passierte das Haus ohne anzuhalten. Niemand beachtete ihn.

Nachdem die Spurensicherung angefordert war, sah Wanner keinen Grund mehr, noch hier zu bleiben. Vor allem wollte er Hansen in der Klinik besuchen. Er verabschiedete sich von dem Polizisten und versprach, nochmal vorbeizuschauen, wenn die Spurensicherung hier wäre. Dann fuhr er mit Riedle zur Klinik.

Er ahnte nicht, dass die Unbekannten einen neuen Plan bereithielten.

11

Thomas Klein hatte am Tag des Ski-Openings am Nebelhorn seine Leihski gepackt und war nach Oberstdorf gefahren. Das Wetter versprach keinen besonders schönen Tag, aber er wollte seine Freikarte nutzen. Er ließ sich mit der Seilbahn zum Gipfel bringen und befuhr einige Male die Strecke bis zur Station Höfatsblick. Der Schnee war nicht so schlecht, wie er befürchtet hatte. Nur die Sichtverhältnisse passten ihm nicht: da keine Sonne schien, waren Schnee und Himmel eine graue Masse, bei der man die Unebenheiten der Piste nur ahnen konnte, oder sie zu spüren bekam, wenn es fast schon zu spät war. Gegen 13 Uhr kehrte Thomas Klein im Markt-Restaurant ein und ließ sich dort gemütlich nieder, nachdem er sich ein Tablett mit verschiedenen Speisen voll geladen hatte. Eine Flasche alkoholfreies Bier kam noch dazu. Er blieb länger sitzen, als er geplant hatte. Dann ließ er sich noch einige Male zum Gipfel tragen und fuhr die immer leerer werdende Piste hinab. Bei der letzten Bergfahrt beschloss er, die Abfahrt über die Koblat-Piste zu nehmen. Außer ihm war nur noch eine Hand voll Skifahrer hier oben. Sie waren alle entsprechend gekleidet, hatten die Anoraks hochgeschlossen und Skibrillen über die Augen gezogen, die fast das ganze Gesicht bedeckten. Wetterbedingt waren sie bis zur Unkenntlichkeit vermummt. Bis auf einen wählten alle die Abfahrt in direkter Linie zur Station Höfatsblick. Dieser nestelte noch an seiner Bindung herum, als Klein losfuhr. So konnte er auch nicht sehen, dass ihm der Mann nach kurzem Zögern folgte, wobei er zunächst einen größeren Abstand einhielt. Die Sichtverhältnisse waren mittlerweile so schlecht geworden, dass Thomas Klein recht langsam in Richtung der Koblat-Sesselbahn fuhr. Der hochgeschlossene Anorak und die Skibrille engten sein Gesichtsfeld ein, er schaute nur vorwärts. Daher bemerkte er auch nicht, dass ein Skifahrer hinter ihm plötzlich stark aufgeholt hatte und ihm im kurzen Abstand hinterher fuhr, wobei er sorgfältig jeder Kurve Kleins folgte. An der Koblat-Bahn angekommen, schwang Klein ab.

Plötzlich stand ihm ein anderer Skifahrer gegenüber, der bis zur Unkenntlichkeit gekleidet war. Die Bahn hatte schon Betriebsende, es war kein Mensch mehr zu sehen.

„Schlechte Sicht heute", rief Klein, den plötzlich eine innere Unruhe befiel. Der andere nickte. Von seinem Gesicht war so gut wie nichts zu sehen. „Ich glaube, wir müssen uns etwas beeilen, dass wir noch runterkommen, bevor die Dämmerung zunimmt!", setzte Klein hinzu.

Wieder schwieg der andere. Er zeigte keinerlei Bewegung, starrte ihn nur unverwandt an.

Klein drehte sich achselzuckend um und wollte talwärts fahren.

Zwei Schüsse peitschten auf.

Thomas Klein stürzte. Erstaunen breitete sich über sein Gesicht. Er stürzte doch sonst nicht ... warum jetzt ... Seine Gedanken wurden wirr. Er wollte wieder aufstehen, aber es gelang nicht. Schnee kam in seinen offenen Mund, er war nicht mehr fähig seine Schmerzen hinauszuschreien. Ein rasender Stich durchfuhr seinen Körper. Vor seinen Augen breitete sich roter Nebel aus.

Als sein Kopf in den Schnee zurückfiel war Thomas Klein schon tot.

Der Mörder zog den Toten zum nächsten Sessel und setzte ihn hinein. Dabei riss eine Bindung auf und der Ski rutschte unter das Podest des Einstiegs, bevor er ihn festhalten konnte. Der Tote musste schleunigst verschwinden, das aber war hier oben nicht möglich. Der Mann hatte seine Ski abgestreift und stapfte zum Schalterbereich, wo er sich mit einem mitgebrachten Werkzeug Zugang verschaffte. Die Inbetriebnahme der Sesselbahn hatte er tagsüber bei einem unverfänglichen Gespräch mit dem Bedienungspersonal ausfindig gemacht. Er zog sich die Kältemaske vom Gesicht und stopfte sie in die Tasche. Dann schaltete er die Bahn ein, die mit einem kurzen Ruck in Betrieb kam. Aber nach wenigen Minuten blieb sie stehen, sodass die Sessel zu schaukeln begannen. Der Tote war schon fast außer Sicht geraten und hing unerreichbar in der Höhe. Der Mann fluchte und riss den Hebel hin und her, aber die Bahn rührte sich nicht mehr vom Fleck. Er konnte nicht wissen, dass sich der Strom kurz nach Ende des Betriebes automatisch abschaltete. Dem verlorenen Ski widmete er nur wenig Zeit, er fand ihn nicht und stieg wieder in seine Bindungen. Jetzt musste er schauen, dass er noch die letzte Gondel ins Tal erwischte. Am nächsten Tag würde er wieder kommen und nach dem Ski suchen. Er bemerkte nicht, dass der Tote einen Skistock aus der Halteschlaufe verloren hatte, der jetzt neben der Bahn im Schnee steckte. Auch die Tatsache, dass seine Maske aus der Tasche gerutscht war, entging ihm. Mit Mühe erreichte er die letzte Gondel, die ihn nach Oberstdorf hinab trug.

12

Paul Wanner war mit seiner Frau Lisa doch noch am 5. Dezember unterwegs nach Sonthofen, um sich das Klausentreiben anzuschauen. Beide hatten sicherheitshalber alte Zeitungen in die Hosenbeine gestopft und diese unten zugebunden. Sie trafen sich nach Einbruch der Dunkelheit mit ihren Freunden Pia und Stefan Althaus in der Bahnhofstraße und spazierten gemütlich durch die Hochstraße zum Oberen Markt. Ein erwartungsvolles Raunen hing über der Stadt, die in festliche Adventsbeleuchtung getaucht war. Überall sah man kleine Grüppchen Leute stehen. Kinder und Jugendliche liefen aufgeregt durch die Straßen. Aus der Dunkelheit hoben sich die weihnachtlich beleuchteten Schaufenster heraus und zogen Schaulustige an. Ungewöhnlich viele Menschen sammelten sich an Brennpunkten des kommenden Geschehens, die seit Jahren als solche bekannt waren. Nach außen hin tat jeder mutig und unbeeindruckt, vor allem wenn er in der Masse stand. Aber es waren an diesem Abend wohl viele Besucher mit erheblichem Herzklopfen unterwegs. Sie wussten, dass die Rumpelklausen nicht mit sich spaßen ließen. Vor allem weibliche Wesen jeden Alters – bevorzugt einer niedrigeren Altersstufe – sammelten sich kichernd und schwatzend zu Dutzenden und blickten mit zunehmender Erwartung oder Ängstlichkeit dorthin, wo sie das Auftauchen der wilden Gesellen erwarteten.

Da ertönten plötzlich Böllerschüsse. Sie zeigten den Beginn des Klausentreibens an. Fernes Geschepper und Getöse war zu hören. Ein Raunen ging durch die Menge. Noch konnte man sich heimlich in eine der Seitengassen verdrücken und verschwinden. Aber das mochte niemand auf sich sitzen lassen. Der Lärm schwoll an, die Rumpelklausen näherten sich. Man hörte die schweren

Zugschellen heraus, die vor dem Bauch der Klausen befestigt waren. Sie verursachten ein Höllenspektakel, wenn sie durch Auf- und Abwippen des Körpers geschüttelt wurden.

Plötzlich tauchte die wilde Schar auf. Sie schwenkte auf den Oberen Markt ein und begann sich in einzelne Individuen oder kleine Gruppen aufzulösen. Ohne Vorwarnung wurde die Jagd auf die Zuschauer eröffnet. Manche der Klausen wurden provoziert, sodass es zu kleineren Zusammenstößen kam. Ihr Gewand bestand aus zottigen Fellen, ponchoartig über den Kopf gezogen, weiß, schwarz oder braun verfärbt. Ein breiter Gurt oder seilartige Stricke hielten es in der Mitte zusammen. Daran waren die schweren Zugschellen befestigt, wie sie beim Abtrieb des Viehs von den Alpen verwendet wurden. Die dicken Hosen waren bis zu den Hüften mit Fellen vernäht. Furcht erregend sahen die Köpfe aus, die weit über das Körpermaß des Trägers hinausragten. Sie täuschten so eine Höhe des Rumpelklausen vor, die allein schon Furcht verbreitete. Mit Fleiß und Fantasie arbeitete jeder der Klausen selbst an der Herstellung seines Kostüms. Das Besondere daran waren Longhorns oder Bisonhörner aus Amerika, die oben auf saßen oder zur Seite ragten und die Gefährlichkeit und das wilde Aussehen unterstrichen. Auf der Rückseite hingen lange, schwere Rossschweife herab. So gewandet und mit gebundenen Ruten von anderthalb Metern Länge bewaffnet, streiften die Klausen unter ohrenbetäubendem Lärm durch die Straßen der Stadt und suchten sich ihre Opfer. Manchmal kam es zu Treibjagden hinter einem fliehenden Opfer und mancher Rutenschlag klatschte auf die Beine des Flüchtenden.

Paul Wanner, Lisa, Pia und Stefan Althaus standen unter den Arkaden der Hochstraße und verfolgten das spektakuläre Treiben aus der zweiten Reihe. Als die lärmende Horde vorbei stürmte, klammerte sich

Lisa ängstlich an den Arm ihres Mannes. Er tätschelte sie beruhigend. In die umstehenden Zuschauer geriet Bewegung, einige liefen neben den Klausen her, andere suchten in Deckung zu gehen, der Rest folgte der wilden Schar, um sie aus der Ferne zu beobachten.

Unter den letzten der zottigen Gesellen war eine riesige Gestalt mit einem hoch aufragenden Hirschgeweih am Kopfteil. Sie schwang das Rutenbündel hin und her und ließ es in die Menge klatschen. Einige schrien auf und versuchten zu flüchten, doch die hinter ihnen versperrten den Weg. Es gab ein unbeschreibliches Durcheinander. Plötzlich tauchte der Riese vor Wanner auf, der mit seinen Begleitern im Licht eines Schaufensters stand. Aus dunklen Sichthöhlen starrten unsichtbare Augen auf die Vier. Schon hob der Klaus die Rute um zuzuschlagen, als er unvermittelt abdrehte und den anderen nacheilte. An seinem Kopfteil schwankten zwei Fuchsschwänze im Takt des Laufens. Wanner merkte sich dieses Detail automatisch.

„Mein Gott, bin ich erschrocken", seufzte Lisa und schmiegte sich an ihren Mann, „da träum ich ja heut Nacht davon!"

Pia Althaus, die hinter Stefan Schutz gesucht hatte, kam wieder hervor und stimmte lauthals zu. „Und das jetzt zwei Abende lang! Und gestern sind schon die Bärbele als alte Weiber mit ihren Ruten durch die Straßen gerannt. Das sind schon drei wilde Abende!"

Wanner lachte. „Ja, man muss aufpassen, dass man nicht ins Getümmel gerät, oder aber ausgestopfte Kleidung tragen!" Er schüttelte seine gepolsterten Hosenbeine.

Der Lärm der Rumpelklausen war mit ihrer Entfernung geringer geworden, das Geschepper der handgeschmiedeten Schellen hörte sich leiser an. Doch man wusste, dass die wilde Schar zurückkommen und bis weit in den Abend hinein weiter toben würde. Mehrere Straßen und Stadtteile lagen dabei auf ihrem Weg.

Lisa ließ ihren Mann los. „Und jetzt möchte ich auf den Schrecken hin einen Glühwein trinken. Kommt, ich lad euch ein! Ein Stück weiter oben hab ich vorhin eine Bude gesehen, aus der es verführerisch roch."

Sie schlenderten in die angegebene Richtung und fanden den Glühweinstand. Lisa und Pia stellten sich an.

Paul Wanner sah nachdenklich vor sich hin. Sein kriminalistischer Instinkt war erwacht. Warum schlug der Klaus nicht zu, obwohl er schon ausgeholt hatte? Warum dieses Zögern und der starre Blick aus den Augenhöhlen der Verkleidung? Und dann das abrupte Abdrehen? Er suchte nach einer Erklärung, als ihn Stefan anstieß.

„Da haben wir vorhin aber noch mal Glück gehabt", sagte er lachend, „der Rumpelklaus hatte ja schon kräftig ausgeholt! Warum der es sich anders überlegt hat?"

Wanner zuckte die Schultern. „Darüber denke ich gerade nach."

„Vielleicht kennt er dich und wollte dich schonen?" Althaus kicherte vor sich hin.

Wanner dachte darüber nach. Das konnte natürlich sein, schließlich standen sie im Licht des Schaufensters und waren deutlich zu sehen. Aber wer steckte in der Vermummung? Seltsam das Ganze.

Lisa war an der Reihe und bekam vier dampfende Becher hingestellt. Sie zahlte und trug mit Pia den Glühwein zu einem runden Stehtisch nebenan.

Später tobte die wilde Schar auf ihrem Rückweg wieder vorbei. Automatisch sah Wanner den Klausen nach und suchte das Hirschgeweih und die beiden schwankenden Fuchsschwänze. Aber so sehr er sich auch anstrengte, er konnte sie nicht entdecken.

13

Torsten Becker und Erik Sörensen hatten sich mit Per-Axel Glandorp darauf geeinigt, dass *beide* die Angelegenheit mit dem neuen Motor erledigen würden. Sie erfuhren, dass dieser in Sonthofen im Allgäu gebaut würde. Glandorp nannte ihnen den Namen des dortigen Verbindungsmannes, dessen Telefonnummer und noch ein Erkennungswort, das „Hanse 04" hieß. Eindringlicher als am Tag zuvor wies Glandorp darauf hin, wie wichtig es sei, Motor und Unterlagen möglichst zu vernichten. Falls es allerdings gelänge, die Unterlagen sicherzustellen, würde er dies vorziehen.

Mitte Oktober fuhren die beiden ins Allgäu. Sie hatten sich unter einem Vorwand Urlaub geben lassen. Zuerst wollten sie sich in Sonthofen in einem Großhotel einmieten, in dem sie unerkannt zu bleiben hofften. Dann aber fuhren sie die paar Kilometer nach Bad Hindelang weiter und bezogen im Romantikhotel Sonne zwei Einzelzimmer. Sie hielten es für besser, nicht am gleichen Ort zu wohnen, an dem sie „arbeiten" würden. Claudia, die hübsche Sonnenwirtin, holte die Schlüssel für zwei der neu eingerichteten Zimmer und bat ihren Mann, die Gäste auf die Zimmer zu begleiten.

In der folgenden Zeit begannen Becker und Sörensen Kontakt zu dem Verbindungsmann aufzunehmen. Sie trafen sich einige Male mit ihm und besprachen Einzelheiten an Hand eines Lageplanes, den dieser gezeichnet hatte. Dann fuhren sie ein paar Mal an dem Haus mit der angebauten Werkstatt vorbei und machten Fotos durch die geschlossenen Seitenscheiben. Ebenso verfuhren sie mit der Hofseite vom Kiesweg aus. Insgesamt aber gab es nicht viel zu beobachten, da die Fenster des Anbaues verdunkelt waren und so gut wie niemand gesehen wurde. Die beiden erfuhren, dass die Angestellten Thomas Klein und Horst Lechner hießen. Nach und nach heckten Sörensen und Becker einen Plan aus, mit dessen Hilfe sie ihren Auftrag ausführen wollten. Wichtig war, dass sie ohne großen Lärm die Tür zum Anbau aufbrachten, deren Verschluss als kompliziert geschildert wurde. Lechner selbst sperrte die Tür jeden Abend ab und nahm den Schlüssel mit. Abends besprachen Becker und Sörensen dieses Problem zum wiederholten Male.

„Am besten wäre es, den ganzen Bau in die Luft zu jagen. Das würde zwar einen Riesenkrach verursachen, aber wenn damit unsere Arbeit getan wäre, könnte man das riskieren“, meinte Becker.

„Ich weiß nicht“, erwiderte Sörensen, „da gibt es zu viele Risiken. Erstens bräuchten wir viel Sprengstoff, zweitens müsste der gut platziert werden, drittens hättest du keine Garantie, dass alles kaputt geht. Und nachschauen könnten wir dann nicht mehr!“

Becker sah vor sich hin. Dagegen konnte man nichts sagen. „Vielleicht hast du Recht! Aber lass uns mal diese Erledigung im Auge behalten.“

„Das schon. Ich glaube nur, wir sollten etwas heimlicher zu Werke gehen.“

Sie tranken noch ein Bier und sprachen über andere Dinge. Ihre Unruhe stieg mit jedem Tag, der sie der Ausführung ihres Auftrages näher brachte.

Ende November änderte sich die Lage, als sie ein Päckchen erhielten, in dem zwei Schlüssel lagen. Nichts weiter sonst, kein Brief, kein Absender. Nur „Hanse 04“ war aufgedruckt und verriet, woher die Sendung kam. Glandorp kannte ihre Anschrift. Lange rätselten sie nicht herum, wohin die Schlüssel passen sollten. Es kamen nur die Türen im Anbau in Frage. Woher mochte Glandorp die Schlüssel haben? Die Geschichte schien reichlich mysteriös zu werden. Vom Verbindungsmann hatten sie in letzter Zeit nichts mehr gehört, auch unter seiner Handynummer war er nicht erreichbar. Becker sprach aus, was auch Sörensen dachte: „Vorsicht! Die Sache stinkt!"

„Sie hat schon von Anfang an gestunken, jetzt hat lediglich die Intensität zugenommen", meinte sein Begleiter trocken.

„Sollen wir es lieber lassen und abhauen?" Becker schien ratlos.

„Das können wir so lange nicht, bis wir von Glandorp etwas gehört haben. Denk an seine Drohungen und auch an das Geld, das am Ende auf uns wartet!"

„Und wenn nicht?"

„Darüber haben wir uns schon mal unterhalten", Sörensen wurde langsam ungeduldig.

„Bisher ist ja alles nach Plan verlaufen."

„Bisher haben wir auch nur recherchiert. Die eigentlichen Schwierigkeiten kommen erst noch." Becker schaute verdrießlich zum Fenster hinaus. Ein grauer Tag hing über dem Allgäu und drückte auf die Stimmung.

Sie beschlossen, die Sache weiter zu führen. Am Abend des 25. November fuhren sie zur Werkstatt und parkten ihren Wagen hundert Meter entfernt. Becker sollte in den Anbau eindringen, Sörensen draußen aufpassen. Die Nacht war sternenlos, ein böiger Wind blies aus Ost. Sie hatten abgesprochen, schon gegen 18 Uhr den Einbruch zu wagen, in der Meinung, dass dann Klein und Lechner erst einmal heimgegangen waren und nicht gleich wieder auftauchen würden, falls sie abends weiter arbeiten wollten. Sörensen bezog an einer Stelle im Hof Posten, von der aus er sowohl den Kiesweg als auch ein Stück der vorderen Straße einsehen konnte. Beide waren nicht beleuchtet, die Beobachtung schien schwierig.

Becker machte sich mit den zwei Schlüsseln auf den Weg zur Hoftüre des Anbaues. Er probierte. Als keiner passte, fluchte er vor sich hin. Hatten sie sich doch getäuscht? Er ging zu Sörensen zurück und sagte:

„Keiner von den zwei Schlüsseln passt. Und jetzt?"

Der ließ sich mit der Antwort etwas Zeit, dann antwortete er: „Schau mal, ob du durch die Haustüre ins Haus kommst und probier die Schlüssel an der Innentür. Aber denk daran, was der V-Mann von der Alarmanlage gesagt hat! Du musst sie ausschalten, in dem du an dem kleinen Kästchen rechts im Gang den Hebel an der Unterseite umlegst. Dann verliert die halbe Werkstattseite den Strom. Dort hängt auch die Alarmanlage dran."

„Und wie soll ich ins Haus kommen?"

„Vielleicht passt ja einer der Schlüssel", gab Sörensen ungeduldig zurück.

Becker ging zur Haustür und versuchte einen Schlüssel. – Er passte.

Die Türe gab auf Druck nach und er zog sie hinter sich wieder zu. Dann holte er seine Taschenlampe heraus und leuchtete den Flur entlang, in dem mehrere Türen zu sehen waren. Er wandte sich zunächst in die beiden Zimmer im Erdgeschoss, und ließ den Schein seiner Lampe über die Wände gleiten. Beide waren leer. Nun folgte er dem Flur und kam in den Quergang, der Haus und Anbau trennte. An der Eingangstüre zum Anbau probierte er denselben Schlüssel noch einmal, und er passte wieder. Universalschlüssel, dachte er und betrat einen großen Raum, den seine Lampe nicht ausleuchten konnte. Er eilte zwischen zwei Tischreihen hindurch bis zum Einbau, von dem der V-Mann gesprochen hatte. Dessen Türe ließ sich mit dem zweiten Schlüssel auch öffnen, klemmte aber. Er holte daher aus seiner Manteltasche ein Spezialwerkzeug und ließ sie damit aufspringen. Schnell betrat er den Einbau. Der Lichtkegel seiner Lampe huschte über ein Regal und einen Schrank und blieb auf einem Safe in der Ecke haften.

Plötzlich drang ein metallisches Klirren an sein Ohr.

Blitzschnell wandte er sich nach draußen und

schwenkte seine Lampe umher. Da stand ein Mann und hielt ein Rohr in der Hand. Ohne Vorwarnung drang der auf ihn ein. Es kam zu einem Handgemenge, in dem Becker den Unterarm des Angreifers zu fassen bekam, sodass der andere nicht zuschlagen konnte. Beide stolperten, die Lampe fiel zu Boden und erlosch. Becker rappelte sich blitzschnell wieder hoch und rannte tastend zum Ausgang. Er versperrte die Tür und lief durch den Hausgang nach draußen. Verdammt noch einmal, warum hatte ihn Sörensen nicht gewarnt?

Der war nicht mehr an seinem Platz. Becker schlich auf die Straße hinaus und wollte gerade zum Auto zurücklaufen, als er zwei Lichter bemerkte, die sich langsam näherten. Vor dem Haus blieb ein Wagen stehen und eine Gestalt huschte ins Haus. Becker war hinter einem Baum in Deckung gegangen, dann rannte er dorthin, wo ihr Wagen stehen musste. Er bemerkte Lichter und sah zwei Leute, die sich gestikulierend unterhielten.

Als Becker keuchend ankam, hörte er gerade Sörensen sagen. „Also mit Augen im Kopf hätten Sie das Auto sehen müssen. Schließlich haben wir es ganz rechts geparkt!"

Eine zweite Stimme erwiderte ärgerlich: „Und wenn Sie Ihr P ... Parklicht eingschaltet hättn, dann wär i nicht gegn Ihre K ... Kiste gstoßen. Schließlich isch es fi ... nster!"

„Geht überhaupt die Beleuchtung an Ihrem Rad?"

„Des geht Sie gar nix an! W ... wer ersetzt mir jetz m ... mei Hosn, die hat ein Tr ... Trumm Loch?"

„Und wer uns die Kosten für die Reparatur am Kotflügel?"

Becker mischte sich ein. „Hallo, was ist hier los?"

Sörensen wandte sich ihm zu. „Dieser ... Herr hier ist mit seinem Rad gegen den Kotflügel gefahren. Das hat so laut gescheppert, dass ich hergelaufen bin, um nachzusehen."

„Wer send jetz *Sie*?", fragte der Radfahrer.

„Wir gehören zusammen. Ist Ihnen was passiert?"

Der Radfahrer zeigte auf seine Hose, deren Schaden im Scheinwerferlicht nicht zu übersehen war. „Da schaun S ... Sie her! Die Hosn isch a W ... Weihnachtsgschenk vo meiner Frau! Wenn die des Lo ... Loch sieht, krieg i Ärger! Jawoll."

Becker gab Sörensen einen Wink. Der zog einen 50-Euro-Schein aus der Tasche und hielt ihn dem Mann hin. „Sind Sie zufrieden, wenn wir Ihnen den Schaden an der Hose ersetzen? Sie sollen schließlich keinen Streit mit Ihrer Frau bekommen."

Der Radfahrer schnappte den Schein und ließ ihn in der Hosentasche verschwinden. „Ja, in Ordnung! Jetz m ... muess i abr weiter! W ...Wiedersehn." Er verschwand schnell aus dem Lichtkegel des Autos. Diese Deppen, dachte er, als er in einen Feldweg einbog, jetzt hab i wenigstens eine Ausred für des Loch vom letztn Sturz im Suff, und obendrein fuchzg Euro. Kichernd radelte er in Schlangenlinien weiter.

Becker fragte seinen Begleiter: „Mensch, jetzt wär's aber beinahe schief gegangen! Der hat doch hoffentlich nicht unsere Nummer aufgeschrieben?"

„Nein, so wie der beieinander ist, kann der heute bestimmt weder lesen noch schreiben", antwortete Sörensen. „Und wie war's bei dir?"

Becker berichtete kurz und sie beschlossen, schleunigst zu verschwinden. Da die Straße eine Sackgasse war, mussten sie umdrehen und zurück fahren. Als sie am Haus vorbei kamen, sahen sie dort einen Wagen stehen. An der Hauptstraße bogen sie links ab und fuhren nach Bad Hindelang zurück.

14

Die Nacht nach dem Besuch in Sonthofen dauerte für Hauptkommissar Wanner nur bis kurz vor fünf Uhr. Dann schrillte das Telefon. Schlaftrunken tastete er nach dem Apparat und meldete sich. Es war seine Dienststelle. Der wachhabende Beamte redete eine Zeit lang, dann war Wanner hellwach. „Gut, ich komme", erwiderte er dann und schwang sich aus dem Bett.

„Was ist denn los?", ließ sich Lisa schlaftrunken vernehmen.

„Die haben in Sonthofen einen Toten entdeckt. Ich muss hin. Herrgott noch mal, schon der Zweite!" Er zog sich hastig an und verabschiedete sich von Lisa mit einem Kuss.

„Willst du nicht wenigstens einen Kaffee trinken und was essen?", fragte sie und richtete sich auf.

„Nein danke, mir ist der Appetit vergangen!" Wanner band seine Schuhe zu, nahm den Mantel, klemmte sich seine Wollmütze unter den Arm und ging in die Garage. Er fuhr zur Dienststelle, wo Haug und Riedle schon warteten. Sie stiegen zu Wanner ins Auto und verließen die Stadt in südlicher Richtung. Die Funksprechanlage schnarrte los. Haug hob ab und lauschte. Er stellte lauter, sodass die beiden mithören konnten.

„ ... und der Tote liegt in ... Iselerstraße neben der Ostrach. ... fahren am besten zur Brücke Theodor-Heuss-Straße ... werden erwartet. Ende."

„Verstanden, Ende!" Haug legte auf.

Wanner wurde aufmerksam. Das war ja die Gegend, in der das Haus mit der Werkstatt lag! Zufall oder ... ? Er fuhr so schnell es die Straßenverhältnisse zuließen nach Sonthofen, bog an der ersten Ausfahrt von der Schnellstraße ab und schlug die Richtung nach Bad Hindelang ein. In Binswangen schwenkte er links ein und hielt kurz darauf vor der Ostrachbrücke. Ein Dienstwagen der Polizei stand mit eingeschaltetem Blaulicht davor. Wanner kurbelte das Seitenfenster herunter und wies sich gegenüber dem Polizisten aus, der herangetreten war.

Der zeigte zur Ostrach hinab und sagte: „Der Tote liegt dort unten, Herr Hauptkommissar!" Sie stiegen vorsichtig den Uferhang hinab. Zwei Polizeibeamte leuchteten auf eine regungslose Gestalt. Ein Mann richtete sich gerade auf und klappte seine Tasche zu. „Dr. Riss", stellte er sich vor.

Wanner begrüßte ihn und fragte: „Haben Sie schon eine Todesursache feststellen können?"

Dr. Riss nickte. „Der Mann hier hat zwei Einschusslöcher im Rücken, die Projektile stecken noch. Der Zeitpunkt des Todes ist unter den gegebenen Umständen schwer festzustellen. Ich würde aber vorsichtig sagen, zwischen 22 Uhr und 3 Uhr, plus/minus."

Der Hauptkommissar dankte und suchte mit Haug und Riedle im Schein ihrer Taschenlampen die nähere Umgebung ab. „Die Frage ist: Wurde er hier erschossen?"

Ein weiteres Auto näherte sich, mehrere Polizisten stiegen aus und begannen die Stelle zu sichern, Fotos zu machen, dann halfen zwei von ihnen den Kriminalbeamten bei der Spurensuche entlang von Ostrach und Uferhang. Plötzlich rief einer von ihnen: „Kommen Sie mal hierher!" Sie folgten dem Ruf und fanden den Polizisten über ein Gesträuch gebeugt, das so knapp am Ufer stand, dass es ins Wasser hinaushing. Der Beamte zog an einem zottigen Etwas und warf es auf die Uferböschung. Dann bog er noch einmal die Äste auseinander und holte ein Ungetüm mit einem herabhängenden Hirschgeweih heraus und legte es daneben.

Es waren ein Klausengewand und sein Kopfteil!

Der 6. Dezember dämmerte langsam herauf. Die Spurensicherer rekonstruierten, dass man den Toten aus einem Fahrzeug geladen und den Hang hinunter geworfen hatte. Man konnte jetzt bei beginnendem Tageslicht Reifen- und Rutschspuren feststellen. Aber mehr war nicht zu finden. Von den Anwesenden kannte niemand den Toten. Er trug auch keinerlei Papiere bei sich, aus denen seine Identität hervorgegangen wäre. Wanner ließ ihn bergen und gab den Transport nach München in die Gerichtsmedizin frei. Sollten die mal schauen, was sie bei der Obduktion herausfanden. Ein Polizist barg Klausenfell und Kopfteil samt abgebrochenem Hirschgeweih. Einer plötzlichen Eingebung folgend drehte Wanner den Kopf um. Seine Augen wurden groß: auf der Rückseite baumelten zwei Fuchsschwänze! Er rief Haug und Riedle zu sich und zeigte ihnen seine Entdeckung.

„Und du hast keine Ahnung, wer der Klaus gestern gewesen sein könnte?", fragte Haug.

„Schließlich hat er dich angestarrt und wahrscheinlich auch erkannt!"

„Nein, der Mann war ja vermummt, auch der Tote ist mir unbekannt. Außerdem wirkte der Klaus durch das Kopfteil größer als er wirklich war."

Riedle mischte sich ein. „Wie mir scheint, hat dich der Mann erkannt und wollte sich verdrücken. Warum sonst hätte er seine Rute wieder sinken lassen?"

Paul Wanner nickte langsam. Das schien ihm jetzt auch immer wahrscheinlicher zu sein. Er glaubte nicht, dass es ein Bekannter von ihm war. Umgekehrt hatte *ihn* der Klaus gekannt. Also musste Wanner ihm schon einmal irgendwo über den Weg gelaufen sein! Der Hauptkommissar grübelte eine Weile, dann schreckte er hoch.

„Was hast du gesagt", wandte er sich an Riedle, der einen Ruf ausgestoßen hatte.

„Ach nichts weiter, da oben stand eine alte Frau am Böschungsrand und wäre beinahe herabgestürzt. Offenbar gehbehindert, sie hat einen Stock dabei."

Wanner wollte sich schon wieder umdrehen, als er

stutzte. Alte Frau, gehbehindert, Stock, und das hier in der Gegend? Er kletterte den Hang hinauf und hielt nach der Frau Ausschau. Um diese Zeit war der Verkehrslärm gering und so konnte er das Klapp – Klapp – Klapp eines Stockes auf der Straße hören. Er rannte in die Richtung. Auf der Brücke holte er die Frau ein. Sie hinkte stark, versuchte aber schneller zu gehen. Wanner fasste sie am Arm.

„Frau Abele?" Sie wandte den Kopf ab und wollte ihren Arm losmachen.

„Frau Abele, bitte bleiben Sie einen Moment stehen!" Die Frau hielt inne und wandte ihm ihr Gesicht zu. „Was wollen S' denn vo mir?" Ihre Züge waren verhärmt. Zwei tiefe Linien hatten sich um ihre Mundwinkel eingegraben. Die Augen blickten merkwürdig verschleiert auf den Mann neben ihr. Wanner wurde es erst jetzt richtig bewusst, dass Kreszentia Abele krank sein musste, beim ersten Treffen war ihm das nicht so sehr aufgefallen.

„Sie kennen mich noch? Wanner von der Kripo Kempten, ich war bei Ihnen ..."

Die Frau nickte bloß.

„Frau Abele, darf ich Sie fragen, was Sie um diese Zeit hier schon machen?"

„Is es verbotn, am Morgn spaziern zum gehn? Mei Rheuma hat mi nicht schlafn lassn, nachher bin i halt früher aufgstanden."

Die Frau stützte sich auf ihren Stock.

„Nein, nein, das ist natürlich nicht verboten. Aber wir haben dort, wo Sie vorher hinuntergeschaut haben, einen Toten und ein Klausengewand gefunden. Ich wollte ...", er reagierte schnell, „Sie bitten, sich den Mann einmal anzuschauen, vielleicht kennen Sie ihn ja!"

„I kenn keine Klausn", antwortete Kreszentia Abele abweisend.

„Ich sagte nicht, dass der Tote ein Klaus ist, sondern dass wir in der Nähe ein Klausengewand gefunden haben."

Die Frau schüttelte den Kopf. „Um die Zeit will i koin Toten sehn." Sie begann weiter zu humpeln.

„Ich lasse Sie schnell mit dem Auto hinbringen, das ist nicht anstrengend." Wanner versuchte wieder Augenkontakt herzustellen, aber das gelang nicht, die Frau sah vor sich hin. Sie schüttelte den Kopf und ging weiter. Wanner wollte noch etwas sagen, überlegte es sich aber und kehrte zum Tatort zurück. „Du stehst ganz oben auf meiner Liste", murmelte er dann.

Später sollte er es bereuen, dass er nicht energischer auf seinem Wunsch bestanden hatte. Das Leichenauto war inzwischen eingetroffen. Der Tote war in einen Sarg gelegt worden, der verladebereit hinter dem Wagen stand. Wanner hob den Daumen, man schob den Sarg in das Auto, das danach gleich abfuhr.

Einer der Polizisten hielt den Klausenkopf und das Fell in der Hand. „Was sollen wir mit dem Zeug machen?"

„Bringt es zur Polizeidirektion nach Kempten, und zwar mit dem Hirschgeweih", rief Wanner, der sich schon umgewandt hatte. Der Polizist schob das Ungetüm mühsam in den Dienstwagen und klappte die Tür zu. Dann winkte er dem Kollegen loszufahren.

„Wir kehren erst einmal zur Dienststelle zurück", wandte sich Wanner an seine beiden Kollegen, „vorher aber wollen wir noch den Uli besuchen."

Sie fuhren nach Immenstadt in die Klinik. Am Kiosk, der gerade öffnete, kaufte der Hauptkommissar ein Büchlein mit dem Titel: „Zwei Allgäuer auf Hawaii".

„Der Uli soll nicht nur was zum Lachen haben, sondern auch seine Allgäuer Sprachkenntnisse erweitern", sagte er schmunzelnd.

Uli Hansen lag noch ziemlich bleich in den Kissen und sah mitgenommen aus. Er war sichtlich erfreut, als seine drei Kollegen zur Türe hereinkamen. Sie bestellten auch Grüße von Eva Lang. Bei Nennen ihres Namens ging ein flüchtiges Leuchten über Ulis Gesicht und brachte etwas rötliche Farbe hinein. Paul Wanner bemerkte dieses winzige Detail und schob es in eine seiner Gedächtnisschubladen.

Dann fuhren die drei Kriminalbeamten nach Kempten und suchten ihre Büros auf.

„Um 14 Uhr bei mir!", rief ihnen ihr Chef noch nach, „und sagt es auch der Eva!"

In seinem Büro riss er erst mal ein Fenster auf und ließ frische Luft herein. Der Tag wusste noch nicht so recht, sollte er grau oder sonnig oder windig werden. Die Krähen vom Nachbarhaus saßen am Dachfirst und flogen träge auf, als Wanner in die Hände klatschte. Warum konnten dort nicht einmal ein paar bunte Vögel sitzen! Er dachte an die herrlichen Aras vom Tierpark Hellabrunn.

Auf seinem Schreibtisch hatte sich Papier gleich bündelweise angesammelt. Er überflog alles und suchte sich die Nachrichten heraus, die ihm wichtig erschienen. Die Untersuchung der Maske vom Nebelhorn hatte nichts Besonderes ergeben. Es war eine der üblichen Kälteschutzmasken, wie man sie in jedem Sportgeschäft kaufen konnte. Sie trug keinerlei Aufschrift oder Etikett. Also nix, dachte Wanner.

Ergebnis bei den Skistöcken: Null. Das wusste er schon.

Ergebnis bei den beiden P 60: Null. Keinerlei Fingerabdrücke, was Wanner auch nicht erwartet hatte. Aber es hätte ja sein können ...

Ergebnis bei der Untersuchung des Metallgegenstandes, den Riedle hinter dem Anbau gefunden hatte ... Wanner stutzte: „ ... hat eine Untersuchung mit einem Geigerzähler eine schwache Strahlung ergeben. Zur weiteren Abklärung wurde der Gegenstand nach ..."

Der Hauptkommissar schob alle Papiere mit einer einzigen Armbewegung auf die linke Seite seines

Schreibtisches. Eine Alarmglocke begann bei ihm zu schrillen. Das war vielleicht die wichtige Erkenntnis, auf die er schon seit Tagen gewartet hatte! Ein Gegenstand, der strahlte! Mit dem hatte er nicht gerechnet, das war eine neue Dimension. Er begann den Sachverhalt in dieser Richtung zu durchdenken. Das Fundstück stammte zweifellos aus der Werkstatt. Bloß: was machte man damit?

Er rief beim zuständigen Kollegen an und bat ihn, jemand mit einem Geigerzähler nach Sonthofen zu schicken und Werkstatt samt Haus auf Strahlung zu untersuchen. Dann fragte er bei der Technik an, ob denn nun endlich der Safe geöffnet wäre? Nein, war er nicht, hieß es, er stehe auch noch an seinem Platz, da er ungewöhnlich fest gesichert sei. „Und habt Ihr wenigstens die aufgesprengte Tür verbarrikadiert und das Loch in der Mauer zugemacht?, fragte Wanner irritiert. Alles sei zwar provisorisch, aber fest verschlossen, bekam er zur Antwort.

„Wird das Haus noch bewacht?" Der Hauptkommissar begann sich unwohl zu fühlen. Ein schlechtes Zeichen, wenn er überzeugt war, dass nicht alles so lief, wie es laufen sollte. Niemand wusste, ob das Haus noch bewacht wurde. Nach mehreren Telefonaten bekam Wanner heraus, dass die Bewachung abgezogen worden war. Man hielt die getätigten Maßnahmen für ausreichend. „Euer Wort in Gottes Ohr", seufzte er und war überhaupt nicht beruhigt. Ein Safe in einem Raum, der nur unvollständig abgesichert war! Nicht auszudenken, wenn andere den Safe aufbekamen. Dann fiel ihm plötzlich etwas ein. Er rief die gleiche Nummer noch einmal an und bat, den Safe und dessen Umgebung sorgfältig mit dem Geigerzähler abzusuchen.

Um 14 Uhr marschierten seine Mitarbeiter pünktlich in sein Büro. Wanner bot ihnen Platz an und richtete die Grüße von Uli Hansen an Eva aus. Täuschte er sich oder lief bei ihr derselbe Vorgang einer Farbveränderung im Gesicht ab? Wanner steckte dieses Detail in die gleiche Gedächtnisschublade, in der schon das Erröten Uli Hansens untergebracht war. Er trat zum Flip-Chart, den er zurechtgerückt hatte. Allmählich war darauf die bekannte Wanner'sche Kunst zu erblicken, die stark an moderne Grafik erinnerte. Namen, Daten, Pfeile, durchgestrichene Wörter, ein hübsches Durcheinander auf einem großen Blatt. Der Hauptkommissar wollte gerade anfangen zu dozieren, als es klopfte und Staatsanwalt Riegert seinen Kopf zu Türe hereinstreckte. „Guten Tag! Ach, da komme ich wohl gerade rechtzeitig?“, fragte er und kam vollends herein. „Was gibt es Neues?“

Wanner bat ihn Platz zu nehmen. Ausgerechnet der musste jetzt auftauchen, dachte er, zuerst wollte ich doch mit meinen Kollegen allein diskutieren! Freundlich lächelnd bot er dem Staatsanwalt ein Glas Wasser an und begann seine Ausführungen über den Mord am Nebelhorn.

„Ich möchte den bisherigen Tatbestand und unsere Ermittlungen zusammenfassen.“ Er trat zum Flip-Chart und berichtete. Nach einer kleinen Pause fuhr er fort: „Das spätere Drama kann sich nur bei der letzten Abfahrt ereignet haben, da das Bedienungspersonal, zwei Brüder namens“, Wanner sah auf den Flip-Chart, „Blattner übereinstimmend ausgesagt haben, dass am Ende des Bahnbetriebes am Abend vorher niemand mehr in den Sesseln saß oder auf der Piste zu sehen war. Ein Zeuge auf der Gipfelstation hat inzwischen ausgesagt, dass er sich an mehrere Skifahrer erinnern kann, die nach der letzten Auffahrt der Gondel noch am Gipfel standen und dann ins Tal fuhren. Er ist sich nicht ganz sicher, aber er glaubt, dass einer oder sogar zwei davon die linke Richtung genommen haben. Wenn die Aussage richtig wäre, war Thomas Klein einer dieser beiden und sein Mörder der Zweite. Zur Tat kann es nur im Bereich der Bergstation der Koblat-Bahn gekommen sein, weil es sonst nicht möglich gewesen wäre, den Toten in einen Sessel zu setzen." Paul Wanner hielt inne und nahm einen Schluck Wasser.

Der Staatsanwalt hob den Finger. „Darf man Sie unterbrechen?"

Wanner nickte zwar, hätte aber am liebsten energisch den Kopf geschüttelt. So was liebte er nun gar nicht. Man sollte ihn doch erst mal ausreden lassen! Max Riegert fuhr fort:

„Also bisher ist ja alles klar! Aber wenn nun Klein aus irgendeinem Grund schon an der Bergstation war, dann könnten es auch zwei Leute gewesen sein, die als Täter in Frage kämen?"

Der Hauptkommissar hielt die Luft an. Dann sagte er ruhig: „Theoretisch vielleicht, ja. Aber dann müsste Klein in dem Zeitabschnitt angekommen sein, der zwischen der Beendigung des Bahnbetriebes und der Ankunft der zwei anderen Männer gelegen hat, denn Hans Blattner hat ja niemand gesehen, als er die Bergstation verließ. Der Zeuge sah aber nur *zwei* Skifahrer nach links abfahren, es hätten sonst *drei* sein müssen."

„Na ja, gut, äh, fahren Sie fort!"

„Danke. Also gehen wir einmal davon aus, dass es sich so verhält, wie ich dargestellt habe. Die Tat musste ohne Zeugen geschehen. Nicht an der Talstation und möglichst auch nicht auf der einsehbaren Piste. Also in Sichtdeckung der Bergstation. Den Körper dort oben liegen zu lassen, erschien dem Mörder zu riskant. Er wollte ihn demnach zur Talstation bringen und dort verschwinden lassen. Er setzte den Toten in einen Sessel ..."

Haug meldete sich. Wieder einer, der nicht warten kann, bis ich fertig bin, dachte Wanner und nickte in Haugs Richtung.

„Kann ein Mann allein überhaupt einen Toten mit Skiausrüstung in einen Sessel wuchten?"

„Ich gehe davon aus, dass dies möglich ist." Wanner wandte den Blick wieder von Haug weg.

„Jetzt kommt die nächste Frage: Die Bahn war ja schon von Blattner abgestellt worden. Wie konnte sie der Mörder wieder einschalten?"

Eva hob den Finger. „Wie wird die Schaltstelle gesichert?"

„Normalerweise weiß ein Unbefugter nicht, wie die Bahn an der Bergstation einzuschalten ist. Der Mörder aber muss dies gewusst haben. Wie, das hoffe ich im Laufe der Ermittlungen herauszufinden. Nach rund 100 Metern blieb die Bahn stehen und ließ sich nicht mehr in Bewegung setzen. Der Mörder wird das mit einigem Entsetzten registriert haben. Es blieb ihm nichts anderes übrig, als zu verschwinden. Ob er die letzte Gondel noch schaffte oder auf Skiern nach Oberstdorf hinunter fuhr, steht bis jetzt noch nicht fest. Wir befragen erst den Gondelführer."

Wanner hielt inne. Er starrte auf seinen Flip-Chart und wandte sich dann seinen Kollegen zu.

„Ich bin mir fast sicher, dass es so lief. Thomas Klein wurde zweimal in den Rücken geschossen, Kaliber neun Millimeter, die Projektile sind sichergestellt worden. Ein Mitarbeiter Kleins, Horst Lechner, kam zu uns und identifiziert ihn. Er gab seine Anschrift in Sonthofen falsch an und ist seither verschwunden. Die Werkstatt selbst war später hastig und nur teilweise ausgeräumt worden. Ein in der Werkstatt zurückgebliebener Safe ist noch ungeöffnet ..."

„Warum das denn?", rief der Staatsanwalt und machte sich eine Notiz.

„Weil er ungewöhnlich gut gesichert und verschlossen ist. Die Experten arbeiten daran, wie man mir versichert hat. Die festgestellte Verstrahlung sei so schwach, dass wir ohne besondere Schutzmaßnahmen weiter arbeiten können. Ganz wohl ist mir dabei allerdings nicht."

Riedle setzte sich ruckartig aufrecht. „Mensch, und ich habe direkt vor Ort gearbeitet ..."

Wanner unterbrach ihn. „Das haben wir alle! Wir werden uns einer entsprechenden Untersuchung unterziehen. Bis dahin sollten wir uns möglichst wenig im Bereich der Werkstatt aufhalten. Sie ist großräumig abzusichern. Eva, frag bitte nach, ob das veranlasst wurde! Ich hatte darum gebeten."

Eva Lang machte sich eine Notiz und nickte. „Geht in Ordnung."

Der Staatsanwalt, der eben eine Ortsbesichtigung anregen wollte, lehnte sich wieder zurück und behielt den Vorschlag für sich.

„Darf ich fortfahren? Danke. Gestern, am 5. Dezember, machte ich mit meiner Frau einen privaten Ausflug nach Sonthofen, um das Klausentreiben anzuschauen. Dabei fiel mir ein Klaus auf, der als einziger ein Paar Fuchsschwänze und ein Hirschgeweih an seinem Kopfteil hatte. Genau dieses Klausengewand wurde heute Nacht in der Nähe eines Mannes aufgefunden, der mit zwei Schüssen in den Rücken getötet und später am Ufer der Ostrach abgelegt wurde. Ob dieser Mord mit dem ersten etwas zu tun hat, wissen wir noch nicht."

Seine Kollegen begannen zu tuscheln.

Max Riegert saß nachdenklich da. Sie diskutierten die neue Wendung noch eine Zeit lang, dann erhob sich der Staatsanwalt. „Sie haben offensichtlich alles getan, um weiter zu kommen. Der neue Fall scheint eine harte Nuss zu werden. Halten Sie mich bitte auf dem Laufenden. Auf Wiedersehen!" Er verließ den Raum.

„Und jetzt zu uns: Was meint ihr dazu?" Paul Wanner fischte den letzten Apfel aus seiner Schublade.

Anton Haug fühlte sich als Ältester angesprochen. Er lehnte sich schräg in den Stuhl und blickte an die Wand. „Also das war schon mal 'ne gute Zusammenfassung. Du nimmst alles als gegeben an. Na schön. Wenn's wirklich so war, dann kommen wir mit deiner Auffassung sicher weiter. Das Nächste wäre also, die Identifizierung des Toten und die Suche nach dem Klausen voranzutreiben. Erst dann können wir versuchen, einen Zusammenhang herzustellen."

Alex Riedle blickte Wanner an: „Was ist mit dem Fingerabdruck am Liftsessel?"

„Bisher noch kein Resultat."

Eva sah ihrem Chef ins Gesicht und sagte ruhig: „Für mich ist das Wichtigste, dass der Uli wieder gesund wird ..."

Alle nickten zustimmend.

„Das ist klar, aber entschuldige, im Moment wollte ich deine Meinung zu meinen Ausführungen hören!" Wanner war etwas irritiert. „Ich telefoniere täglich mit der Klinik in Immenstadt. Es geht ihm den Umständen entsprechend und er erholt sich gut. Das ist der letzte Stand."

„Danke! Hast du dir schon Gedanken darüber gemacht, dass vielleicht auch Klein und Lechner verstrahlt sein könnten?"

„Lechner können wir im Moment nicht ausfindig machen, bei Klein habe ich eine entsprechende Untersuchung angeordnet. Weitere Personen sind uns nicht bekannt."

„Wie wäre es, wenn du auch den zweiten Toten und das Klausengewand mit dem Geigerzähler absuchen ließest?"

Der Hauptkommissar starrte Eva überrascht an. „Wie ... wie kommst du denn darauf?", fragte er und schrieb etwas auf einen Zettel.

„Nun, dann wüssten wir vielleicht schneller, ob es mit der Motoren-Connection eine Verbindung gab, oder nicht?"

„Keine dumme Idee", murmelte Wanner vor sich hin und suchte automatisch nach seiner Kaffeetasse, die war aber leer. Haug grinste. Da hatte sie ihrem Chef ein dickes Ei auf den Teller gelegt. Wanner sah Haugs Gesichtsausdruck nicht, wohl aber Eva. Es dämmerte ihr sofort, was aus ihrer eher harmlos gemeinten Anregung herauszulesen war, und sie ärgerte sich. Zunächst über sich selbst, dann über ihren Kollegen Haug, der die Situation wieder mal auszunutzen schien.

Sie diskutierten noch eine ganze Weile weiter, besprachen das weitere Vorgehen und die Arbeitsverteilung.

Abschließend sagte Wanner. „Wir bleiben in ständiger Verbindung, treffen uns jeden zweiten Tag früh um acht Uhr, es sei denn, einer von uns hat eine wichtige Information zu vermelden. Dann sofortiger Kontakt! Eva, du bekommst den Sonderauftrag, dich ab jetzt täglich nach dem Befinden von Uli zu erkundigen und uns darüber zu berichten!" Der Hauptkommissar unterdrückte dabei nur mühsam ein Schmunzeln. Vor allem, als er wieder beobachten konnte, dass eine leichte Röte das hübsche Gesicht seiner Mitarbeiterin überzog.

„Ja, mach ich." Eva notierte sich auch diese Aufforderung, was Anton Haug mit einem offenen Grinsen quittierte.

Als seine Kollegen gegangen waren, stellte sich Wanner vor eines seiner Bergbilder und überdachte das eben Besprochene. Und dabei kam ihm ein neuer Einfall.

15

In einer Allgäuer Großbank lief eine Telefonleitung heiß. Bankdirektor Dr. Gustav Stresselmann, ein Mittfünfziger, betupfte bei diesem Gespräch ständig die Stirn mit einem blütenweißen Taschentuch, das dabei langsam seine Farbe änderte. Cool bleiben Gustav, cool bleiben, hämmerte er sich ins Gehirn. Es wird alles nicht so heiß gegessen, wie es gekocht wurde. Verdammter Mist aber auch, wie konnte bloß sein Plan nicht funktionieren? Mit dem Reibach hätte er das Bankhaus saniert. Und die entliehenen Summen wieder zurückzahlen können, bevor jemand das „Missgeschick“ bemerkt hätte, das ihm widerfahren war. Er grinste bei diesem Gedanken. Und jetzt kam dieser ... und teilte ihm praktisch das Ende seines Planes mit! Er probierte bei seinem Gesprächspartner noch einige taktische Mittel, die bis zur Selbstanzeige und entsprechende Offenlegung ihrer Beziehung gingen. Aber er biss auf Granit.

Nachdem er aufgelegt hatte, lehnte sich Dr. Gustav Stresselmann in seinem weich gepolsterten Ledersessel mit der hohen Lehne zurück. Was war zu tun? Er begann fieberhaft zu überlegen. Viel Zeit blieb ihm nicht für Korrekturen. Natürlich gab es auch bei diesem Problem einen Ausweg, der aber führte an einem tiefen Eingriff nicht vorüber. Seine Überlegungen schwankten zwischen aufgeben oder den Plan weiterverfolgen. Es würde einen Riesenskandal geben und hätte erhebliche Auswirkungen auf die Börsen der Welt, wenn man in *die* Richtung taktieren würde. Andererseits standen ungeheure Summen auf dem Spiel, bei denen sich seine Investitionen wie Lappalien ausnahmen.

Dr. Stresselmann klingelte seiner Sekretärin und bat sie um einen Kaffee mit Milch aber ohne Zucker. Gerlinde Betz tänzelte stets aus dem Chefzimmer mit Bewegungen, die immer wieder anregend auf Stresselmann wirkten. Du Stute, dachte er, warte nur bis hier alles im Reinen ist. Im Augenblick bin ich zu abgelenkt, um auch noch auf diesem Gebiet Schlachten schlagen zu können.

Gustav Stresselmann wandte seine Gedanken auf sein momentanes Problem zurück. Also eigentlich hätte überhaupt nichts schief gehen können. Sein Plan war perfekt. Demzufolge wäre er eines schönen Tages mit etwa 10 Millionen Euro verschwunden. Nicht ohne seiner Frau Isabel das Haus und zwei Grundstücke überschrieben zu haben, schließlich wollte er sich für die Jahre mit ihr dankbar zeigen. Kinder hatten sie keine, also hätten beide ausgesorgt und könnten sich einen angenehmen Lebensabend bereiten. Er hatte da ein Land im Visier, in dem er gegen entsprechenden Eintritt eine Daueraufenthaltsgenehmigung und einen neuen Namen bekommen könnte. Ein Land mit Anschluss an tropisch-blaues Meer, Palmen und weiße Segel.

Dr. Stresselmann schreckte aus seinen Träumen hoch. Er musste handeln, und zwar sofort. Was ist nur aus mir geworden?, dachte er mit einem Anflug an Verbitterung. Angesehen als Bankdirektor, mit einem hohen und sicheren Gehalt, mit Frau, Haus, teurem Wagen und vielen Freunden. Warum konnte ich damals dem Spielcasino in Riezlern nicht widerstehen? Und später diesen Aktienkäufen? Jetzt bin ich sogar soweit, dass mir schon Mordgedanken kommen! Es ist nicht zu fassen.

Dabei lief am Anfang alles überraschend gut. Erst später kamen Verluste und die Einsätze zu ihrem Ausgleich wurden höher und höher. Dann begann er mit gewissen Unregelmäßigkeiten, um das anwachsende Minus auszugleichen. Er vermischte privates und geschäftliches Geld in der Bank. Heute noch lagen „Leichen im Keller", die von der Prüfung bisher nicht entdeckt waren. Noch nicht! Nun war es soweit gekommen, dass er keinen Ausweg mehr sah. Wenn sein Plan schief ging, und im Moment sah es ganz danach aus, dann ... ja was dann? Die Summe, die mittlerweile zu ersetzen war, belief sich auf einen Millionenbetrag. Konnte er jemals an soviel Geld kommen, außer in der geplanten Weise? Niemals. Er hatte hoch gepokert und, wie es jetzt schien, hatte er verloren.

Sekretärin Betz kam mit dem Kaffee herein und stellte das kleine silberne Tablett auf den Schreibtisch. „Bitte sehr, Herr Direktor", flötete sie und sah ihm in die Augen. Mit ihren 35 Jahren und der strammen Oberweite war sie sehr attraktiv. Man könnte sich natürlich auch vorstellen, fuhr es ihm durch den Kopf, sie an den pazifischen Meeresstrand mitzunehmen. Aber das war im Moment völlig zweitrangig.

„Danke, Frau Betz! Ich möchte in der nächsten Stunde nicht gestört werde. Von niemandem!"

Sie nickte und stöckelte hinaus. Dr. Stresselmann trat ans Fenster und sah aus der Höhe des zweiten Stockwerks auf die Stadt hinab. Der Verkehrslärm war nur schwach zu hören, die Lärmschutzfenster taten ihren Dienst. Über den Dächern schauten die Türme der Pfarrkirche herüber. Ein leichter Wind bewegte die Äste der Bäume entlang der Straße. Stresselmann dachte fieberhaft über die nächsten Schritte nach. Er musste seinen Kopf aus der Schlinge ziehen, koste es was es wolle. Er wusste, dass sein vorheriger Gesprächspartner nicht die oberste Spitze derer war, die für das Ganze verantwortlich zeichneten. Die hatte bisher noch niemand zu Gesicht bekommen, das meiste wurde abhörsicher telefonisch vereinbart. Es hatte bisher immer geklappt. Man hatte ihm sogar entgegenkommenderweise jene Börsendaten gemailt, auf die es ankam. Er brauchte nur die jeweiligen Summen einzusetzen und zu warten, dass sie entsprechende Rendite brachten. Oft waren ihm die Namen der Unternehmen, auf die er setzte, unbekannt. Als er begonnen hatte danach zu forschen, bekam er eines Tages einen diskreten, aber sehr deutlichen Hinweis, die Finger davon zu lassen. Sonst ... und es folgte eine Drohung, die man nicht einfach überhören durfte. Das Netz, in das er geraten war, zog sich immer enger um ihn. Schließlich war er so weit darin verstrickt, dass ein Ausscheren nicht mehr möglich schien. Und genau darauf hatten seine Geschäftspartner gewartet. Von da an war er nur noch ihr willfähriges Werkzeug. Die Mitteilung, die er vorhin erhalten hatte, war eiskalt formuliert und von einer Endgültigkeit, die er nie für möglich gehalten hätte. Man wollte ihn fallen lassen. Ihn, der die ganze Zeit das gemacht hatte, was sie von ihm wollten! Und was hatte er gegen sie in der Hand? Nichts, rein gar nichts! Telefongespräche, die man vermutlich nicht mehr nachvollziehen konnte, weil die beteiligten Nummern gelöscht waren oder in die Irre führten. Und Polizei? Kam überhaupt nicht in Frage! Dann wäre ja *er* der Erste, den es treffen würde. Ein teuflisches Spiel. Ein Kreis, aus dem er nicht mehr herauskam, so sah es jedenfalls im Moment aus. Es sei denn ... Dr. Stresselmann wandte sich ruckartig um und ging zum Schreibtisch. Er holte sein privates Notizbuch und suchte eine Nummer heraus, die er über das abhörsichere Telefon anwählte. Er sprach ein paar kurze Sätze hinein und legte dann wieder auf. Jetzt galt es, entweder – oder!

16

Die Hiobsbotschaft traf schnell und völlig unerwartet ein, auch wenn sie Wanner geahnt hatte: In der Werkstatt war eingebrochen worden! Und, was weit schlimmer erschien, der Safe war ausgeräumt, leer, einfach leer! Dabei hatten der oder die Einbrecher offenbar Schlüssel verwendet, denn an der gepanzerten Tür waren keinerlei Spuren von Gewalt festzustellen. Der Hauptkommissar rannte wie ein gereizter Sumatratiger durch Büros und Gänge der Polizeidirektion und fauchte jeden an, der ihm in den Weg kam. „Verdammt noch mal", brüllte er in Haugs Büro hinein, „wieso haben sie die Wachen nicht dort gelassen?", und bevor dieser antworten konnte, obwohl er ja gar nicht dafür verantwortlich gewesen war, riss Wanner schon Evas Türe auf und rief nur um eine Nuance leiser: „Ich habe es doch gewusst, dass das nicht gut gehen kann ...", und war schon bei Alex Riedle, bevor Eva Lang ihren Mund wieder zubekam. Da dessen Tür unvorhersehbar abgeschlossen war, rannte Wanner mit dem Kopf voll dagegen. Das brachte ihn zur Besinnung und er eilte, sich die Stirn reibend, in sein Büro zurück. Wütend knallte er die Tür hinter sich zu und schrie: „Scheiße ..." Danach war ihm wohler und als er einige Bergbilder betrachtete, beruhigte er sich auffallend schnell. Dann blies er heftig durch die Nase und wartete, bis sein Puls wieder Normalstand hatte. Das war das Ende dieses von allen mit höchstem Erstaunen registrierten Ausbruchs. So hatte man den Hauptkommissar noch nie erlebt. Es dauerte daher auch nicht lange, und die ganze Polizeidirektion, bis hinauf in die Chefetage, war davon unterrichtet. Kripochef Wintergerst rief ihn etwas später an und bat mit vorsichtig-zurückhaltender Stimme um eine Aussprache. Der Kripochef wollte die Psychologie zu Hilfe nehmen. Wanner stieg die Treppe zum zweiten Stock hinauf und meldete sich. Wintergerst kam mit ausgestreckter Hand auf ihn zu und bat ihn doch Platz zu nehmen. Dann bot er Wanner einen Kaffee an und wies auf eine Kristallschale mit Plätzchen. „Von meiner Frau", sagte er schnell, „sie backt immer schon ziemlich lang vor Weihnachten!" Der Hauptkommissar schielte auf den Teller. Hm, da lagen Elisen und Nürnberger Lebkuchen, Rumkugeln und Kokosplätzchen, nicht übel! Er setzte sich und holte zwei von den süßen Sachen, denen er noch nie hatte widerstehen können, auf seinen Untersetzer. Wenn das *so* war, konnte er ja wieder mal ein solches Donnerwetter loslassen, und zwar noch *vor* Weihnachten.

Wintergerst setzte sich ihm gegenüber und griff nach einer Elise. „Ich mag diese Dinger, besonders seit ich mit dem Rauchen aufgehört habe", sagte er dann kauend. Wanner nickte. Das konnte er gut verstehen. Elisen gehörten zu seinen Favoriten. Er langte weiter zu und es dauerte nur eine kleine Weile, bis die Kristallschale leer und der Kaffee ausgetrunken waren. Wintergerst schielte gelegentlich zu seinem Gegenüber, aber er sah nur einen zufriedenen Gesichtsausdruck. Nun hielt er die Gelegenheit für günstig, und er rief bei Hans-Joachim Gottlich an, der unmittelbar darauf hereinkam.

„Grüß Sie, Wanner", rief er und forschte nach Resten von Zorn im Gesicht des Hauptkommissars. Als er keinen finden konnte, setzte er sich und wandte sich an ihn, nicht ohne einen missbilligenden Blick auf die leere Kristallschale geworfen zu haben.

„Blöde Sache, die da passiert ist. Werde mit dem Verantwortlichen ein paar ernste Wörter reden müssen ..." Er hielt inne und suchte in Wanners Gesicht nach einer Reaktion. Doch der zeigte keine. Vielmehr nickte er Gottlich aufmunternd zu. Der wirkte erleichtert und fuhr fort:

„ ... äh ... blöde Sache, ja! So kann das nicht gehen, ... äh, ... ja also, wie konnte das nur passieren?"

Nach dieser umfassenden Aufklärung fühlte sich Wanner nun doch bemüßigt einzugreifen.

„Herr Kriminaldirektor, das weiß ich auch nicht! Ich bin nicht gefragt worden, sonst hätte ich dringend darum gebeten, das Gebäude trotz der Sicherungsmaßnahmen weiter zu bewachen. Die ganze Geschichte ist doppelt blöd, weil ..." Er hielt inne.

„Weil?", fragte Gottlich und beugte sich vor.

„Weil sich in diesem Safe vermutlich Unterlagen befunden haben, die uns hätten erheblich weiter bringen können und ..."

„Ja, und was?"

„Tja, ich vermute, dass wir dem Rätsel der Strahlung näher gekommen wären, wenn zuerst *wir* den Safe geöffnet hätten!"

Hans-Joachim Gottlich stieß versehentlich an die leere Kristallschale und beförderte sie an die Kaffeekanne. Endlich hatte Wintergerst verstanden. Er erhob sich und holte widerwillig seine letzten Elisen aus dem Schrank. Nun musste er zusehen, dass er wieder Nachschub bekam, dachte er, und stellte die Schale auf den Tisch. „Bitte schön, greifen Sie zu!"

Gottlich schielte auf die Kaffeekanne. Mit einem Ausdruck größten Bedauerns beeilte sich Wintergerst zu versichern, dass der Kaffee alle war. Während sie weiter die kommenden Schritte besprachen, leerte sich die Kristallschale zum zweiten Male. Sie beendeten das Gespräch exakt, nachdem das letzte Plätzchen gegessen war.

In seinem Büro überdachte Paul Wanner das Besprochene. Also: Nach wie vor musste die Identifizierung des zweiten Toten Vorrang haben. Jetzt aber kam diese Sache mit dem Safe dazu, ebenfalls brisant, vielleicht sogar im wahrsten Sinne des Wortes. Und wohin war dieser Lechner verschwunden und warum? Er konnte sich keinen Reim darauf machen. Er warf wütend einen Bleistift auf den Tisch, als er wieder an den geöffneten Safe denken musste. So was von blöd! Er rief bei der Spurensicherung an und fragte nach Hans Kern. Der sei in Sonthofen, hieß es. Das war beruhigend, immerhin würde Kern etwas finden, wenn es etwas zu finden gab. Dann fragte er nach, ob die Untersuchung des Klausengewandes samt Kopfteil etwas gebracht hatte. Sie seien noch nicht so weit, kam die Antwort.

Wanner seufzte. Er wollte gerade aufstehen, um das Fenster ein wenig zu öffnen, als das Telefon klingelte. Der Wachhabende stellte ein Ferngespräch durch. Eine Frau Dr. Brummer-Meilen meldete sich vom „Landesamt für Umweltschutz" in Augsburg. Sie berichtete Wanner schon vorab, dass das eingesandte Eisenstück, vermutlich eine Art Motorenventil, selbst nicht radioaktiv sei, aber möglicherweise in der Nähe eines strahlenden Gegenstandes gelegen habe. Näheres dann ... usw. Wanner bedankte sich und legte auf. Also nicht selbst radioaktiv, dachte er, das ist ja schon mal was.

Warum nur machte man Motorenversuche in einer kleinen Stadt im Allgäu, statt in einem der großen Versuchslabors einer führenden Autofirma? Das leuchtete ihm nicht ein. Er trat zum Fenster und sah auf die winterlich-graue Stadt hinaus. Das Außenthermometer zeigte minus zwei Grad. Es war windstill und merkwürdig ruhig. Wanner suchte die Krähen auf dem Nachbarfirst, aber offensichtlich hatten sie sich heute einen anderen Sitzplatz ausgesucht. Auch recht, dachte er, warum also Sonthofen? Seine Gedanken schlugen Purzelbäume. So wie die Werkstatt angelegt war, legte man keinen Wert darauf, dass ihre Anwesenheit bekannt wurde. Ergo waren die Versuche geheim. Industriespionage setzte vermutlich in den Firmenlabors an und nicht in einem Kleinstadt-Hinterhof-Labor. Klein hatte dort gearbeitet und war erschossen worden. Warum? Hatte er zu viel gewusst oder war er jemand in die Quere gekommen? Es musste um sehr viel gehen, wenn man sogar vor einem Mord nicht zurückschreckte. Oder sogar vor zwei Morden? Wieso glaubte er nur, dass die beiden Toten eine Gemeinsamkeit verband? Und was soll die Geschichte mit der radioaktiven Strahlung? Des Rätsels Lösung wäre ganz offensichtlich im Safe zu finden gewesen. Hätte man doch bloß ... Wanner hielt mit seinen Gedanken inne. Nicht schon wieder aufregen, Paul, sagte er sich. Geschehen ist geschehen. Jetzt dauert's halt länger, bis wir weiterkommen. Er sinnierte weiter. Es war wohl nur ein *Mann* in der körperlichen Lage, einen Toten in den Sessel zu setzen. Aus der ganzen Situation schloss er, dass es nur *ein* Täter war.

Ein weiteres Mal riss ihn das Telefon aus seinen Gedankengängen. Man teilte ihm mit, dass der am Sessel gefundene einzelne Fingerabdruck nicht registriert war. „Hebt mir das Ergebnis gut auf", sagte er und hängte ein. Wäre ja zu schön gewesen!

Es klopfte an seine Tür und der Bote legte ein paar Faxe auf den Tisch. „Soll sie Ihnen gleich bringen", meinte er.

Wanner begann zu lesen. Endlich gab es Personenbeschreibungen. Der Fahrer in der letzten Gondel am 27. November konnte sich vage an einen Mann erinnern, der die Gondel von der Station Höfatsblick nach Oberstdorf hinab gerade noch erreicht hatte. Außer ihm fuhr etwa ein Dutzend anderer Gäste mit. Er konnte sich deshalb erinnern, weil der Mann ziemlich nervös wirkte und beinahe seine Tageskarte nicht mehr gefunden hätte. Danach habe er nur still zum Fenster hinausgestarrt und war nicht auf das Geplärre einiger Gäste eingegangen, die offensichtlich einen über den Durst getrunken hatten und die ganze Gondel mit ihrem Gekicher erfüllten. Der Mann mochte etwa 40 Jahre alt gewesen sein. Der Fahrer konnte sich nur noch ungefähr erinnern, da er die laute Gesellschaft immer wieder bitten musste, ruhig stehen zu bleiben. Außerdem sei der Mann in seinem Skianzug schwer kenntlich gewesen. Er habe Ski und Stöcke dabei gehabt. In Oberstdorf war er sofort aus der Gondel gestiegen und in der Dämmerung verschwunden.

Prima, dachte der Hauptkommissar, das genau ist unser Mann! Falls man ihn erwischen würde, hätte man mit dem Gondelfahrer jemand, der ihn gesehen hatte. Sehr gut!

Im nächsten Fax folgte eine Personenbeschreibung von Horst Lechner, die sehr genau war, weil ihn ja mehrere Leute gesehen hatten. Wanner musste den Kopf schütteln, als er an Lechner dachte. Komisch, da kam ein Kollege des Ermordeten, identifizierte ihn, gab eine falsche Adresse an und verschwand danach spurlos. Das könnte natürlich auch bedeuten, dass ihn jemand verschwinden ließ! Also gab es demnächst eine dritte Leiche?

Im nächsten Fax erhielt er eine Beschreibung aus dem Sportgeschäft in der Burgberger Straße in Sonthofen und eine aus Oberstdorf. Wanner hatte seine Kollegen gebeten, bei den Sportgeschäften dieser beiden Orte alle Leihgeschäftsvorgänge zwischen 20. und 27. November durchzusehen. Er vermutete einfach mal ins Blaue hinein, dass auch der Mörder mit Leihski gefahren war. Riedle und Haug hatten rund zwei Dutzend sortiert und sich zunächst auf fünf einzelne Männer konzentriert. Zum Schluss blieben ihrer Meinung nach noch zwei übrig, die in Frage kamen. Einer in Oberstdorf und einer in Sonthofen im gleichen Geschäft, in dem schon Thomas Klein seine Skiausrüstung geliehen hatte. Der Mann könnte um die Vierzig gewesen sein und war ziemlich wortkarg. Er hatte zugesagt, die Ski am Montag zurückzubringen und war danach aus dem Geschäft geeilt. Der Mann in Oberstdorf war etwa 30 Jahre alt und hatte auffallend lange Haare. Obwohl Wanner sofort auf den Unbekannten aus Sonthofen tippte, wählte er die Nebelhornbahn Geschäftsstelle an. Eugen Zerle hob ab. Er fragte ihn nach dem Fahrer der letzten Gondel vom 27. November. Zerle bat um einen Moment Geduld und sah nach. Dann kam seine Stimme wieder: „Hallo, Herr Wanner, der fährt gerade zur Station Seealpe. Worum geht es denn?"

„Na gut, Sie können ihn auch gerne selbst fragen: es geht darum, ob er bei dem besagten Fahrgast am 27. November auffallend lange Haare bemerkt hat? Sie müssten ein Stück unter der Mütze herausgeschaut haben. Er soll sich genau erinnern, es wäre wichtig. Bitte rufen Sie schnellstmöglich zurück!"

Zerle versprach es. Schon eine halbe Stunde später rief er wieder an und berichtete, dass dem Fahrer keinerlei lange Haare aufgefallen waren, daran hätte er sich bestimmt erinnert. Wanner dankte und legte auf. Gut, dann steht für mich jetzt fest, dass es der Mann in Sonthofen war. Er griff zum Telefon und ließ sich mit dem Computerspezialisten für Phantombilder verbinden. Er bat ihn, sowohl den Gondelfahrer als auch den Verkäufer in Sonthofen zu besuchen und aus ihren beiden Angaben ein Phantombild des fraglichen Mannes zu fertigen. Möglichst heute noch, setzte er hinzu.

„Herr Wanner, wissen Sie wie spät es ist? Gleich 18 Uhr. Bevor ich in Sonthofen oder Oberstdorf bin, haben alle Feierabend! Ich mach mich morgen in der Früh auf die Socken und liefere Ihnen das Bild bis Mittag. Schneller geht's nicht."

Wanner sah auf seine Uhr, der Kollege hatte Recht. „Also bis morgen, möglichst elf Uhr dreißig!" Er trat zu seinem Flip-Chart und begann daran herumzuzeichnen. Da er keinen Radiergummi benützte, sah das große Blatt bald wie ein Eislaufplatz mit kreuz und quer gezogenen Spuren aus.

Kurz darauf rief der Staatsanwalt an und ließ sich berichten.

Gegen 19 Uhr machte sich Wanner auf den Heimweg. Den für diesen Abend vorgesehenen Theaterbesuch hatte er längst vergessen.

17

Am Tag darauf bat er sein Team zu sich und berichtete den neuesten Stand. Nachdem er geendet hatte, sagte Eva Lang: „Wie beauftragt habe ich mit Uli telefoniert. Es geht ihm so weit gut, wahrscheinlich muss er noch eine Woche in der Klinik bleiben und dann ein Anschlussheilverfahren in der Reha machen. Er wird also frühestens in vier Wochen wieder bei uns sein können."

Wanner bedankte sich bei ihr. In letzter Zeit sind ihre Gedanken mehr beim Uli als bei uns, dachte er im Stillen und wusste nicht, ob er sich darüber freuen sollte oder nicht. Eva war verdammt hübsch.

Hoffentlich erwischt sie endlich mal den Richtigen.

„Ich hol mir nur schnell einen Kaffee.“ Damit verschwand er aus dem Büro.

Anton Haug sah Eva ohne größere Gefühlsregung an. „Er wollte wahrscheinlich eher was zum Mordfall hören!“

„Ich hatte den Auftrag, mich nach seinem Befinden zu erkundigen“, ärgerlich hielt ihm Eva ihren Notizblock unter die Nase, auf dem er festgehalten war. Alex Riedle, der die aufkommende dicke Luft spürte, lenkte schnell ab. Er sprang auf und trat zum Flip-Chart.

„Seht mal, der schaut aus wie ein echter Picasso! Was bedeutet denn das ganze Gekritzel?“

Eva hatte als Erste kapiert. Sie stand auf und trat zu ihm, während Haug demonstrativ sitzen blieb. Riedle begann eine völlig überflüssige Erläuterung der Aufzeichnungen. Als Wanner zurückkam, war seine Kaffeetasse wieder nur halb gefüllt. Ohne die beiden eines Blickes zu würdigen, setzte er sich und knurrte:

„Es ist immer dasselbe mit dem Kaffeeautomaten! Jetzt war wieder zu wenig Wasser drin. Glaubt ihr, da würde einer mal nachfüllen?“

Haug flegelte sich in seinen Stuhl hinein. „Wie oft hast *du* denn schon nachgefüllt? Du trinkst doch am meisten!“

Wanner lag eine entsprechende Erwiderung auf der Zunge, als er einen warnenden Blick Evas auffing. „Das müsste man erst einmal feststellen lassen“, brummte er dann nur und winkte die beiden zum Tisch zurück. „So, jetzt geht's wieder mit dem Fall weiter!“ Sein Ton duldete keinen Widerspruch. Dann fuhr er fort: „Wir müssen das Umfeld Kleins noch mal gründlich abklopfen. Vor allem: Wer ist Lechner wirklich? Und der dritte Mann ...“

Er wurde unterbrochen. Hans Kern war am Telefon. „Ob du's glaubst oder nicht: der Fingerabdruck vom Sessel hat sich in der Werkstatt wiedergefunden, und zwar etliche Male. Ist das nun eine gute Nachricht oder nicht?"

Wanner atmete tief durch und schaltete das Telefon laut. „Menschenskind! Damit kommen wir einen Riesensprung nach vorne. Beim nächsten Betriebsausflug hast du was frei!"

Kern lachte. „Sehr gut, ich hab schon immer gerne Champagner getrunken!"

„Halt, halt! So groß war der Vorwärtssprung nun auch wieder nicht", rief Wanner schnell ins Telefon.

„Hätte mich ja auch gewundert", schmollte Kern.

„Hast du sonst noch was gefunden?"

„Na ja, ich hab hier eine Taxiquittung. Sie lag unter einem der Ziegelstücke in der Werkstatt. Da steht irgendwas von Taxiverkehr Lübeck drauf. Ist nicht gut zu lesen, war wohl etwas zu nahe an den Explosionsherd gekommen."

„Ist das Datum noch lesbar?" Wanner hatte aufgehorcht.

„Nur zum Teil. Irgendwas mit September. Mehr ist nicht zu entziffern."

„Schick das Ding mal zu den Kollegen nach Lübeck und bitte sie, bei den Taxiverkehrsbetrieben, oder wie immer die dort heißen mögen, nachzufragen, ob die Quittung von diesem Jahr ist und von welchem Taxi. Vielleicht gibt es ja ein Erkennungszeichen dafür oder was Ähnliches."

„O.K., mache ich. Du hörst wieder von mir!"

Paul Wanner hatte seine gute Laune wieder erlangt. Bingo! Ein weiterer Schritt nach vorn.

„Also, wenn du mich fragst", fing Anton Haug an, ein Lebenszeichen zu geben, „dann hat der Wind die Quittung dort hineingeweht, nachdem sie ein Tourist im Sommer weggeworfen hatte."

Alex Riedle widersprach. „Glaube ich nicht! Wenn sie erst jetzt aufgetaucht ist, kann sie nicht lang gelegen haben, weil sich sonst das Papier aufgelöst hätte. Schließlich hat es ein paar Mal geregnet in der letzten Zeit."

„... und“, fiel Eva Lang ein, „die Quittung lag im Inneren des Gebäudes. Da müsste sie ja der Wind durch die Explosionsöffnung geblasen haben, sehr unwahrscheinlich.“

Ohne ein Wort zu sagen hob Wanner den Hörer ab und wählte Kern an. Dann fragte er ihn kurz: „Wo genau lag der Zettel?“

„In der hinteren Ecke, nahe beim Einbau, in dem der Safe steht.“

„Danke!“ Wanner legte auf. Dann wandte er sich an seine Kollegen. „Ich bin der Meinung, die Quittung ist in letzter Zeit von irgendjemand im Inneren der Werkstatt verloren worden. Insofern hat sie eine Bedeutung für uns. Wir wollen mal festhalten: die Fingerabdrücke in der Werkstatt sind identisch mit dem Abdruck an der Sessellehne. Da dieser nur vom Mörder stammen konnte, war der also auch in der Werkstatt. Seine Abdrücke kommen öfters vor, entweder hat er dort ebenfalls gearbeitet, oder etwas gesucht. Schauen wir, dass wir den Lechner kriegen, damit wir einen Vergleich machen können.“

„Und was ist mit dem dritten Mann?“ Eva Lang sah von ihren Notizen hoch.

Anton Haug pfiff die Filmmusik „Der dritte Mann“ vor sich hin. Dann sagte er zu Wanner:

„Ich habe dir von diesem Hubert Pabst ja schon erzählt, als ich von der Identifizierung Kleins durch Lechner berichtet habe. Erinnerst du dich?“

„Klar, der kommt auch noch dran!“ Im Stillen ärgerte er sich, dass er nicht gleichzeitig nach Lechner *und* Pabst gefragt hatte. Anfänger! Aber gleich kam seine Retourkutsche. „Hast du in der Zwischenzeit die Anschrift von Pabst ausfindig gemacht?“ Die Frage klang wie nebenbei. Haug, der das versäumt hatte, kroch in seinem Stuhl zusammen. Dann murmelte er etwas wie: „... wenig Zeit, ... anderes zu tun ...“, und sah an Wanner vorbei an die Wand.

„Na schön“, meinte der, „dann bitte sofort die Adressen von Pabst und Lechner beschaffen, und möglichst die beiden persönlich! Nimm dir dazu, wen du brauchst, es eilt."

„Dann kann mir der Alex helfen!"

Der nickte und sah wenig begeistert aus. „Und was machst du?"

Wanner sagte: „Ich fahr nach Sonthofen und besuche den Vorstand des Klausenvereins und eine alte Frau."

„Ach – und etwas deutlicher könntest du dich nicht ausdrücken?"

„Ihr erfahrt schon noch rechtzeitig, wie es weitergeht." Sie verabschiedeten sich etwas verschnupft und unterhielten sich noch am Flur über die Bemerkungen ihres Chefs.

„Ihr werdet sehen: eines Tages steht unser Boss vor uns und sagt wie nebenbei: also gestern Abend habe ich den Fall gelöst, gehen wir jetzt Kaffeetrinken?" Haug imitierte Wanners Stimme.

So viel Humor hatte er schon lange nicht mehr gezeigt, und die beiden anderen nahmen es als gutes Zeichen. Die Spannungen der letzten Zeit hatten keinem von ihnen gefallen.

Nachdem sein Team gegangen war, machte sich Wanner einige Notizen und arbeitete Fragen heraus, die er in Sonthofen stellen wollte. Seine Gedankengänge wurden durch das Telefon unterbrochen. Uli Hansen rief aus dem Krankenhaus an und erkundigte sich, wie weit sie denn schon gekommen wären.

„Also, du bist jetzt mal eine Zeit lang aus dem Fall raus", meinte Wanner, der sich über das Interesse seines jungen Kollegen freute, „und wenn du wieder gesund geschrieben bist, kannst du uns helfen, wenn wir noch nicht fertig sind!"

„Wie weit seid ihr denn, die Eva erzählt mir wenig davon."

„Na ja, wir haben einige Spuren, denen wir nachgehen", antwortete Wanner ausweichend.

Uli Hansen schien von den Antworten nicht sehr erbaut zu sein. „Also Auskunftsbüro in Person bist du ja gerade nicht ..."

Wanner unterbrach ihn: „Lieber Freund, du bist krank und sollst dich schonen. Es hätte nicht viel gefehlt und du hättest nicht mehr fragen können!"

Nach kurzer Zeit verabschiedeten sie sich. Der Uli, dachte Wanner, ist gar kein übler Bursche! Und als Polizist durchaus eine Bereicherung unserer Direktion. Er holte sich im Sozialraum neuen Kaffee und schlürfte ihn schon am Rückweg. Also diesmal keine Verbrennungen ersten Grades, dachte er. Plötzlich musste er husten und verschüttete dabei einen Teil aus dem Becher. Wütend putzte er sich die Tropfen von seinem Sakko und bemerkte dabei eine kleine Lache zu seinen Füßen. Schnell blickte er den Gang auf und ab und versuchte das Verschüttete mit seinem Schuh zu verteilen. – Eine Tür fiel ins Schloss.

„Was du machen hier?", ertönte eine wohl bekannte Stimme. Camile Cirat schaute, ihr Putzzeug in der Hand haltend, missbilligend auf Wanner und seine Versuche, den Kaffeerest am Boden verschwinden zu lassen.

„Ich .. wär beinahe auf dem Kaffee ausgerutscht. Weiß der Kuckuck, warum er nicht aufgeputzt war!"

Die Raumpflegerin trat zu ihm, besah sich die Lache genauer und sagte dann mit dunkel-bebender Stimme: „Wenn ich putzen vorher, nix Fleck war hier! Camile immer putzen alles sauber." Plötzlich bemerkte sie den Becher in seiner Hand, den er vergeblich versucht hatte, hinter seinem Rücken außer Sicht zu bringen. „Hast du Kaffee selbst ausgeschüttet?" Ihre Stimme klang Unheil verkündend.

„Iiiiiich?" Wanner legte seine ganze gespielte Empörung in das Wort. „Ich wollte gerade zum Kaffeeautomaten gehen!" Und das war ja nicht einmal gelogen, nur verschwieg er tunlichst, dass es das zweite Mal gewesen wäre.

Camile Cirat schüttelte den Kopf. Dann holte sie ihr Putztuch aus dem Kübel und wischte den Fleck sauber. „So jetzt Fleck weg. Du sehen, alles sauber! Immer aufpassen, sonst werden ich mit Putzen nicht fertig." Und verschwand hinter einer Bürotür.

Wanner kehrte aufatmend in sein Büro zurück. Noch mal gut gegangen, dachte er und stellte den Becher auf seinen Schreibtisch.

Wie immer ließ er einen Rest darin.

Die Dunkelheit brach herein. Obwohl erst kurz nach 17 Uhr, merkte man den Abend deutlich. Wanner ärgerte sich seit Tagen über einen großen roten Nikolaus, der an einer Dachrinne des gegenüberliegenden Hauses hochzuklettern schien. Seit ein paar Jahren hatte Santa Claus aus USA auch hier Einzug gehalten, wie so manches mehr, über das man sich nicht nur freuen konnte. Er wandte sich wieder seinem Schreibtisch zu. Nur noch wenig erinnerte an den heiligen Nikolaus seiner Kindheit. Seufzend räumte er ein paar Schriftstücke von der linken auf die rechte Tischseite, sperrte die Schubladen zu und verließ das Büro.

Als er heimkam, wartete Lisa schon mit dem Abendessen auf ihn. Sie fragte ihn lächelnd:

„Und, hast du heute was vergessen?"

Ihr Mann überlegte schnell: ihr Geburtstag war im Februar, Hochzeitstag im Mai, Geburt des Sohnes im Juli ... was hatte er denn wieder vergessen? Mit einem Seufzer und einem betretenem Gesicht schüttelte er den Kopf. „Entschuldige, keine Ahnung!"

Lisa begann zu kichern. „Du hast vergessen mich zu fragen, ob Ramona Rind nun mitfährt oder nicht!"

„Ach ja, richtig!", Wanner wirkte erleichtert. Das war ja noch zu ertragen. „Spann mich nicht auf die Folter! Aber so wie du aussiehst, hat sie zugesagt?"

Lisa nickte lächelnd. „Exakt! Sie würde mitkommen, wenn nicht ihr Vater krank wird oder sonst ein Unglück passiert."

„Der gute Willi Rind soll sich mal untersuchen lassen! Aber Scherz beiseite, wollt ihr zwei es wirklich wagen?"

„Na klar, das Land ist seit dem Anschlag im Tempel der Hatschepsut deutlich sicherer geworden. Ich freue mich jetzt schon richtig auf die Reise. Seit ich deinen Ägyptenführer gelesen habe, stelle ich mir das alles herrlich vor!" Sie breitete die Arme aus und sah ihn mit leuchtenden Augen an. Wanner versetzte es einen Stich in der Brust. Und das alles ohne ihn! Doch die Mitfreude siegte und er nahm seine Frau in die Arme. „Und krieg ich dann auch jeden Tag eine Ansichtskarte von dir?"

Lisa wurde eine Spur ernster. „Armer Paul! Natürlich wäre ich lieber mit dir gefahren, das habe ich oft genug gesagt. Du selbst hast mir Ramona Rind als Reisebegleitung angeboten." Sie rückte näher an ihren Mann heran. „Du wirst mir fehlen, gerade über die Feiertage. Der verflixte Mordfall! Dass aber auch immer so was passieren muss!"

Lisa wäre nicht eine Frau gewesen, hätte sie nicht angefangen aufzuzählen, welche Garderobe sie auf die Reise mitnehmen wollte. Dutzende von Fragen schwirrten durch das Zimmer, beginnend mit Abendgarderobe (wir sind schließlich auf einem Schiff), bis hin zu Bikini (muss mal meinen Körper der Sonne aussetzen!) und Schuhen (kann nicht den ganzen Tag in Sandalen herumlatschen). Paul half ihr geduldig, einen zielgerichteten Weg durch den entstehenden Wirrwarr zu suchen. Schließlich holte er einen Schreibblock und einen Kugelschreiber und sagte: „So und jetzt wird alles festgehalten! Was meinst du, was sonst übermorgen noch von deinem Sortiment vorhanden ist?" Zusammen rekonstruierten sie die getroffenen Entscheidungen und Lisa schrieb alles säuberlich auf. Dann entzündeten sie zwei der vier Kerzen auf dem Hindelanger Keramikteller, der anstelle eines Adventskranzes das Zimmer schmückte, und Paul schenkte zwei Gläser Rosé ein.

18

Der Hauptkommissar fuhr am Tage darauf, es war der 9. Dezember, nach Sonthofen. Er hatte sich beim Vorsitzenden des Klausenvereins anmelden lassen, und war auf das Gespräch neugierig. Da lebt man sein Leben lang in derselben Gegend, hört und liest von einem Brauchtum, das jährlich ausgeübt wird, trotzdem weiß man zu wenig darüber, dachte er.

Er traf Michael Adelgoß zu Hause an. Kurioserweise wohnte der in der Nähe des Hauses mit der Werkstatt, aber damit hatte er wohl gar nichts zu tun. Wanner wies diesen Gedanken sofort von sich. Adelgoß führte ihn in sein Büro und bot ihm Platz an. Mit der Polizei hatte er noch nie etwas zu tun gehabt. Nur zweimal wurde er als Zeuge nach einem Klausentreiben vernommen, bei dem zwei Autos angeblich von Klausen beschädigt worden waren. Gewohnheitsmäßig machte sich Wanner schnell ein Bild von dem Zimmer. Auffallend war eine Reihe von Fotos an der Längswand, die alle zottige Gesellen mit langen Ruten, schwarz-weißen Fellen und riesigen, unheimlichen Köpfen zeigten. Er ließ sich auf einer Eckbank nieder. „Vielen Dank, dass Sie sich die Zeit nehmen, mir ein paar Auskünfte über die Klausen zu geben", fing er an.

Adelgoß nickte. „Geht schon in Ordnung, ich muss nur in einer Stunde weg."

„Gut, dann fangen wir gleich an." Wanner holte seinen Notizblock heraus.

„Sie sind also der Vorsitzende des Klausenvereins?", und als Adelgoß zustimmte, „seit wann gibt es den?"

„Seit 1976. Die Klausen werden von drei Oberklausen geführt, einer davon bin ich und gleichzeitig noch Vorstand des Vereins."

Wanner machte sich eine Notiz. „Wie viele

Klausen gibt es ungefähr und wie werden sie beim Klausentreiben überwacht, wenn überhaupt?"

Michael Adelgoß holte bei der Antwort aus. „Also wir haben zurzeit rund 135 Klausen ..."

„Was so viele?", entfuhr es Wanner.

Adelgoß nickte. „Wer beim Klausentreiben dabei sein will, muss sich vorher anmelden. Dabei wird geprüft, ob er überhaupt mitrennen darf ..."

„Welche Bedingungen dazu gibt es?"

„Er muss deutscher Staatsbürger, über 16 Jahre alt und ledig sein. Dann wird er in eine Liste aufgenommen. Am Tag des Klausentreibens treffen sich alle in der Markthalle in Sonthofen, lassen sich anhand der Liste wegen der Versicherung registrieren, jeder bekommt einen Zettel an den Arm geheftet, auf dem z.B. das Jahr gekennzeichnet ist, an dem er dabei sein darf und eine Nummer ..."

„Also Klausen mit Registriernummern? Warum denn das?"

„Es ist halt schon vorgekommen, dass ein Klaus beim Treiben zu derb wurde, jemand zu hart geschlagen oder einen Sachschaden an einem Auto verursacht hat, wie das in der Hitze des Getümmels und in der abendlichen Finsternis vorkommen kann ... und weil sie häufig von den Zuschauern auch provoziert werden", setzte er schnell hinzu, als er sah, dass Wanner etwas fragen wollte.

„Also, sie sammeln sich in der Markthalle und ziehen von dort zunächst gemeinsam zum Oberen Markt. Wann beginnt das Treiben?"

„Um zwanzig Uhr. Angezeigt wird der Beginn mit Böllerschüssen am Rathausplatz."

„Gibt es von Ihrer Seite irgendwelche Instruktionen an die Klausen, bevor es losgeht?"

„Ja, aber selbstverständlich. Wir Oberklausen versammeln kurz vor Verlassen der Markthalle alle Klausen und sagen ihnen, wie sie sich verhalten sollen, wo sie *nicht* hinschlagen dürfen, dass sie keinerlei Sachschäden verursachen und so weiter.

Außerdem gibt es gekennzeichnete Ordner, die den Zug begleiten und Übergriffe registrieren, auch die von Zuschauern! Es ist nämlich schon vorgekommen, dass man einem Klaus Pfefferspray ins Gesicht gesprüht hat."

Du meine Güte, dachte Wanner. „Und später teilt sich der große Zug in einzelne Gruppen auf und diese streifen durch die Straßen?"

„Ja, so in etwa. Sicherheitshalber sollten die Klausen nicht allein rennen." Adelgoß erhob sich plötzlich und holte ein Bild von der Wand. „Ich selbst spring auch noch mit. Hier sieht man mein Häs" Wanner erkannte nur eine riesige, zottige Gestalt, die einen Schellengürtel trug, einen großen, mit mehreren Hörnern versehenen Kopfteil aufhatte und mit einer langen Rute drohte.

„Könnte sich ein Klaus, der nicht registriert ist, oder wo anders herkommt, unerkannt unter das Treiben mischen?" Er folgte mit dieser Frage einer inneren Eingebung.

„Verhindern lässt sich das bei der Dunkelheit und der großen Anzahl von Teilnehmern nie", antwortete Adelgoß und hängte das Bild an die Wand zurück.

Wanner sah auf seine Notizen. „Die Listen mit den registrierten Klausen werden aufgehoben, nehme ich an?"

„Ja, über mehrere Jahre. Brauchen Sie eine davon?"

„Ich hätte gerne eine Kopie der diesjährigen. Stehen die Adressen drauf?" Und als Adelgoß nickte, schloss Wanner sein Notizbuch und erhob sich. „Vielen Dank! Sie haben meine privaten und dienstlichen Kenntnisse erweitert!"

Er verabschiedete sich und ging zu seinem Wagen zurück. Dann fuhr er in eine Seitenstraße um zu wenden, blieb aber nochmals stehen und überdachte das Gehörte. Jetzt war die Erinnerung noch frisch und er konnte seine Aufzeichnungen ergänzen. Aber es fiel ihm nichts ein. Wichtig war die

Erkenntnis, dass auch ein fremder Klaus mitlaufen konnte, ohne als solcher erkannt zu werden, da die Klausengewänder alle ähnlich waren.

Sein nächstes Ziel war das Haus der Kreszentia Abele. Mit ihr wollte er nochmals und etwas ausführlicher sprechen. Seit er sie an der Brücke gesehen hatte, ging ihm ihr Aussehen nicht aus dem Kopf. Sie musste krank sein, richtig krank. Siechenhaft fiel ihm dazu ein. Jawohl: Siechenhaft. Oder bildete er sich das nur ein? Er war ja kein Arzt, sie konnte genauso unter Rheuma oder Gelenkabnutzung leiden. Trotzdem: sein Instinkt sagte ihm, dass mit der Frau etwas nicht stimmte. Und er hatte sich bisher immer darauf verlassen können.

Er fand das Haus verschlossen. Auf sein Klopfen und Rufen antwortete niemand. Unter dem Fenstergitter an der Haustüre entdeckte er einen eingeklemmten Zettel. Mit zittriger Schrift stand darauf: „Bin um 12 Uhr zurück!" Das waren noch fast zwei Stunden. Was sollte er in der Zwischenzeit tun? Nun da er schon hier war, wollte er unbedingt mit Kreszentia Abele sprechen. Er fuhr in die Stadtmitte und parkte beim Friedhof. Er wollte schon die wenigen Schritte zur Promenadenstraße zurückgehen, als er es sich anders überlegte und den Friedhof betrat. Sein Onkel lag hier beerdigt, Wanner hatte das Grab schon lange nicht mehr besucht.

Langsam schlenderte er an den Gräbern vorbei. Das gesuchte Grab lag irgendwo im östlichen Teil, fast schämte er sich, dass er es erst suchen musste. Automatisch las Wanner beim Vorbeigehen die Namen auf den Grabsteinen. Trautmann, Bechler, Jörg, Abele, Hartmann ...

Ruckartig blieb der Hauptkommissar stehen und ging zwei Schritte zurück. Abele!

Ein einfacher Grabstein stand am Ende eines mit niedrigen Koniferen bepflanzten Grabes. Es war sauber gehalten, nur einige welke Blätter der umgebenden Bäume hatten sich in der Bepflanzung verfangen. „Josef Abele * 16.5.1946 - † 24. 10. 2001" stand in schlichten Lettern auf dem Stein. Sonst nichts. Wanner starrte den Grabstein an. War das nur Zufall oder stand er vor dem Grab von Kreszentia Abeles Ehemann? Er vergaß den Onkel und notierte sich die beiden Daten auf dem Stein. Dann kehrte er zum Parkplatz zurück und setzte sich in seinen Wagen. Er begann zu überlegen. Schließlich fuhr er zum Rathaus und parkte direkt daneben, wobei er seinen Polizeiausweis hinter die Windschutzscheibe legte. Er fragte sich zum Standesamt durch und bat um Einsichtnahme in die Sterbeakte Josef Abele, gestorben 2001. Automatisch wollte er seinen Dienstausweis zücken, hielt aber plötzlich inne. Der lag ja hinter der Windschutzscheibe! Ohne Ausweis keinen Einblick, bedeutete man ihm. Er bekam aber von einem der Angestellten dessen Parkausweis und ging noch einmal zum Auto zurück um ihn gegen den Dienstausweis einzutauschen. Dann las er sich die Akte durch. Josef Abele war nach monatelanger Krankheit an Herzversagen gestorben. In einem beiliegenden ärztlichen Attest fand er den Begriff „Auszehrung". Er las von rätselhaftem Haarausfall und veränderter Gesichtsfarbe. Und weiter unten stand noch: Die Zahl der Leukozyten lag mit 900 auf einem „ungewöhnlichen Niveau". Auszehrung? Siechenhaft? Passte doch beides zusammen. Einer war schon tot, die andere offensichtlich nicht mehr weit davon entfernt. Was war hier los? Er notierte sich die Anschrift des Arztes, der damals den Totenschein ausgestellt hatte und der auch Hausarzt gewesen war. Dann brachte er den geliehenen Parkausweis zurück und fuhr zu der Adresse.

Dr. Karl Bösholt hatte seine Praxis drei Jahre zuvor, kurz nach Abeles Tod, an einen Kollegen übergeben und sich ins Privatleben zurückgezogen. Er bewohnte ein Haus auf der Westseite des Kalvarienberges mit einer Traumaussicht ins Illertal. Paul Wanner studierte erst einmal das Panorama bevor er klingelte. Aus der Sprechanlage wurde er nach seinem Wunsch gefragt.

„Paul Wanner, Kripo Kempten, ich möchte gerne mit Herrn Dr. Bösholt sprechen!", rief er zurück.

„In welcher Angelegenheit?"

Wanner wurde langsam ungehalten.

„Darf ich Ihnen das unter vier Augen sagen? Das ist nicht an der Haustüre zu erledigen!"

„Moment, ich komme." Die Sprechanlage wurde ausgeschaltet. Der Hauptkommissar sah sich nochmals um. Das Haus, ein größeres Einfamilienhaus im Villenstil, lag an einem Südwesthang. Es war so situiert, dass man freien Blick über die darunter liegenden Häuser hatte. Ein abfallender Rasen zog sich als Vorgarten bis zur unteren Grenze. Büsche und eine Baumgruppe lockerten ihn auf. In der Mitte war auf einem Marmorsockel eine weibliche Figur zu sehen, die einen Stab in der Hand hielt. Um ihn wand sich eine Schlange, die ihren Rachen weit aufgerissen hatte. Die Figur machte eine abwehrende Armbewegung und hatte den Kopf leicht abgewendet.

Er wurde unterbrochen. Die Türe hatte sich lautlos geöffnet und ein Mann trat heraus. Er mochte Mitte sechzig sein, über eins neunzig groß, hatte einen weißen Haarkranz und eingefallene Wangen. Seine hagere Gestalt fiel sofort auf. Er richtete ein Paar stechend blickende Augen auf Wanner und sagte kurz: „Dr. Bösholt. Was wünschen Sie?"

Wanner stellte sich vor. „Es geht um einen Todesfall von 2001. Verstorben war damals ein Josef Abele, geboren 1946. Sie waren sein Hausarzt und hatten auch den Totenschein ausgestellt ..."

„Kommen Sie herein. Das brauchen wir nicht hier zu erörtern. Ich kenne Sie übrigens aus der Zeitung." Der Mann wandte sich um und ging ohne ein weiteres Wort voraus. Der breite Flur besaß rechts und links einige Türen. Gemälde alter Meister hingen an den Wänden, einige zeigten Jagdmotive. Der Boden war mit einem dicken Perser ausgelegt, der jedes Schrittgeräusch unhörbar machte. Die Stille im Haus fiel sofort auf. Dr. Bösholt öffnete eine Tür auf der rechten Seite und wies hinein. „Bitte!“, sagte er kurz und sie traten ein. Auf der gegenüberliegenden Seite gab ein zimmerbreites Fenster den Panoramablick auf Hörnergruppe und Illertal frei. Eine riesige Ledergarnitur nahm einen großen Teil des Raumes ein. An der einen Längswand zog ein Sideboard mit darüber hängendem Gemälde Wanners Blick auf sich. Auf dem Gemälde war vor einem dunklen, fast schwarzen Hintergrund ein aufbäumendes Pferd zu sehen. Es erschrak vor einer Schlange, die nur unwesentlich heller als der Hintergrund gemalt war.

„Nehmen Sie Platz“, Dr. Bösholt zeigte auf die Ledercouch und setzte sich gegenüber in einen weichen Sessel. „Darf ich Ihnen was zu trinken bringen? Scotch, Cola, Wasser?“ Er lächelte dünn.

Wanner hatte ein ungutes Gefühl. „Nein danke! Darf ich fortfahren?“

Sein Gegenüber nickte und richtete seine eng stehenden Augen auf ihn.

„Können Sie sich an den Fall Abele erinnern? Etwas in dem Totenschein hat mich stutzig gemacht. Sie schrieben damals von „Auszehrung“, was hatte Sie zu dieser Äußerung veranlasst?“

Dr. Bösholt antwortete nicht gleich. Er überlegte. Dann sagte er: „Es ist schon sehr lange her. Ich hatte Hunderte von Patienten, Sie werden verstehen, dass ich mich nicht an jeden einzelnen erinnern kann ...“ Oder möchte, fiel es Wanner plötzlich ein.

„Sie sagten Abele? Abele, Abele ...nun ja ich glaube, ich erinnere mich jetzt an einen Josef Abele. Der arbeitete da irgendwo in einer Werkstatt und kam öfters zu mir in Behandlung. Er fühlte sich allgemein nicht wohl, eine Generaluntersuchung brachte schlechte Blutwerte, glaube ich. Aber woher die stammten, weiß ich nicht mehr. Die Karteikarte mit den Unterlagen müsste noch in der Praxis sein."

„Sie erwähnten eine gelbliche Gesichtshaut ..."

„Schon möglich", unterbrach ihn der Arzt, „aber so genau erinnere ich mich nun wirklich nicht mehr!"

Seine Stimme hatte einen anderen Tonfall angenommen. Wanner entging dies nicht. „Und von Haarausfall", ließ er sich nicht beirren. „Vermutlich also krankhafter Art, sonst hätten Sie ihn ja nicht erwähnt!" Seine Stimme wurde energischer.

Dr. Bösholt sah ihn an. „Wie ich schon sagte, es sind gut drei Jahre her, da fällt die Erinnerung doch schon schwer." In seinen Augen glitzerte es.

„Nun gut, drei Jahre sind drei Jahre, aber bei einem besonderen Fall merkt man sich schon mal etwas auch über diese Zeit!" Wanner ließ nicht locker. Da war doch was! Hinter diesen stechenden Augen verbarg sich ein kühl abschätzendes Gehirn, so viel war klar. Aber was wollte der Arzt verbergen?

„Entschuldigung, wenn ich Sie unterbreche!" Dr. Bösholt stand plötzlich auf. „Ich möchte nicht unhöflich erscheinen, aber da Sie unangemeldet kamen, Sie verstehen schon, ich habe noch Termine zu erledigen ... Wie gesagt, es ist eine lange Zeit her, ich bin mir da überhaupt nicht mehr sicher, was im Einzelnen bei Abele los war ..." Er machte eine vage Handbewegung, die Wanner aber unmissverständlich zur Tür wies.

Der erhob sich und verabschiedete sich kurz. Als er von der Haustür die Stufen zum Gartentor hinabging, drehte er sich blitzschnell um. Der Fenstervorhang war ein Stück zur Seite geschoben und Wanner glaubte noch aus dieser Entfernung den stechenden Blick des Arztes zu spüren. Er fuhr zur Stadt hinab.

Als er kurz vor der Pfarrkirche war, sah er rechter Hand einen Parkplatz. Kurz entschlossen bog er dort ein und stellte den Motor ab. Er holte sein Notizbuch heraus und begann, einige Eckdaten des eben geführten Gesprächs aufzuschreiben. Die Altstädterstraße war um diese Zeit wenig frequentiert. Ein paar Schulkinder liefen stadtauswärts, wobei sie sich schreiend an den Schulranzen rissen und laut johlten. Wanner ließ sich nicht ablenken. Dr. Bösholt stand plötzlich auf seiner Liste ganz oben. Mit dir stimmt etwas nicht, und das bekomme ich raus, dachte er. Natürlich waren drei Jahre eine lange Zeit. Andererseits konnte sich ein Arzt bestimmt an einen Todesfall erinnern, der seinerzeit wohl unter „merkwürdig" einzuordnen gewesen wäre. Vor allem, weil Wanner ja die Symptombeschreibungen erwähnt hatte. Auch sein aufgezwungener Aufbruch deutete auf Unsicherheit hin, die den Arzt plötzlich befallen zu haben schien.

Wanners Kugelschreiber rutschte vom Notizblock und fiel in den Fußraum. Er beugte sich hinunter und versuchte ihn wieder zu fassen, was erst nach einigen Augenblicken gelang, weil er sich in der Sitzhalterung verfangen hatte. So entging Wanner, dass ein Wagen mit überhöhter Geschwindigkeit an ihm vorbei Richtung Stadtmitte fuhr.

Er sah auf seine Uhr. Kurz nach zwölf, jetzt müsste Kreszentia Abele wohl wieder zu Hause sein! Er fuhr nochmals zum östlichen Stadtrand und läutete an ihrer Haustür. Obwohl der Zettel verschwunden war, öffnete niemand. Einer Eingebung folgend, umschritt er das Haus und sah auf die Rückseite. Hinter dem alten Gebäude lag ein ungepflegter Garten, dessen gegenüberliegendes Ende an den gleichen Weg anstieß, wie auch das Haus mit der Werkstatt. Ein paar Apfelbäume standen darin, zwischen zwei Wäschestangen hing die Leine herab. Ein umgekippter Schubkarren mit einem platten Laufrad lag an der Wand. An einer kleinen Holzhütte hing die Tür halb in ihren Angeln, ein paar Spinnenfäden zogen sich durch den Eingang. Wanner ließ seinen Blick schweifen. An der hinteren Seite diente eine Hecke als Sichtschutz gegen den Weg. Sie wies

Lücken auf. Wanner wollte schon wieder zur Straße zurückkehren, als er durch eine dieser Fehlstellen plötzlich Kreszentia Abele humpeln sah. Sie schien es eilig zu haben. Plötzlich tauchte hinter ihr ein Mann auf, der sie am Arm packte und etwas sagte, was Wanner aber nicht hören konnte.

Wie vom Donner gerührt blieb er stehen. Der Mann war ... Dr. Bösholt!

Ohne von den beiden gesehen worden zu sein, kehrte Wanner zur Haustüre zurück und wartete eine Weile. Dr. Bösholt und Frau Abele, das war ja interessant! Klar, sie kannten sich noch von der Behandlung Josef Abeles her. Aber irgendetwas in der kurzen Szene, die Wanner beobachtet hatte, deutete auf mehr hin. Vielleicht war Dr. Bösholt auch *ihr* Hausarzt gewesen?

Wanner klingelte. Nach einiger Zeit hörte er schlurfende Schritte und die Tür wurde einen Spalt breit geöffnet.

„Grüß Gott, Frau Abele! Sie kennen mich, Wanner von der Kripo Kempten. Kann ich Sie einen Moment sprechen?"

Die Tür wurde etwas weiter aufgemacht und Frau Abele sah halb verdeckt heraus. „Ja, was wolln S'?" Ihr Gesicht schien noch blasser zu sein als das letzte Mal und die Backenknochen standen so heraus, dass sich die Haut darüber spannte. Eine gelbliche, kranke Haut.

„Darf ich kurz zu Ihnen reinkommen?"

Unwillig öffnete Kreszentia Abele die Tür ganz und wies wortlos ins Innere. Wanner trat ein und folgte ihr in ein Zimmer, linker Hand im Erdgeschoss. Es schien lange nicht mehr gelüftet worden zu sein. Das Zimmer war einfach eingerichtet. An den Wänden hingen drei Bilder, davon die vergrößerte Fotografie eines Mannes um die fünfzig, der ernst in die Kamera schaute. Ein Adventsgesteck lag auf dem hölzernen Tisch.

Kreszentia Abele war stehen geblieben. Ohne ihm

Platz anzubieten, sah sie ihn fragend an. Das Stehen machte ihr offensichtlich Mühe.

Wanner fühlte sich unbehaglich. „Ist das Ihr Mann?", fragte er und deutete auf die Fotografie. Die Frau nickte nur. „Woran ist er denn gestorben, wenn ich fragen darf?" Frau Abele setzte sich plötzlich und lehnte sich an. Sie starrte auf das Bild ihres Mannes und antwortete eine Weile nichts. Schon wollte Wanner seine Frage wiederholen, als sie leise zu sprechen begann. „Mei Ma hat in der Werkstatt nebenan gschafft. Er hat Landmaschinen, Motormäher und Schneefräsen repariert. Josef war froh um den Platz, er hat ja nicht weit hin ghabt. Des is gut gangen, bis die Besitzer gwechselt habn. Die neuen habn dann alle Arbeitskräfte entlassn und koine Repraturen mehr angnommen. Sie habn oifach a Schild hinghängt: „Werkstatt geschlossen!" Des mit den Arbeitsplätzn war damals noch nicht so schlimm wie heut. In der Umgebung von Sonthofen hats neue Plätz gebn, oder die Kollegen habn überhaupt mit der Arbeit aufghört." Kreszentia Abele atmete schwer. Sie sah bei ihrer Erzählung zum Fenster hinaus, nur ab und zu huschte ein Seitenblick zu Wanner, der einen Stuhl herangezogen und sich gesetzt hatte.

„Meim Ma hat die Kündigung weh tan. Er hat so gern in der Werkstatt gschafft und war in am Alter, in dem er au damals nicht mehr so leicht an neuen Posten hätt kriegen können. Eines Tags ist er heimkommen und hat zu mir gsagt: Die hand mir anboten, no weiter zum arbeiten. Aber nicht wie bisher, i soll vielmehr zum Mitschaffen anglernt werdn. Außerdem soll i ein paar Stahlflaschn, oder so was ähnliches, bei uns im Haus aufbewahrn. Sie zahln nicht schlecht. Ja, des hat er mir verzählt." Sie hielt erschöpft inne. Ihre Hand, die den Stock hielt, zitterte. Plötzlich sah sie dem Hauptkommissar voll ins Gesicht. Dann setzte sie leise hinzu: „Jetzt wissen S', was passiert is."

Wanner fasste nach: „Sie haben aber meine Frage nicht beantwortet: woran ist Ihr Mann gestorben?"

Frau Abele sah gequält aus. Die Antwort musste ihr schwer fallen. „Werdn Sie 's weitersagn?", fragte sie dann. Wanner überlegte seine Antwort kurz, dann sagte er: „Alles, was wir besprechen, bleibt unter uns. Es sei denn, es hat zur Aufklärung der Morde eine solche Bedeutung, dass ich Sie als Zeugin brauche. Dann wird man abwägen müssen, ob und in welcher Form das Gesagte veröffentlicht wird."

Die Frau schien nur den ersten Satz gehört zu haben. „Des is gut", meinte sie dann, „i vertrau Ihnen. Etwa drei, vier Monat, nachdem mei Ma seine neue Arbeit angfangen hat, is er krank worden. Erst wars Husten, dann Kopfweh, dann immer wieder Gliederschmerzn, die ihn plagt habn. Wir habn erst nix drauf gebn. Auch sein Hausarzt ..."

„Dr. Bösholt?", warf Wanner dazwischen.

„Ja, Dr. Bösholt!" Kreszentia Abeles Augen funkelten plötzlich wütend. Dann fuhr sie fort:

„Auch der Bösholt hat nix Bsonderes bei meim Ma gfunden. Eimal soll er a Grippe, a anderes Mal a allgemeine Schwächn ghabt habn. Er hat ihm a paar Medikamente verschriebn, und Vitaminspritzn und Tablettn gegn Kopfweh. Aber es is immer schlimmer worden. Die Schwächeanfäll sind öfters kommen, die Haar habn angfangen auszufallen. Er hat über Bauchschmerzn und Wadenkrämpf in der Nacht klagt. Auf des hin hat er vom Bösholt noch Magnesium verschriebn kriegt. Auf eimal hat sich seine Gsichtshaut gelblich gfärbt. Der Arzt hat nur gmeint, des hängt mit einer gstörten Gallenfunktion zamm und hat ihm a Mittel gebn. Aber nix hat gholfen ..."

„Warum hat Ihr Mann nicht den Arzt gewechselt?"

„Der Bösholt hat ihm eingredet, dass er alls im Griff hat und mei Ma nur Geduld habn müsst. Und Josef hat ihm des abgnommen, leider", setzte sie hinzu und holte ein Taschentuch aus der Schürze.

„Und dann?", fragte Wanner leise.

„Eines Tags hat er dann a paar Stahlbehälter mit hoim bracht und sie im Schlafzimmer in den großn Schrank gstellt. Sie wärn ihm angeblich an seim Arbeitsplatz im Weg umgangen, da wär der Bösholt auftaucht und hat ihm gsagt, er soll sie einfach dahoim aufbewahrn ..."

„Was waren das für Behälter?", fragte Wanner, der sich im Verlauf des Gesprächs einige Notizen gemacht hatte.

„Rechteckig, ungfähr so groß ...", Frau Abele zeigte mit ihren Händen die Größe an.

„Haben Sie die noch, jetzt nach drei Jahren?"

„Na, vor ein paar Täg hat sie jemand abgholt, den i nicht kennt hab."

„Und Sie hatten die Behälter die ganze Zeit im Schlafzimmer aufbewahrt?"

Frau Abele nickte. „Ja, im Schrank war no Platz."

Wanner sah Frau Abele aufmerksam an. Was er gerade gehört hatte, verwirrte ihn. Er war gekommen, um einen Mord aufzuklären, Informationen zu bekommen und jetzt saß er da und musste sich die Krankengeschichte eines Mannes anhören. „Wie ging es mit Ihrem Mann dann weiter?"

„Josef is immer schlechter wordn, sei Kraft hatn verlassn. Er is abgmagert, ohne dass er weniger gessn hätt als früher. Richtig dahingsiecht is er. Eines Tags hab i ihn am Morgn tot im Bett gfunden ..." Die Stimme brach ihr und sie begann zu weinen.

Paul Wanner wartete und schwieg.

Frau Abele wischte sich übers Gesicht. „Entschuldigung", sagte sie dann leise, „aber die Erinnerung macht mi jeds Mal fertig."

„Das kann ich sehr gut verstehen", antwortete Wanner ruhig. „Und Dr. Bösholt stellte den Totenschein aus?"

„Ja, es hat ihm pressiert damit. I wollt, dass ma bei meim Ma no nachschaut, was er wirklich ghabt hat, aber der Bösholt wollt des nicht und hat nur was Allgemeins reingeschrieben ..."

Ja, Auszehrung, dachte Wanner. „Haben Sie nie auf einer Obduktion bestanden?"

Frau Abele schüttelte den Kopf. „Es hätt ja eh nix mehr gholfen, mei Josef war tot. Und der Bösholt war ziemlich barsch zu mir. In meim Zustand damals war i nicht in der Lage, mi dagegn zu wehrn. So hab is dabei lassen, und mei Josef is beerdigt worden."

Wie nebenbei fragte Wanner plötzlich: „Haben Sie Dr. Bösholt seither wieder einmal gesehen?"

Kreszentia Abele wandte den Blick ab und schüttelte den Kopf. „N – na", sagte sie dann, aber es klang reichlich unsicher. Wanner wollte schon etwas erwidern, als sie schnell fortfuhr:

„Sie werdn ihm doch nicht sagn, dass i Ihnen des alles verzählt hab?"

„Nein, natürlich nicht! Haben Sie einen Grund, ihn zu fürchten?"

Frau Abele antwortete darauf aber nicht, sondern erhob sich und sagte: „I muss no wo hin. Also – pfüa Gott!" Sie hielt ihm die Hand hin. Diese Geste war unmissverständlich. Wanner erhob sich, obwohl er noch Fragen gehabt hätte. Aber er wollte die Frau nicht überbeanspruchen, sondern lieber noch einmal kommen. Er musste das Gehörte erst verarbeiten und einordnen.

„Auf Wiedersehen, Frau Abele, und vielen Dank für das Gespräch! Darf ich noch einmal vorbei schauen, wenn mir weitere Fragen einfallen?"

Sie nickte, aber ihrem Gesichtsausdruck war anzumerken, dass sie lieber *nein* gesagt hätte.

Der Hauptkommissar wollte schon das Zimmer verlassen, als ihm plötzlich noch etwas einfiel. „Sind Sie auch in ärztlicher Behandlung? Sie sehen nicht gesund aus, wenn ich das mal so offen sagen darf!"

Wieder kam dieser gequälte Gesichtsausdruck. „Ma werd halt nicht jünger!", meinte sie und hielt ihm die Haustüre auf, „mir fehlt aber bestimmt nix!"

„Trotzdem würde ich mal nachsehen lassen", sagte Wanner. „Äh, ... und noch eine weitere Frage: als ich Sie unten an der Ostrachbrücke traf, waren Sie da wirklich nur spazieren gegangen?"

„Ja, so wie is Ihne gsagt hab."

„Na schön, dann auf Wiedersehen!" Wanner verließ das Haus und kehrte zu seinem Wagen zurück. Seltsam das Ganze, höchst seltsam, dachte er und startete den Motor. Einer Eingebung folgend suchte er die Einmündung des Weges, der hinter den Häusern entlang lief. Dann fuhr er ihn entlang, bis er auf Höhe des Gebäudes mit der Werkstatt war. Hier stoppte er und schaltete den Motor aus. Er blieb sitzen und begann zu grübeln. Also hier stimmten einige Dinge nicht: Erstens hatte Frau Abele ihn angelogen, denn sie hatte ja mit Dr. Bösholt unmittelbar vorher gesprochen. Zweitens war irgendwas mit dem Arzt los. Drittens war die Krankheit des Josef Abele mysteriös und der Totenschein dazu. Grund genug sich intensiv mit der Angelegenheit zu befassen. Wanner stieg aus und schaute sich um. Auf der linken Seite des Weges befanden sich Zäune, die mit Sträuchern, Hecken oder Bäumen hinterpflanzt waren. Auf der anderen Seite stießen Wiesen an den Weg, die sich bis zu einem nahe gelegenen Wald erstreckten. Ein doppelt gezogener Stacheldraht bildete die Abgrenzung zum Weg. Vereinzelte Eschen reckten ihre kahlen Äste zum Himmel.

Wanner blickte in den Hof der Werkstatt. Er lag verlassen da. Beim Versuch das Gittertor zu öffnen, gab dieses nach und krachte gegen einen Begrenzungspfahl. Der Hauptkommissar hatte übersehen, dass das Tor selbstöffnend war. Langsam betrat er den Hof und wandte sich zu der Tür, die beim letzten Besuch explodiert war. Sie war notdürftig repariert worden, hielt aber dem Versuch stand, sie zu öffnen. Ein Polizeisiegel klebte daran. Wanner ließ seinen Blick durch den Hof gleiten. Dann ging er ums Haus zur Vorderseite und probierte einen seiner Spezialschlüssel an der Haustüre. Sie gab schnell nach und er folgte dem Flur in die Werkstatt, wobei er auch hier Polizeisiegel erbrach. In seinem Wagen hatte er neue, die er später wieder anbrachte. In der Werkstatt sah es immer noch wüst aus. Die Explosion hatte offenbar mehr nach innen als nach außen gewirkt. Darum waren auch er und die Polizisten so glimpflich davon gekommen. Obwohl die Werkstatt von der Spurensicherung schon durchkämmt worden war, schaute sich Wanner sorgfältig um. Er hielt durchaus viel von den Kollegen, aber er glaubte auch an seine Erfahrung. Bis zum Einbau war nichts zu sehen. Dessen Tür stand offen. Neugierig trat Wanner ein und warf einen Rundblick in den Raum. Die Regale waren jetzt leer, die Spurensicherer hatten alles, was noch übrig war, mitgenommen. Der Safe stand gähnend leer offen. Verdammt noch mal, so ein Leichtsinn! In Wanner begann wieder die Wut hoch zu kochen, als er dies sah. Er untersuchte die Verriegelung genauer. Keinerlei Spuren von Gewalt waren zu sehen, ohne Zweifel war der Safe mit den Originalschlüsseln geöffnet worden. Mit ein bisschen Aufpassen hätten sie jetzt vielleicht schon den oder die Täter gehabt, zum Kuckuck aber auch!

Plötzlich verspürte er ein menschliches Rühren. Stundenlang hatte seine Blase den Morgenkaffee halten müssen, jetzt aber war offensichtlich Schluss mit ihrer Kapazität. Wanner sah sich um. Er konnte ja nicht in irgendeine Ecke pinkeln, auch wenn das wahrscheinlich nie jemand gemerkt hätte. Aber es musste in der Werkstatt auch eine Toilette geben. Er fand sie hinter dem Einbau im Winkel. Vorsichtig öffnete er die Tür und blickte misstrauisch hinein. Wer weiß, vielleicht knallte ihm gleich noch mal was um die Ohren. Aber es passierte nichts. Die Toilette war sauber, wenn man von einer dicken Staubschicht absah, die sich inzwischen abgelagert hatte. Als er anschließend diesen Ort der Erleichterung wieder verließ und die Tür schließen wollte, blieb sein Blick an einem Papierfetzen hängen, der sich zwischen Türschwelle und Boden verhängt hatte, und nur aus einem bestimmten Gesichtswinkel zu sehen war. Vorsichtig zog er daran und hielt ein handtellergroßes, ringsum abgefetztes Stück eines Schreibens in der Hand. Offenbar hatte keiner von der Spurensicherung diesen Ort aufsuchen müssen, sonst hätten sie dieses Papier sicher auch gefunden, dachte Wanner und versuchte zu entziffern, was übrig war. Die rechte obere Ecke war noch zu lesen. Demnach wurde das Schreiben aus Lübeck im – der Tag war nicht auszumachen – November verfasst. Also erst vor kurzem! Aus dem vorhandenen Text konnte er nicht viel entnehmen, einmal kamen die Wortteile „ ..aktiv.. Hydr.. otor“ vor.

Vielleicht konnten die im Labor etwas damit anfangen. Er steckte den Fetzen, der offensichtlich bei der Explosion hierher geweht worden war, in eine kleine Plastiktüte und steckte sie ein. Ein Schreiben aus Lübeck, eine Taxiquittung aus Lübeck – das konnte gar kein Zufall sein! Die erbrochenen Polizeisiegel ersetzte er und sperrte die Haustüre ab. Er ging durch den Hof zu seinem Wagen, zog das Gittertor zu und wendete am Ende des Weges.

In der einbrechenden Dunkelheit fuhr er nach Kempten zurück. Er war so in Gedanken versunken, dass er vergaß, Uli Hansen einen Besuch abzustatten, wie er es ursprünglich vorgehabt hatte.

19

Der 10. Dezember dämmerte aus einer kalten Nacht, die einige Minusgrade gebracht hatte. Hochnebel lag über der Stadt. Er hielt die aufsteigenden Rauchschwaden aus Tausenden von Kaminen zurück. Sie sammelten sich an und waberten über dem Illertal. Paul Wanner hatte am Abend zuvor noch länger mit Lisa über ihre Ägyptenreise gesprochen. Natürlich hatte das Gespräch damit geendet, dass seine Frau mit ihrer Liste gekommen war und die Hälfte der aufgeschriebenen Punkte wieder durchstrich, weil ihr etwas anderes eingefallen war. Vor allem die Garderobe machte ihr erhebliches Kopfzerbrechen. Sie holte nochmals Kleider, Blusen, Röcke, Pullis und Hosen aus ihrem Schrank und führte sie Wanner vor. In zähem Ringen wurden die Zahlen der mitzunehmenden Stücke gekürzt, wobei Wanners letzter Trumpf immer darin gipfelte, seine Frau an das Gewichtslimit im Flugzeug zu erinnern. Wenn es zur Diskussion über zwei Kleidungsstücke kam und ihr Mann zielsicher auf eines davon deutete, fragte Lisa: „Gefällt dir das?“ Seine Antwort: „Ja, nimm das mit!“, wurde sofort mit der aggressiven Ergänzung: „Warum gefällt dir das andere nicht?“ zunichte gemacht. Schließlich einigten sie sich auf eine neue Liste, nicht ohne den Rest aus der Rosé-Flasche dafür in Anspruch genommen zu haben.

„Warum besprichst du deine Kleidung nicht mit Ramona Rind? Sie hat bestimmt einen guten Geschmack!“ Dieser Satz, so ungefähr hatte er wohl gelautet, war das Letzte, an das sich Wanner am nächsten Tag noch erinnern konnte. Dann war er am Sofa eingeschlafen. Die unbequeme Haltung ließ ihn nach einer Stunde wieder wach werden. Er fand Lisa in ihrem Sessel schlafend, zugedeckt von den letzten zwei Blusen, bei denen sie sich noch nicht entschieden hatte. Er weckte sie sanft und sie gingen gähnend und blinzelnd in das Badezimmer, wo sie sich für eine bequemere Nacht in ihren Betten fertig machten.

Beim Frühstück am nächsten Morgen schenkte sich Wanner drei Tassen eines extra starken Kaffees ein. Lisa saß mit hochgezogenen Knien am Stuhl und sah ihm gähnend zu, wobei sie versuchte, ihre verwuschelten Haare aus dem Gesicht zu halten. Ihr Morgenrock war nur lässig gebunden und mit den Pantöffelchen wippte sie schlaftrunken, aber aufreizend auf und ab.

„Also, du machst einen vielleicht an!“, brummte der Hauptkommissar und biss in seinen Vinschgauer.

„Nix da, du musst in den Dienst“, erwiderte seine Frau schläfrig und gähnte. Als ob er das nicht selbst gewusst hätte! Er gab seiner Frau einen Kuss und verließ das Haus. Hoffentlich gab es an diesem Abend nicht Liste Nummer drei!

Im Büro wartete eine Reihe von Zetteln und Umschlägen auf seinem Schreibtisch. Im Stehen schaute er sie durch und sortierte sie nach ihrer Wichtigkeit. Einige konnten warten, einer aber kam ganz oben drauf. In dem braunen DIN A 4-Umschlag steckte das Phantombild des Mannes, der vermutlich Thomas Klein umgebracht hatte. Ohne seinen Mantel auszuziehen, starrte Wanner auf das Bild. Unglaublich, was man heute mit einem Computer alles machen kann, dachte er, das Bild ist ja wie fotografiert. Wenn der Mann wirklich so ausgesehen hat, dann haben wir ihn bald hinter Schloss und Riegel. Er mochte zwischen vierzig und fünfzig Jahre alt sein, hatte ein hageres Gesicht und eine spitze Nase. Auf der linken Backe war ein dunkler Punkt zu sehen, vielleicht ein Muttermal. Die Augen starrten geradeaus und waren leicht zusammengekniffen.

Wanner rief Eva Lang zu sich und bat sie, das Bild in die Zeitung zu geben, vielleicht erkannte ihn ja einer. Dann rief er Haug und Riedle an und bat sie um 14 Uhr zur Besprechung. Vorher musste er erst mal seine Gedanken ordnen und die neuen Informationen in eine Reihe bringen. Er unterrichtete Staatsanwalt und Kripochef von der Besprechung, ebenso Polizeisprecher Axel Wolf.

Wanner trat zu seinem Flip-Chart und begann,

seine Ideen umzusetzen. Das hatte zur Folge, dass er am späten Vormittag vor einem modernen Kunstwerk zu sitzen schien, bei dem man weder oben noch unten, noch rechts oder links unterscheiden konnte. Das ist jetzt reif für eine Ausstellung, dachte er anerkennend und schlug den Bogen über die obere Kante. Schnell beschrieb er das neue Blatt, wobei er Überholtes wegließ. Dann ging er in den Sozialraum, um sich einen Becher Kaffee zu holen. Mittags kaufte er sich zwei Wurstsemmeln und ein alkoholfreies Bier in der Dachser-Kantine nebenan und setzte sich zu einem Kollegen, der „Das schöne Allgäu“ las. Eine, wie Wanner meinte, hervorragende Zeitschrift über das Allgäu, die er selbst seit Jahren schon abonniert hatte. In dieser Dezemberausgabe stand auch ein Artikel über das Klausentreiben. Zusammen mit den Auskünften von Michael Adelgoß bildete er jetzt sein Grundwissen darüber.

Um 14 Uhr kamen nacheinander Staatsanwalt Riegert, Kripochef Wintergerst, Axel Wolf, Haug, Riedle und Eva Lang. Sie setzten sich um den Tisch in Wanners Büro, den dieser mit der üblichen Armbewegung von den darauf liegenden Sachen befreit hatte. Ein kleiner rechteckiger Korb nahm sie vorübergehend auf. Der Hauptkommissar berichtete in kurzen Zügen über den Stand der Dinge. Ausführlich ging er auf den vergangenen Tag und die geführten Gespräche ein. Er schloss:

„Wir wissen also, dass der Mörder von Thomas Klein auch in der Werkstatt gewesen ist. Die Zusammenhänge hier scheinen völlig klar zu sein. Was noch unklar ist: hat der zweite Mord, in den möglicherweise ein Rumpelklaus verwickelt ist, mit dem ersten zu tun? Ich muss auch noch herauskriegen, warum mich Frau Abele in Bezug auf Dr. Bösholt angelogen hat.“

Der Staatsanwalt meldete sich zu Wort. „Mir ist da aufgefallen, dass diese ominösen Stahlbehälter ja unglaublich lang in dem Schrank von Abeles Schlafzimmer gestanden haben mussten. Er starb doch 2001. Hat man denn von Seiten der Werkstattleitung diese Behälter nicht zurückgeholt?"

Der Hauptkommissar nickte. „Ganz recht! Ist mir auch schon aufgefallen, allerdings wollte ich diesen Gedanken erst etwas später bringen."

„Ah – gut! Dann entschuldigen Sie bitte, wenn ich Ihnen vorgegriffen habe!"

„Aber, das macht doch nichts", antwortete Wanner liebenswürdig und dachte: Es ist immer das Gleiche! „Zunächst möchte ich jetzt aber meine Kollegen um ihre Berichte bitten."

Anton Haug räusperte sich und begann: „Also in der kurzen Zeit war nicht so viel rauszukriegen, wie wir das gedachte hatten. Riedle und ich waren auftragsgemäß mit der Suche nach Anschriften und Personen von Pabst und Lechner beschäftigt. Pabst ist in Sonthofen überhaupt nicht, Lechner unter einer falschen Adresse gemeldet. Beide sind nicht auffindbar. Wir bleiben dran." Alex Riedle nickte Zustimmung.

„Danke. Eva?"

„Ich hab mal den Polizeicomputer gefragt, ob er was über Pabst, Lechner und Dr. Bösholt weiß." Sie brach ab und sah zu Anton Haug hinüber, der mit verkniffenem Mund auf seinem Stuhl saß.

„Und?", fragte Wanner kurz.

„Horst Lechner wurde einmal straffällig, weil er als leitender Ingenieur Betriebsgeheimnisse verraten haben soll. Er bekam eine Bewährungsstrafe. Einen Hubert Pabst konnte ich nicht finden. Dr. Karl Bösholt war früher Betriebsarzt in einem „Institut für Strahlenkunde" in Braunschweig. Er wurde auffällig, weil man ihn des Diebstahls einiger Gegenstände im Hause verdächtigte, welchen man ihm aber nicht nachweisen konnte. Kurz danach verschwand er, ohne eine neue Adresse anzugeben."

Wanner dankte und ging zu Axel Wolf über. Der

Pressesprecher stellte mithilfe der Anwesenden einen kurzen Bericht für die Presse zusammen, die immer nachdrücklicher Informationen über die beiden Morde forderte.

„Wir können jetzt keine große Pressekonferenz brauchen", meinte Wanner, „die stört uns nur!"

„Presse hat Informationspflicht", meinte Axel Wolf, „daran müssen wir uns halten. Vielleicht aber können wir den Aufwand dadurch geringer halten, dass nur der Leiter der Ermittlungskommission, der Staatsanwalt und ich daran teilnehmen. Die anderen berührt es dann nicht weiter."

„O.K., wenn es sein muss! Aber bitte mit mir vorher einen Termin ausmachen!" Wanner setzte eine verdrossene Miene auf und nahm einen Schluck Wasser.

Wintergerst nickte Axel Wolf zu. „Machen Sie es so, wie es Herr Wanner wünscht! In erster Linie müssen wir unsere Kräfte einsetzen, um in diesen Mordfällen weiter zu kommen, da kann die Presse auch mal etwas vernachlässigt werden."

Der Staatsanwalt hob protestierend den Finger. „Es kann Sie ja wohl eine Pressekonferenz nicht so von der Arbeit abhalten ..."

„Wir dürfen keinesfalls unsere Ermittlungsergebnisse preisgeben, sonst liest der Mörder womöglich noch, wie weit entfernt oder wie nah wir ihm schon auf den Fersen sind", unterbrach ihn Wanner.

„Selbstverständlich! Das weiß ich auch. Es wird Aufgabe des Pressesprechers sein, so viel zu verraten, dass die Presseleute zufrieden sind und so wenig, dass wir nichts von dem preisgeben, was geheim bleiben muss!" Riegert sah unwirsch auf den Hauptkommissar.

„Gut", sagte der, „dann sind wir uns ja einig!"

Sie besprachen das weitere Vorgehen und trennten sich gegen 16 Uhr. Wintergerst blieb zurück und nahm Wanner beiseite. „Haben Sie Schwierigkeiten mit dem Staatsanwalt?"

„Nein – eigentlich nicht. Manchmal reizt er mich nur mit seinen ewigen Unterbrechungen um Fragen zu stellen, die ich drei Minuten später sowieso beantwortet hätte."

„Na ja, so ist er halt! Versuchen Sie, das zu akzeptieren, wir wollen doch mit der Staatsanwaltschaft gut zusammenarbeiten." Mit einem aufmunternden Kopfnicken verabschiedete sich Wintergerst. Du hättest mir stattdessen ein paar Elisen mitbringen können, dachte Wanner und kippte den Inhalt des Korbes auf den Tisch zurück.

Dann telefonierte er mit den Kollegen, die mit dem Geigerzähler in der Werkstatt gewesen waren. „Morgen kommt alles", bekam er lapidar zur Auskunft.

20

Bankdirektor Dr. Stresselmann erlebte spannungsreiche Tage. Die telefonische Drohung schwebte wie ein Damoklesschwert über seinem Denken. Bis tief in die Nacht hinein hatte er in den beiden vergangenen Tagen eine private Bilanz erstellt, deren Ergebnis niederschmetternd ausgefallen war. Die von der Bank „entliehenen" Summen beliefen sich auf eine zweistellige Millionenhöhe. Wenn es hoch kam, waren noch etwa eine bis zwei Millionen zu retten, mehr aber auch nicht. Damit konnte er natürlich bei einer Rückerstattung nicht weit kommen, vor allem war nichts mehr zu vertuschen. Sein privates Vermögen einzusetzen, reizte ihn überhaupt nicht. Was würde dann aus der Reise zum Pazifik werden? Außerdem reichte es auch nicht, um die Verluste auszugleichen. Hätte er das Geschäft mit der FMC, der Future Motor Company, hingekriegt, wäre er aller Sorgen ledig gewesen. Ein neuer Motor, der rentabel ohne Benzin oder Diesel lief, hätte seine Einnahmen durch Verkäufe und Lizenzen vermutlich in astronomische Höhen getrieben, auch wenn sein Anteil an der Firma nur bei 5 Prozent lag. Die Menge wäre es gewesen! Da hatte er das Risiko einfach eingehen müssen und sich FMC-Aktien gekauft. Man hatte ihm bedeutet, dass das die Voraussetzung für eine Beteiligung sei. Und jetzt dies!

Es klopfte diskret an die Tür, was man wegen ihrer Polsterung mehr ahnen als hören konnte, und Frau Betz betrat den Raum. Sie war in einen eng anliegenden roten Pullover gekleidet, der ihre Figur besonders betonte. Die schwarze Hose hatte einen Schnitt, der befürchten ließ, ihre Trägerin könnte jeden Moment herauskippen. Sie stöckelte zum Schreibtisch und sah Stresselmann mit einem leicht schräg gehaltenen Kopf direkt in die Augen. Diese Kopfhaltung hatte sie zu Hause vor dem Spiegel geübt und sie aus einer Anzahl weiterer Möglichkeiten ausgewählt. Ihr langes Haar war zu einem Zopf geflochten, was ihr ein mädchenhaftes Aussehen verlieh.

„Herr Direktor“, ihre Stimmlage war einen Ton tiefer, auch das hatte sie ausprobiert, „gestern hatte in Ihrer Abwesenheit ein Herr Schlibowsky von der „Polansky & Sorg-Bank“ aus Frankfurt angerufen. Er bat um Ihren Rückruf und nannte mir seine Nummer.“

Sie legte einen sauber beschriebenen Zettel auf den Schreibtisch, wobei sie die Finger mit den gepflegten Nägeln leicht über das Papier zog, als sie die Hand wieder wegnahm. Stresselmann musste schlucken. Ein leichter Hitzeanfall trieb ihm das Blut durch die Adern.

„Danke, Frau Betz! Ich werde das heute noch erledigen, aber zuerst geben Sie mir die Brinkmann-Bank in Augsburg, die brauche ich gleich!“

Beim Umdrehen blieb die Sekretärin eine Sekunde länger als nötig in der Seitenansicht stehen, sodass

Dr. Stresselmann ihre Silhouette deutlich vor Augen hatte. Dann entschwebte sie, nicht ohne an der Tür noch einmal einen Blick zurückgeworfen zu haben. Der Bankdirektor atmete tief durch. Die Zukunft schien doch nicht ausschließlich aus Negativem zu bestehen!

Dann starrte er auf den Zettel. Schlibowsky, der Gauner, was er wohl von ihm wollte? Ein paar Jahre vorher hatten sie mal ein Geschäft am Rande der Legalität zusammen gemacht. Es war gut gegangen und sein Gewinn dabei betrug rund 25 000 Euro. Ob er ihm wieder etwas anbieten wollte?

Er wurde in seinen Gedanken unterbrochen. Das Gespräch mit der Augsburger Bank kam herein. Dr. Stresselmann vergewisserte sich beim dortigen Kollegen, dass von seiner Notlage nichts durchgesickert war. Er pflegte Kontrollen zu machen und Querverbindungen herzustellen, um absolut sicher zu gehen. Nach ein paar belanglosen Fragen war er sicher: hier war noch alles dicht! Er bedankte sich und wünschte einen guten Tag. Dann nahm er den Zettel auf und starrte die Nummer an. Erst jetzt fiel ihm auf, dass es eine Handy-Nummer war. Warum das denn, dachte er verwundert. Er überlegte kurz, dann wählte er die angegebene Nummer. Er landete in der Mail-Box des Alfred Schlibowsky. Ohne eine Nachricht zu hinterlassen, legte er auf. Er würde es später noch mal versuchen.

Stresselmann überlegte. Was konnte er überhaupt tun? Die Drahtzieher bei der FMC kannte er nicht, sie ausfindig zu machen fehlten sowohl Zeit als auch Gelegenheit. Das unlängst geführte Telefongespräch zu einem Bekannten erwies sich im Nachhinein als Fehlschlag. Sein Gesprächspartner rief schon einen Tag später wieder an und sagte die zunächst in Aussicht gestellte Hilfeleistung höflich, aber sehr bestimmt ab. Seinen Äußerungen war unüberhörbar eine gewisse Angst zu entnehmen. Dieser Rückschlag in seinen Bemühungen, zu retten, was noch zu retten war, verursachte bei Stresselmann zunächst tiefe Niedergeschlagenheit. Seine Pläne schienen endgültig durchkreuzt zu sein. Er musste wohl die Reste seines Kapitals zusammenrechnen, abheben und verschwinden. Aber ob sie reichen würden, den Rest seines Lebens am Pazifischen Ozean zu verbringen, glaubte er nicht mehr. Den Rest des Vormittages verbrachte Dr. Stresselmann damit, die laufenden Geschäfte seiner Bank zu erledigen. Er empfing den Vorsitzenden einer Wohnbaugesellschaft und genehmigte großzügig einen Kredit über eine halbe Million Euro zu einem günstigen Zinssatz. Sicherheiten schienen ihm ausreichend gegeben zu sein. Einem privaten Häuslebauer, dessen Unterlagen ihm sein Abteilungsleiter mit einem Fragezeichen versehen vorlegte, half er dagegen nicht. Er wollte alles ordnungsgemäß abwickeln, so lange dies noch möglich war. Nach dieser Ablehnung trat er ans Fenster und starrte hinaus. Der Tag war grau in grau, die Leute hasteten durch die Straßen, alle Fahrzeuge fuhren mit Licht. Stresselmann zog fröstelnd die Schultern hoch, obwohl sein Büro gut geheizt war. Eine Ahnung kommenden Unheils überfiel ihn in einem bisher nicht gekannten Ausmaß. Was hab ich bloß gemacht?, dachte er, war das wirklich notwendig? Könnte ich nicht hier sitzen und in Ruhe meine Pensionierung abwarten? Jetzt schien alles verloren, weil er nie zur richtigen Zeit *nein* sagen konnte. Ein Gefühl der Reue stieg in ihm auf. Lag es auch an der vorweihnachtlichen Zeit, dass er anfing sentimental zu werden? Er folgte mit dem Blick einem Schwarm von Vögeln, der über die Nachbardächer strich und mit einer jähen Wendung zur Kirche abbog.

Dr. Stresselmann kehrte zum Schreibtisch zurück und probierte die Nummer Schlibowskys noch einmal. Diesmal hatte er Glück. Die heißere Stimme von Alfred Schlibowsky bellte ein „Ja?“ ins Telefon.

„Hier Stresselmann, Sie hatten mich angerufen?“

„Ah – guten Tag Herr Kollege!“

Stresselmann hasste diesen Ausdruck.

„Gut, dass Sie mich zurückrufen, ich bin heute zufällig in Ihrer Stadt und wollte Sie gerne aufsuchen um etwas zu besprechen. Wann wäre es Ihnen angenehm?“ Überhaupt nicht, dachte Stresselmann, laut aber sagte er:

"Ich bin ziemlich knapp an Zeit, aber ich könnte einen Termin um ... vierzehn Uhr einschieben. Passt Ihnen das?“

„Ja, passt mir ausgezeichnet. Bis dann also, tschüss!“

Der Bankdirektor beendete das Gespräch und Zorn stieg in ihm auf. Alfred Schlibowsky fragte gar nicht erst, ob es mir passt oder nicht, sondern lediglich *wann,* dachte er wütend. Als ob ich nur hier säße und auf Herrn Schlibowsky warten würde. Was wollte er überhaupt?

Alfred Schlibowsky ließ sich schon ein paar Minuten vor dem angegebenen Zeitpunkt bei Dr. Stresselmann anmelden. Der kam ihm zur Tür entgegen und reichte ihm mit einem gezwungenen Lächeln die Hand. „Tag, Herr Schlibowsky, schön Sie mal wieder zu sehen.“

Der ergriff die Hand und zog Stresselmann daran in dessen Büro hinein.

„Hallo, Herr Stresselmann! Nett, dass Sie mir ein paar Minuten Ihrer kostbaren Zeit zur Verfügung stellen! Lange nicht mehr gesehen, aber gleich wieder erkannt.“ Er lachte meckernd und ließ endlich die Hand Stresselmanns wieder los, die sich dieser am liebsten an der Hose abgewischt hätte.

Er bot dem Besucher Platz am runden Tisch an, dessen Glasplatte makellos sauber geputzt war. Lautlos öffnete sich die Tür und Frau Betz brachte ein Tablett mit Kaffeegeschirr und einer Thermoskanne herein. Sie sah Stresselmann an und fragte, ob sie auch etwas Gebäck dazu wollten, was beide ablehnten. Dann stöckelte sie wieder zur Tür hinaus, wobei ihr beide Männer nachsahen.

Schlibowsky wandte sich grinsend an seinen Gegenüber. „Donnerwetter, so was hätte ich mir auch mal als Sekretärin gewünscht!" Er schenkte sich selbst Kaffee ein, Zucker nahm er keinen. Stresselmann ließ den Kaffee unberührt. Irgendwie war es ihm unangenehm, dass Schlibowsky diesen Ton anschlug. Ohne darauf einzugehen, fragte er direkt: „Und was führt Sie zu mir?"

Sein Gast schlürfte den heißen Kaffee vorsichtig, aber geräuschvoll. Er schien zu überlegen. Dann setzte er die Tasse ab und plötzlich war das Grinsen aus seinem Gesicht verschwunden.

„Gut, machen wir es kurz. Es ist in gewissen Kreisen durchgesickert, dass Sie sich in bestimmten ... Schwierigkeiten befinden, wobei es sich um größere Summen handeln soll ... Moment, lassen Sie mich erst aussprechen", fuhr er schnell fort, als Stresselmann etwas sagen wollte. Der zog wütend die Schultern hoch, schwieg aber.

„Stellen Sie keine Fragen, ich würde sie auch nicht beantworten", fuhr Schlibowsky fort und schob seine Tasse ein Stück zur Seite. „Wir haben diese Informationen geprüft und für richtig befunden. Wenn wir es genau betrachten, sind Sie am Ende!"

Er sah seinem Gegenüber ins Gesicht und jede Freundlichkeit war von ihm gewichen.

„Was soll das Ganze?", warf Stresselmann schnell dazwischen.

„Meine Bank ist mit einer Gesellschaft liiert, die gute Geschäfte macht, wobei sie sich zugegebenermaßen manchmal ...", er zögerte etwas, „am Rande der Legalität, aber durchaus noch diesseits, befindet. Dafür haben Sie sicher Verständnis." Er setzte wieder dieses hässliche Grinsen auf, das ihm Dr. Stresselmann am liebsten aus dem Gesicht geschlagen hätte. „Kurz gesagt: meine Bank würde einen Teil – einen erheblichen Teil – Ihrer Verbindlichkeiten übernehmen. Unter gewissen Umständen wäre ich bereit, die von Ihnen gemachten Verluste auszugleichen, bevor sie öffentlich bekannt werden. Das würde nämlich das Ende Ihrer Freiheit bedeuten, wie Sie sicher wissen." Er starrte Stresselmann gerade in die Augen.

„Also, ich weiß nicht, wovon Sie sprechen ...", begann er unsicher, wurde aber sofort unterbrochen.

„Lassen Sie diese Kinkerlitzchen, Sie wissen genauso wie ich, dass ich Recht habe! Es geht also nicht mehr darum, *ob* Sie, ... sondern *dass* Sie Unterschlagungen gemacht haben, diese in gewissen Kreisen bekannt sind, und ich einen großen Teil Ihrer Miesen übernehmen werde, wenn wir uns einigen!" Sein Ton hatte sich deutlich verschärft.

Stresselmann kämpfte mit sich. Das Gespräch und sein Inhalt waren derart unverhofft gekommen, dass er sich überrumpelt fühlte und im Moment nicht wusste, wie er reagieren sollte. Er suchte krampfhaft einen Ausweg.

„Sagen wir mal, es bestünde die theoretische Möglichkeit, dass es so wäre, wie Sie sagen", begann er vorsichtig, „nur theoretisch, selbstverständlich! Welche Bedingungen würden Sie denn stellen?"

Alfred Schlibowsky ließ seinen Blick schnell durch das Büro gleiten. Dann beugte er sich vor und ein teuflisches Grinsen breitete sich über seine Züge aus. „Also passen Sie mal auf", begann er, „es ist folgendermaßen ..."

21

Hauptkommissar Wanner schickte Eva zu Michael Adelgoß nach Sonthofen und bat sie, das gefundene Klausengewand samt Kopfteil mitzunehmen. Vielleicht wusste ja der Vereinsvorstand, wem das gehörte, vorausgesetzt, es gehörte überhaupt jemand vom dortigen Klausenverein. Anschließend wartete er gespannt auf das Ergebnis der Untersuchungen auf Radioaktivität, die er veranlasst hatte. Eva Lang legte das mittlerweile stark riechende Fellgewand und den Kopf dazu nur widerwillig in den Kofferraum ihres Wagens, der immer blitzblank am Parkplatz vor der Polizeidirektion stand. Ausgerechnet heute war kein Dienstfahrzeug verfügbar! Sie freute sich dennoch über den Auftrag, weil sie sich auf der Rückfahrt etwas Zeit für einen Besuch von Uli Hansen im Krankenhaus nehmen wollte. Erst später kam ihr die Idee, Wanner könnte sie gerade aus diesem Grund gewählt haben. Und so war es auch.

„Wenn du etwas ganz Wichtiges erfährst, ruf mich gleich von dort aus an", sagte er zu Eva. Die nickte und verließ Wanners Büro. Kurz darauf klopfte es an die Tür und ein Bote legte ihm einen großen braunen Umschlag auf den Tisch. Wanner riss ungeduldig das Kuvert auf. Es waren die erhofften Untersuchungsergebnisse. Endlich! Er setzte sich zurecht und begann zu lesen. Nach kurzer Zeit blätterte er zur „Zusammenfassung" weiter, weil ihm der mit vielen Fachausdrücken gespickte Bericht zu unübersichtlich wurde. Er holte sich einen Gelbmarkierer und merkte die entscheidenden Sätze an. Also, dachte er dann, jetzt lesen wir nur mal das Gelbe vom Ei. Und dabei kam Folgendes heraus:

- Klausengewand und Kopfteil ohne Befund
- Safe leichte bis mittlere Strahlung
- im Einbau leichte Strahlung, fast zu vernachlässigen
- in der Werkstatt geringe bis keine Strahlung
- Haus und Hof ohne Befund
- der Tote wies geringe Spuren einer radioaktiven Strahlung auf
- das aufgefundene Metallstück (vermutlich Ventil), wie schon berichtet, ohne aktive Strahlung, jedoch leicht passiv verseucht.

Am Ende wurde noch darauf hingewiesen, dass eine gesundheitliche Störung für die beteiligten Beamten, so sie nur kurzzeitig in die Nähe oder in Berührung der Gegenstände kamen, für unerheblich einzustufen sei. Ausgeschlossen wurde jedoch nicht, dass für Personen, die sich längere Zeit in den betroffenen Räumen oder in der Nähe aufgehalten hatten, durchaus die Gefahr bestand, sich verseucht zu haben und deshalb eine entsprechende Untersuchung dringend empfohlen werde. Mit freundlichen Grüßen ... usw.

Paul Wanner atmete auf. Also bestand für sie keine Gefahr durch diese Strahlung, sie waren alle ja nur kurzfristig in ihrem Bereich. Er las die gelb markierten Stellen nochmals sorgfältig durch. Alles deutete darauf hin, dass sich im Safe etwas befunden hatte, was Strahlung abgab. Die übrigen Hinweise waren insofern wertvoll, als mit ihrer Hilfe gewisse Grenzen gezogen werden konnten. Er rief Riedle und Haug an und teilte ihnen die Entwarnung mit. Vor allem Alex war in den letzten Tagen nervös gewesen, seit er von der radioaktiven Strahlung in der Werkstatt gehört hatte.

„Gott sei Dank!", meinte er am Handy, „aber was ist mit denen, die dort gearbeitet haben?"

„Und wie weit seid ihr mit der Fahndung nach Pabst und Lechner gekommen?", erinnerte Wanner an ihre Ermittlungen.

„Wir sind dran", kam die lapidare Erwiderung.

Eine Weile nach dem Gespräch saß Wanner noch immer nachdenklich auf seinem Bürostuhl. Die Frage von Riedle hatte eine Saite in ihm anklingen lassen, die immer Alarm auslöste. Er rief den ihm bekannten Arzt Dr. Förg in Kempten an und erkundigte sich über die gesundheitlichen Folgen einer radioaktiven Verstrahlung. Dr. Förg gab ihm eine Adresse in München, bei der er gezielte Auskunft darüber erhalten konnte. Wanner rief in München an und bekam eine Frau Dr. Wanne-Eykel an den

Apparat. Nachdem er ihr erklärt hatte, worum es ging, bat ihn die Ärztin um seine Faxnummer und versprach, die entsprechenden Symptome zu faxen, sodass er sie in Ruhe lesen könne. Wanner bedankte sich und legte auf. – Jetzt haben wir ein Phantombild vom vermutlichen Mörder Kleins, die Tatsache, dass in dem Safe irgendein radioaktives Element aufbewahrt wurde, und einen zweiten Toten, von dem wir immer noch nichts wissen. Wanner trat an seinen Flip-Chart und studierte zum wiederholten Male das Gekritzel. Wenn in der Werkstatt ein neuartiger Motor entwickelt wurde, und zwar in aller Heimlichkeit, dann hielt sich die Begeisterung bei manchen in Grenzen. Man schreckte sogar vor einem Mord nicht zurück. Oder gar vor zwei Morden? Wieso kamen sie in dem Fall des zweiten Toten so gar nicht vom Fleck? Er war immer noch nicht identifiziert, was die Aufklärung ungemein erschwerte. Dass er „geringe Spuren" einer radioaktiven Strahlung aufwies, ließ die Vermutung zu, dass auch er in irgendeiner Weise mit dem ersten Fall zu tun hatte. Es liefen schließlich nicht alle Leute mit Strahlung belastet durch die Gegend. Das war ein entscheidender Hinweis!

Er rief sein Team und den Staatsanwalt an und bat sie zu einer weiteren Besprechung. Dann erkundigte er sich bei Uli Hansen nach dem Befinden. Zu seiner großen Erleichterung teilte ihm dieser mit, dass er in Kürze das Krankenhaus verlassen konnte, dann aber zu der Anschlussheilbehandlung fahren müsse. Paul Wanner wünschte ihm gute Besserung und fragte wie nebenbei, ob denn etwa Eva Lang mal bei ihm vorbei geschaut hätte. Ja, antwortete Uli, sie wäre heute gegen Mittag bei ihm gewesen, um ihm die guten Wünsche der Kollegen zu überbringen. Aha, deswegen, meinte Wanner und lächelte vor sich hin.

In der Zeitung fand er das Bild des Toten von der Ostrach und eine kurze Beschreibung. Man suchte

Zeugen, die ihn kannten, oder sonstige Angaben machen konnten. Das Bild war nicht besonders gut, aber brauchbar. Tote zu fotografieren, sodass sie in der Zeitung nicht allzu abschreckend auf die Leser wirkten, war gar nicht so einfach. Das Zwölfuhr-Läuten drang schwach durch die Fenster und erinnerte Wanner daran, dass er heute noch nicht viel gegessen hatte. Der Himmel klarte auf und die tief stehende Wintersonne lockte zu einem Spaziergang. Wanner holte seinen Mantel, sperrte das Büro zu, und machte sich auf den Weg zur Innenstadt. Er schritt schnell aus und schaffte die Strecke bis zur Fischerstraße in gut zwölf Minuten. Er kaufte sich zwei Lachssemmeln und aß sie im Weitergehen. Er war schon lange nicht mehr hier gewesen und freute sich über die vorweihnachtliche Dekoration in der Fußgängerzone. Mein Gott, dachte er, schon wieder gleich Weihnachten! Die Jahre flogen nur so dahin. Gerade an Ereignissen, die nur einmal im Jahr stattfanden, konnte man die schnelllebige Zeit am meisten spüren. Die Schaufenster quollen von Angeboten über. Hoffentlich werden sie in dieser wirtschaftlich so mageren Zeit auch alle gekauft, dachte Wanner und blieb vor einem Schmuckgeschäft stehen. Er hatte sich noch gar nicht überlegt, was er Lisa zu Weihnachten schenken wollte! Herrschaft, da wurde es langsam Zeit! Womöglich reiste sie ab und er konnte ihr nicht einmal ein paar Geschenke vorher geben. Aber was nur? Er suchte das Schaufenster ab. Natürlich lagen hier eine Menge Preziosen, aber sie waren nicht gerade billig. Aber Preis hin oder her – es war schließlich Weihnachten, da musste man ein Auge zudrücken.

Wanner studierte aufmerksam eine neue Schmuckart aus Italien, die unter dem Namen „Nomination" recht schnell Freunde gefunden hatte. Dabei konnte man sich verschiedene Glieder für ein Armband selbst zusammenstellen. Auch Ringe in der gleichen Art gab es, die sich dehnbar jedem Finger anpassten.

Gute Idee, dachte er, muss ich mir merken! Die Mittagszeit war aber zu kurz, um jetzt in das Geschäft zu gehen. Er wollte sich noch ein Sonderheft „Motoren der Zukunft" kaufen und suchte eine Buchhandlung in der Bahnhofstraße auf. Vielleicht konnte er daraus etwas entnehmen, was ihm helfen könnte. Dann, nach einem Blick auf seine Uhr, eilte er mit Riesenschritten zur Polizeidirektion zurück.

Noch hatte er eine gute halbe Stunde Zeit. Er suchte sich seine Unterlagen für die Konferenz zusammen. Dann räumte er in der bekannten Weise den runden Tisch frei und rückte die Stühle zurecht. Seine Wasserflasche war mal wieder leer, er suchte im Büro nach einer vollen, fand aber nur zwei weitere ohne Inhalt. Seufzend sammelte er alles Leergut ein und trug es in den Sozialraum, wo er sich drei volle Flaschen aus dem Träger holte.

Kurz nach 14 Uhr waren alle versammelt. Staatsanwalt Riegert, der das „dürftige" Protokoll der letzten Sitzung moniert hatte, brachte dieses Mal seine Sekretärin mit. Sie sollte einmal zeigen, wie man ein Protokoll richtig verfasste. Frau Reinhild Gospodarek, ganz in ein mausgraues Kostüm gekleidet, setzte sich aus Platzmangel an Wanners Schreibtisch, was diesem überhaupt nicht gefiel. Dort beugte sie ihre spitze Nase tief über den Stenoblock und schob die schwarz geränderte Brille etwas in die Höhe, dann schaute sie auffordernd in die Runde, wobei der hochmütige Ausdruck in ihrem Gesicht unübersehbar war. Wanner unterdrückte nur mühsam eine Bemerkung, mit der er sich nur Ärger eingehandelt hätte. Auch war es der Blick von Eva Lang, der ihn noch rechtzeitig zurückhielt. Er bot Mineralwasser an, doch wollte niemand davon haben. Dann stand er demonstrativ auf und schob ein paar Unterlagen auf seinem Schreibtisch eine Handbreite zur Seite, ohne dabei Reinhild Gospodarek eines Blickes zu würdigen. – Setzte die sich einfach auf seinen Platz!

Wanner räusperte sich und begann die Sachlage zu erläutern, die sich in der Zwischenzeit ergeben hatte. Dann wandte er sich an Eva, und bat sie, von der Fahrt zu Michael Adelgoß zu berichten. Sie schlug ihr Notizbüchle auf und begann: „Ich war also mit dem Fellgewand und dem Kopfteil bei Herrn Adelgoß und bat ihn, sich die Sachen genau anzusehen. Er hat sich wirklich Mühe gegeben, aber er konnte sie nicht einwandfrei identifizieren. Er wurde aber nachdenklich und machte mich darauf aufmerksam, dass der Klaus nicht registriert gewesen war, da eine Nummer, wie sie alle anderen in seinem Verein tragen, am Gewand fehlte. Außerdem würden sie in Sonthofen keine Hirschgeweihe mehr tragen, da diese zu hoch aufragen und sich leicht irgendwo verhängten. Also Fehlschlag! Wenn man allerdings in Betracht zieht, dass der Klaus nicht aus Sonthofen war – sonst wäre er ja registriert gewesen – kann man davon ausgehen, dass sich ein Fremder die Verkleidung beschafft und sie zur Maskierung benutzt hatte, wahrscheinlich, weil er nicht erkannt werden wollte."

Frau Gospodarek hatte eifrig mitgeschrieben. Jetzt hob Haug den Finger, wie immer nur ein wenig, über die Tischkante. „Der Mann könnte genauso gut aus Burgberg, Rettenberg, Immenstadt oder sonst woher gekommen sein. Dort gibt es genauso Klausentreiben, also müssten wir eine Fahndung im größeren Rahmen durchführen."

Wanner schwieg. Erst mal zuhören, dachte er.

Eva Lang fuhr fort: „Das Gewand muss ja irgendwo herstammen. Wie mir Adelgoß mitgeteilt hat, sei es als echt einzustufen. Also hat der Mörder – wenn wir davon ausgehen, dass er wirklich in dem Fell steckte – es wo mitgehen lassen, ausgeliehen oder sich sonst wie beschafft. Sollten wir mal öffentlich, ich meine per Zeitung, nachfragen, ob ein Klausengewand irgendwo fehlt?"

Riedle, der große Schweiger bei Diskussionen,

meinte plötzlich, der Nummernzettel könnte ja auch abgerissen sein, entweder mit Absicht oder per Zufall.

Nur weiter so! Wanner trank einen Schluck Wasser und bot auch dem Staatsanwalt die Flasche an, der lehnte dankend ab. Frau Gospodarek hob den Kopf, sodass sich plötzlich ein langer Hals aus der Kostümjacke schob, und schielte auf die Flasche. Du nicht! Wanner übersah, ohne mit der Wimper zu zucken, dieses erste Anzeichen nachlassender Konzentration. Du musst uns ja ein Exempel-Protokoll vorführen, das nicht verwässert sein darf.

Er wandte sich an die Anwesenden: „Das eben Gehörte bringt uns anscheinend bezüglich des Klausenhäs' kaum weiter ..."

Die graue Maus unterbrach ihn. „Bitte, wie schreibt man *Häs*?"

Wanner tat bass erstaunt. Na so was, ich dachte, du sollst ein Exempel statuieren? Er buchstabierte betont langsam, Reinhild Gospodarek beugte sich mit rotem Kopf wieder über ihren Block.

Der Staatsanwalt schnäuzte sich vernehmlich, man sah ihm seine Verärgerung an. Doch er winkte nur fortzufahren.

„Ich bin der Meinung, dass die beiden Morde zusammenhängen, das geht schon aus dem Ergebnis der Untersuchung auf Strahlung hervor. Also werden wir sie auch gleichgewichtig bearbeiten."

Frau Gospodarek brach die Mine ab. Hilfe suchend hielt sie nach einem Spitzer auf Wanners Schreibtisch Ausschau. Jetzt fehlt nur noch, dass du in meine Schubladen schaust, die Schränke öffnest, und womöglich einen Spitzer in meiner Manteltasche suchst. Paul Wanner war nachtragend, wenn man ihm von oben herab kam. So schnell ließ er die Graue nicht aus der Falle.

Als er den Blick des Staatsanwaltes auf sich ruhen sah, stand er gemächlich auf und fragte:

„Benötigen Sie etwa einen Bleistift?" Und als sie

nickte, holte er einen aus seiner Schublade, wo sie schön geordnet lagen. Er griff nach einem Stift der Stärke eins und gab ihn Frau Gospodarek. Stärke eins, dachte er, bringt jede Sekretärin zur Verzweiflung, vor allem, wenn es schnell gehen muss, weil sich dann die Spitze schneller abnutzt als man bis fünf zählen kann. So, nun sollte sie mal das Exempel damit stenografieren!

Wieder einmal erwies es sich als ungeschickt, den Hauptkommissar gereizt zu haben. Alle, die ihn kannten, wussten um seine Hartnäckigkeit, mit der er zurückfocht. Doch weder Riegert noch Frau Gospodarek war dies bekannt. Und Anton Haug wettete im Stillen, dass ihre Protokolle auch in Zukunft wieder so aussehen würden, wie bisher. Es dauerte dann auch nicht lange und Frau Gospodarek warf den Bleistift auf den Block und sagte tonlos: „Es tut mir leid, ich kann damit nicht stenografieren. Ich müsste einen Stift der Stärke drei aus meinem Büro holen, geht das?"

Max Riegert sah betreten drein. „Können Sie nicht einen Spitzer aus einem Nachbarbüro holen?", fragte er dann, ohne dabei jemand anzuschauen. Das hatte zur Folge, dass sich niemand angesprochen fühlte und daher auch keiner antwortete. Bis auf Wanner, der plötzlich aufstand und sagte: „Sie wollten doch einen Bleistift vorhin. Hätten Sie gesagt, Sie bräuchten einen Spitzer ...", er zog die Schublade vor ihr auf und holte einen heraus, „dann hätte ich Ihnen den natürlich gleich geben können!"

Frau Gospodarek spitzte ihren Stenostift und setzte danach mit gesenktem Kopf ihre Arbeit fort. Sie wurde später nie wieder in Wanners Büro eingesetzt.

Die Runde diskutierte weiter.

Ein Anruf unterbrach sie. Hinterher sagte Wanner, dass die Untersuchung der Geschosse keine Erkenntnisse gebracht hatte. Das hieß auf jeden Fall, dass aus zwei Waffen geschossen wurde. Man musste also auch in Betracht ziehen, dass nach *zwei* Mördern zu fahnden war. Gerade als die Diskussion an einem toten Punkt angelangt schien, läutete noch einmal das Telefon. Wanner hob unwirsch ab. Er meldete sich und hörte zu. Dann sagte er: „Danke!", und legte auf.

„Wieder was Neues?", fragte der Staatsanwalt.

„Frau Dr. Lenze hat mir das Obduktionsergebnis durchgegeben. Der Mann ist zwischen 25 und 35 Jahre alt und hat am linken Oberschenkel eine Tätowierung, eine Art Rose. Darunter steht „auf ewig dein", und zwar in Holländisch. Außerdem weisen einige Stellen an Kopf und Beinen auf Gewalteinwirkungen hin ..."

„Hat da der Klaus zugeschlagen?", fragte Riedle dazwischen und beugte sich vor.

„Im Moment schwer zu sagen, vielleicht von einem Klaus, vielleicht aber auch nicht." Er rief die vorherige Nummer zurück und sprach kurz mit der Pathologin. Dann wandte er sich wieder zur Runde und sagte: „Dr. Lenze meinte, dass Rutenhiebe solche Symptome am Körper nicht hervorrufen können. Es müsse eine größere Gewalt dahinter stecken."

Max Riegert sah auf seine Notizen. „Ob diese holländische Tätowierung eine Bedeutung in Bezug auf die Nationalität des Mannes hat?"

„Könnte schon sein, da haben Sie recht. Wir schicken einfach mal das Bild unseres Toten und seine Fingerabdrücke zu den Kollegen nach Holland und bitten um Amtshilfe. Anton, übernimm du das! Bei uns ist er nicht im Computer. Kann natürlich auch eine harmlose Erklärung für einen internationalen Flirt sein!", setzte er dann hinzu.

„Oder", meldete sich Eva Lang, „der Mann *ist* Holländer und hat was mit Öl zu tun!"

„Oho – du beugst dich aber weit aus dem Fenster! Also, das geht im Augenblick nach unserem Kenntnisstand zu weit." Wanner schüttelte den Kopf und trat wieder zum Flip-Chart. Dort ergänzte er bei dem zweiten Toten „holländische Rose" und kehrte zum Tisch zurück.

„Wir müssen rauskriegen, wer der Tote ist, vorher geht gar nix."

Nach einer weiteren halben Stunde Diskussion über das nächste Vorgehen stand Staatsanwalt Riegert auf und sagte: „Also, wir hoffen, dass uns das Bild in Zeitung und Kreisboten weiter bringt. Vielleicht erkennt ja doch jemand, um wen es sich handelt. Wir bleiben in enger Verbindung, bitte informieren Sie mich laufend über neue Erkenntnisse." Er verabschiedete sich und verließ, gefolgt von Frau Gospodarek, Wanners Büro.

„So", sagte Wanner, „und wir machen jetzt wieder weiter!"

Sein Blick huschte zum Kalender. Bald war Weihnachten.

22

Als er an diesem Abend heimkam, fand er Lisa in angeregtem Gespräch mit Ramona Rind. Die beiden Damen hatten eine Reihe von Kleidungsstücken über Stühle, Tisch und Couch ausgebreitet und waren offensichtlich damit beschäftigt, eine weitere Auswahl vorzunehmen. Also doch Liste Nummer drei, schoss es Wanner durch den Kopf. Er begrüßte die beiden herzlich und fand einen Sitzplatz, indem er ein halbes Dutzend T-Shirts auf die Seite schob. Seit dem Giftanschlag auf Ramona Rind, den er aufklären konnte, hatte er die Verbindung nicht ganz abreißen lassen. Ihr Bruder Kevin war auf dem Gipfel des Grünten erschossen worden und ihr Vater hatte mit dem Finanzamt erhebliche Schwierigkeiten bekommen. Sie lebte seit damals allein, da sich ihr Verlobter als Rauschgiftdealer entpuppt hatte und hinter Schwedischen Gardinen saß.

Ramona und Lisa hatten sich angefreundet und freuten sich auf die gemeinsame Ägyptenreise. Wie sich herausstellte, gehörte ein Teil der ausgebreiteten Modestücke Ramona, die sie mit Lisa abstimmen wollte. Ramona war noch hübscher geworden, dachte Wanner. Ihr schulterlanges blondes Haar flog um ihr Gesicht, wenn sie den Kopf schüttelte oder fröhlich auflachte. Bei ihrem Aussehen wird es wohl nicht lange dauern und sie ist wieder in festen Händen. Aber auch Lisa konnte, obwohl einige Jahre älter als Ramona, noch mithalten. Sie hatte eine Traumfigur, was Paul Wanner besonders an ihr schätzte. Ihre Kochkünste konnten sich sehen lassen und ihr Modebewusstsein war bemerkenswert.

„Na, ihr beiden Hübschen", rief er, „wie weit seid ihr denn schon gekommen? Wird die Kleidungsfrage noch vor dem Abflug zu regeln sein?" Er grinste.

Lisa drohte mit dem Finger. „Davon verstehst du nichts! Das ist Frauensache, wir können schließlich nicht wie graue Mäuse nach Ägypten reisen!"

„Wie die Frau Gospodarek", murmelte ihr Mann. „Ihr habt nicht vielleicht zufällig etwas zu essen für mich?"

„Wir essen heute nichts! In Anbetracht der kommenden Mahlzeiten auf dem Kreuzfahrtschiff haben wir einen Fasttag beschlossen. Aber für dich gibt es draußen in der Küche ein paar belegte Brote und ein helles Weizen."

Wanner seufzte und begab sich in die Küche. Wenn Damen über Mode sprechen, bleibt nur der Rückzug!

Er fand die Brote und schenkte sich das Weizenbier ein. Nebenbei sinnierte er. Also, sollte das nun eine Studienreise mit Badeurlaub werden, oder eine Modenschau auf einem Nilschiff? Er schüttelte den Kopf und nahm einen tiefen Zug. Wie einfach doch seine Garderobe gewesen wäre: ein paar T-Shirts, ein Sakko, vielleicht drei Paar Hosen, drei Hemden

– oder lieber fünf? – die Badehose, na ja und noch ein paar Sachen, die man so brauchte und – Punkt, aus! Vorbereitungszeit etwa 30 bis 40 Minuten. Da hätte es also gereicht, sich zwei Tage vor Abflug Gedanken zu machen. Er seufzte. Na ja, man konnte das natürlich auch nicht direkt miteinander vergleichen. Schließlich hatte eine Frau nicht nur das Recht, sondern auch die Pflicht, so schön zu sein, wie das machbar war. Er verzehrte den Rest des Brotes und trank das Glas aus.

Dann ging er ins Wohnzimmer hinüber und setzte sich in den Fernsehsessel. Offenbar war zwischen den beiden Damen Einigung erzielt worden: er erkannte in den herumliegenden Kleidungsstücken eine gewisse Ordnung.

„Ihr denkt bei der Kleidungsfrage aber schon daran, dass es ein Gewichtslimit gibt?"

Ramona Rind lächelte ihn an. „Was uns noch fehlt, ist eine Waage, wo wir dies feststellen könnten. Aber ich glaube nicht, dass die am Flughafen so pingelig sind und wegen ein paar Kilo Übergewicht einen Aufstand machen."

Lisa nickte nachdrücklich. „Das glaube ich auch! Und wenn wirklich, müssen wir halt das Mehrgewicht bezahlen. Das kann bis Ägypten ja nicht so viel ausmachen!"

Wanner schlug theatralisch die Hände über dem Kopf zusammen. „Hat man da noch Worte! Wisst Ihr, was ein Kilo Übergewicht im Flugzeug kostet, gleich wohin es fliegt?"

Ungerührt antwortete Lisa: „Nein! Wie viel denn?"

Wanner ließ Luft aus den zusammengepressten Lippen ab. Dann sagte er kleinlaut: „Ich auch nicht!" Im folgenden Gelächter holte er eine Flasche Rosé und drei Gläser.

„Also lasst uns mal auf eine schöne Reise ohne Krankheit und Unfall anstoßen! Passt mir ja auf, dass euch keiner entführt!"

Der Abend wurde noch länger. Es gelang Paul

Wanner, den beiden Damen das Ende der Kleidungsfrage abzuringen. „Wenn ihr so schön daher kommt, werden euch alle Männer Ägyptens nachlaufen! Vergesst nicht, dass ihr in einem moslemischen Land seid, wo sich die Frauen eigentlich verschleiern müssten. Überlegt mal, wie billig das gekommen wäre: ein schwarzer Schador in einer kleinen Reisetasche hätte für jeden Tag ausgereicht. Und abends kein Verlassen des Hotels mehr: das wäre sehr beruhigend und absolut preiswert gewesen!"

Er stieß einen tiefen Seufzer aus und leerte sein Glas.

Ramona kicherte. „So stellt sich der kleine Moritz eine Ägyptenreise vor!" Sie stieß Lisa an, die dabei fast ihren Wein ausgeschüttet hätte.

„Das hört sich eigentlich nach Eifersucht an", meinte diese und stellte das Glas ab. „Wenn du beim Finanzamt wärst, hättest du dir ohne weiteres Urlaub geben lassen können! Aber nein – man muss ja Mörder fangen!" Sie grinste spitzbübisch und blinzelte Ramona zu.

„Na gut", ging Wanner auf ihren Ton ein, „ab ersten Januar lass ich mich versetzen, Frau Obersteuersekretärin!"

So ging es noch eine Weile hin und her und sie vergaßen für den Augenblick ihre Alltagssorgen.

Der nächste Morgen holte Wanner schlagartig in die Gegenwart zurück.

Er war früher als sonst im Büro erschienen. Ihn hatte wieder die Unruhe erfasst, die er schon von anderen Fällen her kannte und die ihn stets wie eine Feder gespannt hielt. Solange noch Fragen offen waren, gönnte er sich keine Pause. Es war seine Art, die Spannung bis zum Schluss zu halten.

Bis zur Mitte des Vormittages geschah nichts. Er telefonierte mit Haug, Riedle und Eva Lang, gab Anweisungen und stocherte in dem Haufen von Zetteln herum, die auf seinem Schreibtisch lagen.

Lauter belangloses Zeug, wie es auf den ersten Blick schien. Das hatte alles Zeit! Er warf einen schnellen Blick in die Tageszeitung, fand aber auch dort nichts von größerem Interesse. Ewig dieses Hartz IV-Gerede, der Parteienstreit und die Kanzler-Frage. Kein Wunder, wenn es Politikverdrossenheit im Volke gab.

Da ging sein Telefon.

Von der Zentrale wurde ihm ein Gespräch angekündigt, aus dem man nicht schlau wurde. Eine Frau sprach offensichtlich vom Weinen geschüttelt in einer solchen Panik, dass man sie nur bruchstückweise verstehen konnte. Wanners Name war aber daraus zu entnehmen gewesen. Der Hauptkommissar drückte den Knopf und meldete sich.

„Hier Paul Wanner! Wer ist bitte am Apparat?"

Am anderen Ende schluchzte eine Frau hemmungslos.

„Bitte beruhigen Sie sich, ich kann Sie sonst nicht verstehen. Wer sind Sie?" Und plötzlich wusste er, wer ihn anrief: es konnte nur Frau Abele sein! „Frau Abele, sind Sie es?" Er presste sich den Hörer fester ans Ohr.

Er glaubte, in dem Weinen ein „Ja" zu hören. „Frau Abele, was ist los? Was ist passiert?"

Vom anderen Ende der Leitung klang es unter Schluchzen. „Herr Wanner ... des Bild in der Zeitung ... des is ... mei Sohn!"

Einen Moment wusste der Hauptkommissar nicht, worum es ging, dann kam ihm die Erinnerung wie ein Blitz: das Bild von dem Toten!

„Ihr Sohn?"

„Ja, ... mei Max, ... i hab ihn erkannt!" Sie weinte hemmungslos weiter.

„Sind Sie zu Hause? Ich komme sofort bei Ihnen vorbei ..." Wanner versuchte sich Gehör zu verschaffen. Hoffentlich hielt sie durch!

„ ... ja ... i wart auf Sie ..." Die Verbindung riss ab.

Wanner rief Eva Lang an und bat sie, sofort einen

Wagen für die Fahrt nach Sonthofen zu ordern und mit ihm dorthin zu fahren. Dann raffte er einige Unterlagen zusammen, die er vielleicht brauchen konnte, griff nach seinem Mantel und rannte die Treppe hinunter. Draußen traf er mit der atemlosen Eva zusammen, die gerade einen Dienstwagen startete. Wanner schmiss sich auf den Beifahrersitz und rief: „Vollgas nach Sonthofen, Blaulicht und Trara!"

Eva ließ sich das nicht zweimal sagen. Sie war eine perfekte Fahrerin und zeigte in den folgenden Minuten, dass sie es durchaus mit ihren männlichen Kollegen aufnehmen konnte. Wanner griff zum Telefon und rief die Inspektion in Sonthofen an. Er bat die Kollegen, einen Beamten zu Frau Abele zu schicken, der dort auf sie warten sollte. Mit ein paar Sätzen unterrichtete er sie von der psychischen Notlage, in der sich die Frau offensichtlich befand.

„Und schickt noch einen Arzt hin", rief er laut, nachdem er schon den Hörer weglegen wollte.

Eva Lang brachte das Kunststück fertig, die Strecke von Kempten nach Sonthofen in einer rekordverdächtigen Zeit zurückzulegen, wobei sie die verkehrsreiche B19 bravourös hinter sich brachte.

Wanner dirigierte sie in Sonthofen über einen Schleichweg, auf dem sie noch ein paar Minuten gewannen.

Vor dem Haus von Kreszentia Abele stand ein Dienstfahrzeug der Polizei mit eingeschaltetem Blaulicht. Die rechte Tür stand offen. Von der anderen Seite näherte sich ein Rettungswagen mit Blaulicht und Sirene. Fast gleichzeitig stoppten die Fahrzeuge. Aus dem Haus kam ein Polizeibeamter gelaufen und winkte heftig. Wanner und Eva hasteten zur Haustür, die angelweit offen stand.

„Frau Abele liegt bewusstlos in der Stube", rief der Polizist.

„Eva, der Notarzt soll sich beeilen!" Wanner stürmte in die Stube, wo der Polizeibeamte Frau Abele gerade ein Kissen unter den Kopf schob. Sie lag neben dem Tisch, das Telefon war auf den Boden gefallen.

„Haben Sie sie so vorgefunden?", fragte Wanner hastig. Der Beamte nickte. Bevor er etwas erwidern konnte, kam der Notarzt herein und beugte sich über die bewusstlose Frau.

„Nur noch schwacher Puls, Kreislauf fast am Ende", sagte er dann und legte schnell und geschickt eine Infusion. „Halten Sie mir die Flasche mal hoch", wandte er sich an den Uniformierten und reichte sie ihm. Dann gab er Kreszentia Abele eine Spritze und sah missbilligend auf die Frau. „Wie sieht denn die aus! Das kommt nicht von heute, hat denn niemand bemerkt, dass die Frau krank ist?"

Wanner wurde es unbehaglich. „Mir war das schon aufgefallen, aber auf meine Frage hat sie abgestritten, krank zu sein. Ich habe ihr empfohlen, einen Arzt aufzusuchen, aber sie wollte nicht."

„Gibt es Verwandte?", der Arzt sah auf.

„So viel mir bekannt ist, wohnt sie allein hier. Sie hat mich vor einer knappen Stunde angerufen und mir mitgeteilt, dass der Tote in der Zeitung ihr Sohn sei. Sie schien völlig außer sich zu sein. Ich bin mit Kollegin Lang sofort hergefahren, wobei ich vorher noch die Polizeiinspektion Sonthofen verständigt habe. Wir haben seit Tagen versucht, den Toten zu identifizieren. Jetzt scheint es gelungen zu sein, allerdings unerwartet und tragisch."

„Mord?", fragte der Arzt kurz und maß nochmals den Blutdruck.

„Ja, zwei Schüsse in den Rücken, in der Nacht vom fünften zum sechsten Dezember."

„Ah – ich habe davon in der Zeitung gelesen!" Er wandte sich an die beiden Rotkreuzhelfer, die mit einer Trage hereingekommen waren. „Wir müssen die Frau schnell in die Klinik bringen. Hier kann ich nicht feststellen, woran es ihr wirklich fehlt. Sie ist ziemlich schlecht dran." Sie brachten Frau Abele in den Rettungswagen, der Arzt stieg zu und unter Sirenengeheul fuhren sie weg.

Wanner sah sich in der Wohnstube um. Es schien, bis auf das herabgefallene Telefon, nichts außergewöhnliches passiert zu sein. Die Stube war sauber, der Kachelofen in der Ecke hatte noch heiße Kacheln, von denen eine angenehme Wärme ausstrahlte. Und doch war etwas anders, als es Wanner in Erinnerung hatte. Aber was? Er grübelte und sah sich in dem Raum um. Eva Lang störte ihn nicht. Sie stand still neben der Tür und betrachtete ihren Chef. Irgendetwas schien ihm nicht zu passen, sie sah, wie er die Stirn runzelte.

Plötzlich fiel es Wanner wie Schuppen von den Augen: ein Bild fehlte! Und zwar die Fotografie von Josef Abele. Das war's. Er suchte schnell die Wände ab, das Bild hing nirgends. Komisch, warum hatte Frau Abele das Bild entfernt, oder war sie es gar nicht gewesen? Aber wer dann?

Der Hauptkommissar wandte sich an seine Kollegin. „Wenn wir schon mal hier sind, lass uns das Haus durchsuchen. Meiner Meinung nach liegt einer der Schlüssel unseres Falles in diesen Mauern. Ich habe jedes Mal ein unbehagliches Gefühl gehabt, wenn ich nur in die Nähe gekommen bin. Vor allem müssen wir uns das Schlafzimmer vornehmen!"

„Liegt vielleicht im ersten Stock, manche Leute lieben es nicht, im Erdgeschoss zu schlafen", erwiderte Eva.

„Ja, vielleicht. Trotzdem sollten wir uns zuerst das Erdgeschoss ansehen." Er hob das Telefon auf und stellte es auf den Tisch, dann verließen sie die Stube durch eine zweite Tür. Sie führte in einen Raum, der wohl als Hausarbeitsraum diente. Auf einem Tisch in der Mitte des Raumes lagen Strickzeug, Wollknäuel und Nähnadeln.

Nach einem schnellen Blick traten sie in den

Hausflur zurück. Gegenüber lag eine Wohnküche, die ordentlich aufgeräumt war. Aus dem Erdgeschoss führte eine breite Holztreppe in den ersten Stock, sie setzte sich ins Dachgeschoss fort.

Wanner fand das Schlafzimmer, dessen Tür nur angelehnt war. Ein altmodisch wirkendes Doppelbett nahm fast die Breite des Zimmers ein, gegenüber stand ein großer dunkler Schrank mit Glastüren. Zwei Nachtkästchen und eine Spiegelkommode vervollständigten die Einrichtung. Das Innere des Hauses machte insgesamt einen sauberen Eindruck.

Wanner erzählte Eva Lang seine Vermutung. Hier in diesem Schlafzimmer war etwas gewesen, woran die Eheleute erkrankt waren. Er glaubte, dass die Stahlbehälter radioaktiv gewesen seien. Deren Strahlung hatte wohl zuerst Josef Abele, dann seine Frau verseucht. Vermutlich war Josef Abele schon an seinem Arbeitsplatz in der Werkstatt dieser Strahlung ausgesetzt gewesen, deshalb sein früher Tod.

Er öffnete den Schrank und sah hinein. Aber außer Kleidungsstücken und zwei leeren Schachteln fand er nichts. Die Stahlbehälter waren verschwunden. Kreszentia Abele hatte ja gesagt, dass sie von einem unbekannten Mann abgeholt worden waren. Es fragte sich nur, ob ihr der Mann wirklich unbekannt war. Hoffentlich war sie bald ansprechbar. Dass der Tote ihr Sohn war, brachte nicht nur Licht in die Angelegenheit, sondern verwirrte sie andererseits noch mehr. Max Abele, mit der tätowierten Rose und der holländischen Schrift: wie war das einzuordnen?

Eva Lang hatte sich im Schlafzimmer umgesehen. Plötzlich blieb sie neben dem Schrank stehen und sagte: „Mich wundert eigentlich, dass Frau Abele überhaupt noch lebt. Die dauerhafte Strahlung muss doch ungeheuer schädlich gewesen sein."

Wanner nickte. „Die ganze Geschichte wird immer rätselhafter Was tut radioaktives Material zuerst in einer Werkstatt und dann völlig unzulässig in diesem Schlafzimmer?“

Es wurde Zeit, dass sie tiefer in die Angelegenheit eindrangen, bevor noch mehr Schaden entstand.

„Wir müssen sofort das Umfeld dieses Max Abele ermitteln. Wenigstens haben wir jetzt den Namen des zweiten Toten, das bringt uns weiter.“ Sie suchten noch eine Weile, stiegen auf den Dachboden und in den Keller, aber sie fanden nichts.

Vom Dienstwagen aus telefonierte Wanner mit der Klinik. Man teilte ihm mit, dass Frau Abele mit dem Hubschrauber nach München gebracht worden war, da man bei ihr Strahlenschäden festgestellt hatte, die in Sonthofen nicht zu behandeln waren. Er ließ sich die Telefonnummer der Münchner Klinik geben und legte auf.

„Was machen wir jetzt mit dem Haus? Irgendwer muss doch auf die Heizung aufpassen, Türen verschließen und Schnee räumen.“ Wanner war sich unschlüssig.

„Sprechen wir doch mal mit der Stadtverwaltung. Vielleicht kennt die jemand, der das übernehmen könnte.“

Nachdem sie das tatsächlich mit der Stadt klären konnten, fuhren sie nach Kempten zurück.

23

Dr. Gustav Stresselmann lief nach dem Gespräch mit Alfred Schlibowsky zwei Tage lang wie ein waidwund geschossener Büffel herum. Selbst Gerlinde Betz konnte ihn nicht ablenken, obwohl sie es ausdauernd versuchte. Er beruhigt sich schon wieder, dachte sie und besah ihre Fingernägel. Dieser Schlibowsky – den sie übrigens widerwärtig fand – muss ihm ganz schön eingeheizt haben. Obwohl sie einen langen Hals gemacht hatte, konnte sie den

Inhalt des Gespräches nicht verstehen. Aber es musste etwas Bedeutungsvolles gewesen sein. Als anschließend Schlibowsky das Büro verließ und an ihr vorbei kam, hatte er sie plump angeblinzelt und war ohne ein weiteres Wort verschwunden.

Dr. Stresselmann hatte anschließend einen starken Kaffee bei ihr bestellt, sie aber, als sie ihn gebracht hatte, nicht einmal angeschaut. Das war höchst ungewöhnlich! Ihr waren seine bisherigen begehrlichen Blicke durchaus nicht entgangen. Sie zuckte die Schultern und blies auf ihre Fingernägel, die sie mit Nagellack nachgebessert hatte. Man würde ja sehen.

Eine Stunde später hatte Dr. Stresselmann das Büro verlassen und war ohne Angabe seines Zieles verschwunden. Gerlinde Betz beobachtete aus dem Fenster, wie sein schwarzer Mercedes aus der Tiefgarage kam, nach links abbog und im Stadtverkehr verschwand. Damit war sicher, dass sie einen geruhsamen Nachmittag verbringen konnte.

In diesem Augenblick ging das Telefon. Sie sah, dass es eine Nummer aus Sonthofen war und meldete sich. Eine männliche Stimme fragte nach Dr. Stresselmann. Zu erkennen gab sich der Anrufer nicht. Die Sekretärin war deswegen auch sehr zurückhaltend als sie antwortete: „Der Herr Direktor ist bei einem Außentermin. Seine Rückkehr ist ungewiss."

Mit einem kurzen „Danke" legte der Unbekannte auf. Also Schlibowsky war das nicht, sinnierte sie, der hatte eine noch unangenehmere Stimme.

Stresselmann hatte mittlerweile die Stadt verlassen und fuhr auf der B19 nach Süden. Er musste da etwas klären, bevor die ganze Geschichte weiterging. Alfred Schlibowsky hatte ihm einen Ausweg aufgezeigt, bei dem er zwar vom Regen in die Traufe kam, aber die Möglichkeit erhielt, seine Bankgeschäfte weiterzuführen. Zwei Tage lang hatte er darüber gegrübelt, ob er das Angebot annehmen sollte oder nicht. Nahm er es an, war der Traum vom Pazifischen Ozean ausgeträumt, er aber blieb nach außen hin ein Ehrenmann. Nahm er es nicht an, musste er verschwinden und der Makel würde ein Leben lang hinter ihm herlaufen. Heute früh hatte er sich entschieden: er wollte im Bankgeschäft bleiben und den Deal mit Schlibowsky machen. Bei entsprechender Vorsicht könnte der unentdeckt bleiben. Er war sich im Klaren darüber dass er sich damit voll in die Hände dieser Hyäne begab, aber hatte er eine andere Wahl? Schlibowsky wusste bereits so viel von ihm, dass er auch am Pazifischen Ozean nicht sicher gewesen wäre. Also: kein Ausweg aus der Zwangslage, nur eine Umschichtung. Aber mit der ließ es sich besser leben.

Am Parkplatz neben der neuen Tankstelle südlich von Waltenhofen blieb er kurz stehen und führte ein Telefongespräch. Dann setzte er seine Fahrt fort. Der Niedersonthofener See war schon zu einem Teil zugefroren. Pulverschnee bedeckte die dünne Eisschicht. Auf dem offenen Wasser waren ein paar Wildenten zu sehen. Im Westen kündigten neue Wolkenmassen weitere Schneefälle an.

Dr. Stresselmann bog bei der zweiten Ausfahrt in Sonthofen von der B 19 ab, und fuhr in die Stadt. Er parkte seinen Wagen östlich der Pfarrkirche St. Michael und setzte seinen Weg zu Fuß fort. Den steilen Anstieg schaffte er gut, seine Golfkondition reichte noch bis in den Vorwinter herein. Bei dem Haus angekommen, drückte er den Klingelknopf und wartete. Auf ein kurzes „Ja?" in der Sprechanlage, antwortete er nur mit einem „Ich bin's". Der Türsummer ertönte und er stieg den Weg durch den Vorgarten empor. Dr. Bösholt erwartete ihn an der Haustür. „Hallo, Gustav!" Er streckte Stresselmann die Hand hin. "Hallo, Karl!", erwiderte dieser und drückte sie. Dann traten beide ins Haus und suchten Dr. Bösholts Büro auf.

„Einen Cognac?" Dr. Bösholt hatte die Flasche

schon in der Hand. Aber Stresselmann winkte energisch ab.

„Lass uns erst einmal die Angelegenheit besprechen, mir ist im Augenblick nicht nach Alkohol zu Mute."

„Na schön, zum Wohl!" Dr. Bösholt schenkte sich ein und kippte das Glas in einem Zug hinunter. Seine Augen zogen sich einen kurzen Moment zusammen, dann setzte er mit einem lang gezogenen „Ah ..." sein Glas ab und stellte es auf den Tisch.

Sie tauschten ein paar der üblichen Phrasen aus, dann holte Stresselmann einen Aktenordner aus seiner Ledertasche. Er schlug eine angemerkte Seite auf und deutete mit dem Finger darauf. „Der Kredit, den ich damals ohne jede Sicherung an dich ausgereicht habe, wäre schon vor vier Wochen fällig gewesen. Ich bin leider gezwungen, die Rückzahlung innerhalb von vierzehn Tagen einzufordern. Uns steht eine Prüfung ins Haus, von der ich vorab erfahren habe." Das stimmte zwar nicht, war aber auch nicht nachprüfbar.

Dr. Bösholt sah ihm in die Augen. Sein Blick war so stechend, dass Stresselmann schnell in den Aktenordner sah. Der durchbohrt mich noch einmal, dachte er. Der Arzt griff plötzlich nach dem Aktenordner und zog ihn ohne ein Wort zu sagen an sich. Er warf einen Blick auf die angemerkte Seite und las sie durch. Dann stieß er den Ordner unwillig zurück.

„Ausgemacht war, dass der Kredit erst mit einer vierteljährlichen Kündigung fällig wird. Er war also, so gesehen, nicht vor vier Wochen fällig, sondern ist das in drei Monaten, vorausgesetzt, er wird heute schriftlich gekündigt! Komm mir also nicht mit solchen Sperenzchen, von wegen vierzehn Tagen!" Sein Gesicht blieb völlig ausdruckslos. Golffreund hin oder her, hier ging es um mehr als Freundschaft, hier ging es um Geld!

Dr. Gustav Stresselmann versuchte seinen Ärger zu

unterdrücken. „Ich habe seinerzeit die Verantwortung dafür übernommen, dass der Kredit ohne Grundbuch-Absicherung ausgereicht wurde, weil ich dafür quasi gebürgt habe. Wenn du mich jetzt im Stich lässt, bleibt die Summe an mir hängen! Und das wirst du ja wohl nicht wollen, oder?"

Diese Suggestivfrage prallte ohne Wirkung an Dr. Bösholt ab. „Abgemacht ist abgemacht! Der Kredit ist nach Kündigung in einem Vierteljahr fällig und nicht in vierzehn Tagen. Ich kann ihn nicht aus der Tasche zaubern, mir ist auch etwas schief gelaufen. Hätte das geklappt, wäre ich in der Lage, dir deinen Kredit aus der Hosentasche zu begleichen. Aber diese verdammte FMC ...", er hielt erschrocken inne und schlug sich auf den Mund.

Dr. Stresselmann starrte ihn fassungslos an. „FMC? Oh, hast du denn auch mit der ..." Er sah seinen Fehler zu spät. Jetzt hatte er sich verraten. Verdammter Mist!

„Ach, sieh mal einer an!", Dr. Bösholt verzog sein Gesicht zu einer bösartigen Fratze. „Der Herr Bankdirektor hat mit der FMC zu tun? Das ist ja interessant, sehr in-ter-es-sant", zog er das letzte Wort in die Länge.

Die beiden saßen sich gegenüber und blickten sich wie zwei Boxer an, die nur noch von ihren Sekundanten zurückgehalten wurden. Nur dass es solche hier nicht gab. Ärger und Fassungslosigkeit spiegelte sich in ihren Gesichtern.

Stresselmann bekam sich als Erster in den Griff.

„Na und? Im Geldgeschäft kennt man immer viele Partner. Wer seine Augen vor Möglichkeiten verschließt, vorwärts zu kommen, wird bald abgehängt. Wie hat schon Gorbatschow gesagt: Wer zu spät kommt, den bestraft das Leben!"

Der Arzt starrte ihn unverwandt an. „Du brauchst das Geld gar nicht wegen dieser Prüfung, sondern für die FMC, stimmt's?"

„Ich brauche es auf jeden Fall! Es ist Teil einer

Neuordnung meiner Finanzen – ich meine der Finanzen meiner Bank!"

Dr. Bösholt stieß ein ärgerliches Lachen aus. „Neuordnung nennt man das also, wahrscheinlich hat dich die FMC genau so sitzen lassen wie mich und jetzt kratzt du den letzten Euro zusammen, um sie zufrieden zu stellen. Verflucht noch eins! Wofür hältst du mich eigentlich?" Er schenkte sich Cognac nach und kippte ihn hinunter. Ob Stresselmann einen haben wollte, fragte er erst gar nicht. Seine Hand zitterte leicht, als er das Glas wieder auf den Tisch setzte. Aha, dachte der Bankier, so cool wie du tust, bist du gar nicht!

In der nächsten halben Stunde umschlichen sich die beiden im Gespräch, wie kampfbereite Dobermänner. Keiner wollte seine konkreten Beziehungen zur Future Motor Company preisgeben, aber jeder war interessiert zu erfahren, wie weit der andere mit ihr verbunden war. Bösholt hatte den stärkeren Trumpf in der Hand. Wenn Stresselmann seinen Kredit zurückhaben wollte, sollte er ihm doch offen legen, in welcher Verbindung er zur FMC stand. Er, Bösholt, musste wissen, ob er in Stresselmann einen Gegner zu sehen hatte, der auf ihn angesetzt war, oder nur einen Betroffenen, der selbst rudern musste, um sich über Wasser zu halten.

Im Verlauf einer Stunde kippte die Situation. Die beiden Kontrahenten sahen ein, dass sie beide Opfer einer Gesellschaft waren, die in brutaler Weise vorging und ihre Interessen ohne Rücksicht auf Verluste vertrat. Stresselmann und Bösholt merkten, dass sie rein zufällig mit ein und der gleichen Firma zu tun hatten und diese ihnen übel mitspielte. So wenigstens sahen sie es. Insider freilich hätten hierzu noch einige Bemerkungen gehabt.

Mittlerweile hatte Stresselmann nichts mehr gegen einen Cognac, aus dem schließlich mehrere wurden. Die Absicht Dr. Bösholts hatte er nicht begriffen. Er sah in dem Arzt plötzlich einen Verbündeten und ließ sich dies auch anmerken. Bösholt versuchte den Bankier so zu umgarnen, dass dieser einen Bundesgenossen gefunden zu haben glaubte. Er brachte dabei ihre langjährige Golfkameradschaft zur Sprache. Nach und nach gab Stresselmann die Art seiner Verbindung zur FMC preis. Bösholt verstand es geschickt, mit seinem Wissen hinterm Berg zu halten.

In einer Pause, die Stresselmann brauchte, um ein gewisses Örtchen aufzusuchen, überlegte der Arzt sein weiteres Vorgehen. Da kam ihm eine Idee.

Als Gustav Stresselmann zurückkam, schenkte ihm Bösholt einen weiteren Cognac ein, ohne auf die schwachen Proteste zu hören. „Ich habe dir einen Vorschlag zu machen, durch den wir beide mit einem Schlag aus der momentanen Krise heraus wären. Du könntest deinen Kredit sofort zurückhaben und ich würde einen Teil meiner durch die FMC erlittenen Verluste ausgleichen können."

Stresselmanns Blick war nicht mehr ganz klar. Er wunderte sich über sich selbst, bei Geschäftsgesprächen mied er üblicherweise jeden Alkohol. Aber er war noch in der Lage zu denken und es fiel ihm auch auf, dass Bösholt ihm auffällig viel Cognac nachgeschenkt hatte. Halt, so nicht!, dachte er und schob das neue Glas beiseite. „Ich muss ja noch Auto fahren, vielleicht könnte ich einen Kaffee und ein Glas Wasser bekommen?"

Dr. Bösholt runzelte die Stirn. Der Bursche war zäh. Na gut, dann halt später. Er ging in die Küche, setzte Kaffee auf und kehrte er mit einem Glas Wasser zurück, das er vor seinen Gesprächspartner stellte. Der trank es halb leer und wandte sich an den Arzt: „Und wie lautet dein Vorschlag?"

Bösholt bohrte wieder seine Augen in die Stresselmanns. „Ich habe da vor ein paar Jahren ein Geschäft gemacht, bei dem ein gewisser, sehr gesuchter Stoff in meinen Besitz gelangte. Leider konnte ich nicht alles, wie ursprünglich vorgesehen, über die FMC absetzen, weil die auf einmal eine andere ... Quelle bevorzugte. Das hat mir einen Strich durch die Rechnung gemacht. Ich wäre bereit, dir statt des Kredits diesen ... Stoff zu übereignen, dessen Wert die Summe des Kredits bei weitem übersteigt. Danach wären wir quitt!"

Dr. Stresselmann hielt einen Moment vor Überraschung die Luft an, dann brach er in ein Gelächter aus. „Du glaubst doch nicht im Ernst, ich nehme dir einen Stoff ab, den du offensichtlich nicht absetzen kannst, obwohl er doch so viel Wert hat? Soll ich vielleicht den Prüfungsbeamten Kokain oder Heroin, oder was zum Teufel du da anbietest, vorsetzen und ihnen sagen, sie sollten das als Ausgleich für die fehlenden Gelder ansehen?" Zornesröte überzog sein Gesicht.

Dr. Bösholt schüttelte den Kopf. „Mit Rauschgift hat es nichts zu tun. Ich weiß von früher, dass du Verbindungen zum Osten hast. Dort könnte man meinen ... Stoff sehr gut absetzen."

„Und warum fährst du dann nicht selbst hin und bietest ihn an?"

Dr. Bösholt sah auf das Gemälde mit dem aufbäumenden Pferd. „Weil mir die Verbindungen fehlen", sagte er dann gleichmütig.

Dr. Stresselmann beugte sich vor. „Um was für ein Zeug handelt es sich eigentlich?"

„Das sage ich dir später, wenn wir handelseinig geworden sind. Ich brauche einen gewissen Vertrauensvorschuss"

Ja, denkste!, dachte der Bankier. Laut aber antwortete er: „Also, ich muss mir die Sache durch den Kopf gehen lassen. Auf jeden Fall brauche ich einen Geldbetrag in der Kredithöhe innerhalb von vierzehn Tagen, ob mit oder ohne deinen geheimnisvollen Stoff." Er erhob sich.

Der Arzt blickte ihn schräg von unten an und sagte zynisch: „Ich kann dir das Geld in dieser Zeit nicht zurückzahlen. Aber ich bin bereit, den Gegenwert in Ware anzubieten. Überlege es dir, aber lass mich nicht zu lange warten!"

Dr. Stresselmann verließ das Haus und merkte erst an der frischen Luft, wie benebelt er war. Er warf seine Tasche ins Auto und beschloss, einen Spaziergang durch die winterliche Landschaft im Süden der Stadt zu machen.

Dr. Bösholt saß noch eine Weile in seinem Büro und dachte nach. Fast hätte ich den Kerl so weit gehabt, dass er mir das Zeug abnimmt! Das wären zwei Fliegen auf einen Schlag gewesen: ich hätte Stoff und Kredit gleichzeitig los gehabt. Verdammt, dass das nicht geklappt hat! Aber es war ja noch nicht aller Tage Abend. Er durfte bei seinem Vorgehen keinen Fehler machen. Vor allem sollte die Polizei nicht aufmerksam werden, die konnte er überhaupt nicht brauchen. Dieser Hauptkommissar war kein Neuling, der wusste genau, welche Fragen er stellen musste! Und wer weiß, was er schon alles ermittelt hatte! Dr. Bösholt würde in diesem Moment eine ganze Menge für dieses Wissen gegeben haben.

24

Paul Wanner hatte an diesem Tag schon den dritten Apfel gegessen. Das kam nur vor, wenn er angestrengt die Lösung eines Problems suchte. Er dachte weder an Weihnachten noch an die bevorstehende Abreise von Lisa und Ramona. Für ihn gab es nur eins, und das war die Aufklärung der beiden Mordfälle und zwar so schnell wie möglich.

Er sah aus dem Fenster. Auf der Straße fuhr ein Auto mit einer Dachbox vorüber, in der Wanner Ski vermutete. Aus dem Seitenfenster im Fond war der winkende Arm eines Kindes zu sehen, wobei offen blieb, wen es meinte. Herrgott, wieder mal Ski fahren gehen, am Grünten, am Fellhorn, oder sonst wo! Wanner seufzte tief.

Er wandte sich seinem Flip-Chart zu und ergänzte ihn mit dem Namen des zweiten Toten. Statt „unbekannt", stand jetzt „Max Abele" dort. Nun hatten sie die Namen beider Toten. Es wäre doch gelacht, wenn sie daraus nicht den Rest ermitteln konnten: den oder die Täter und die Motive. Also, dachte er, die Spuren beider Morde führen zweifellos in die Werkstatt. Unbekannt ist allerdings noch, ob auch Max Abele dort zu tun hatte. Hoffentlich war seine Mutter bald vernehmungsfähig, er brauchte sie dringend zur Klärung wichtiger Fragen. Falls der Sohn dort nicht gearbeitet hatte ... ja was dann? Dann hatten sie zwei Morde, die nicht zusammenhingen. Aber: Josef Abele war in der Werkstatt beschäftigt, seine Frau lag jetzt schwer krank in einer Klinik und beider Sohn war erschossen worden. Wenn das nur Zufall ist, fress ich einen Besen! Und noch etwas: *Eine* Person hatte gleichzeitig zwei dieser Beteiligten gekannt, das war der Arzt Dr. Bösholt. Josef Abele hatte er behandelt, Kreszentia Abele nicht nur gekannt, sondern sie erst vor kurzem aufgesucht. Was wollte er von ihr? Kannte er auch Max Abele?

Paul Wanner ging wieder zu seinem Schreibtisch. Genau genommen war die Werkstatt der zentrale Punkt in den Ermittlungen. Was wurde dort erprobt oder hergestellt, wer arbeitete dort und wem gehörte der Gebäudekomplex? Lechner war damals mit Auskünften ausgewichen, aus Datenschutzgründen, wie er sagte. Wanner ärgerte sich jetzt darüber, dass man Horst Lechner nicht intensiver unter die Lupe genommen hatte. Weder waren seine Auskünfte erschöpfend noch hatte seine Adresse gestimmt. Wenn Staatsanwalt Riegert das mitkriegte, gab es einen Rüffel, und zwar mit Recht! Die Fahndung nach Lechner musste intensiviert werden. Wanner machte sich eine Notiz.

Das Nächste, was sie finden mussten, war die Art

der hergestellten Motoren. Sie hatten alle Reste von den Unterlagen und Werkteilen in der verwüsteten Werkstatt eingesammelt und weiter nach München ins kriminaltechnische Labor zur Untersuchung geschickt. Aber von dort war noch keine Antwort gekommen. Außerdem, dachte Wanner, musste ja irgendjemand das Gebäude gehören und derjenige müsste ihnen eine genaue Auskunft über die dort vorgenommenen Arbeiten geben können. Er notierte sich fein säuberlich alle diese Fragen und legte den Zettel auf seinen Tisch. Die Ermittlungen in diesen Richtungen mussten jetzt hoppla-hopp gehen. Gleich morgen wollte er das seinen Mitarbeitern klarlegen.

Er nahm seine Gedankengänge nochmals auf. *Eine* Person konnte als Verbindungsglied zur Werkstatt gelten, das war Dr. Bösholt. Josef Abele – Kreszentia Abele und jetzt vielleicht Max Abele. Er musste noch einmal mit dem Arzt sprechen! Frau Abele lag sicher noch länger in München im Krankenhaus. Wanner spürte, dass der zweite Mord schneller gelöst werden könnte, als der erste. Vielleicht bekam er sogar einen Schlüssel für den ersten Fall in die Hand. So lange sich kein Zeuge meldete, der den Mörder Thomas Kleins auf dem Phantombild erkannte, steckten sie fest. Lechner und Pabst, von denen sie noch keine Spuren hatten, mussten so schnell wie möglich gefunden werden. Sie waren wichtige Zeugen, vielleicht sogar Verdächtige. Das würde sich bei der Befragung herausstellen.

Der Hauptkommissar legte sich einen Plan zurecht. Bösholt, Frau Abele und Adelgoß wollte er sich nochmals selbst vornehmen, das blieb Chefsache.

Er suchte die Telefonnummer der Klinik in München heraus und rief dort an. Man sagte ihm, dass Frau Abele in ein künstliches Koma versetzt worden sei und es absolut nicht zu sagen wäre, wann sie daraus wieder zurückgeholt werden konnte. Niedergeschlagen legte der Hauptkommissar auf. Er ahnte immer mehr, dass Frau Abele eine entscheidende Rolle bei seinen Ermittlungen spielte. Ihm blieb jetzt nur, den Stier bei den Hörnern zu packen. Er musste zu Dr. Bösholt und versuchen, aus ihm herauszubringen, ob er Max Abele kannte. Nein – er musste versuchen, ihm eine Bekanntschaft nachzuweisen, um wirklich weiterzukommen. Diesmal wollte er sich aber vorher anmelden. So abspeisen, wie beim letzten Mal, würde er sich nicht mehr lassen. Das Risiko, dass der Arzt damit vorgewarnt war, musste er eingehen.

Er suchte die Nummer im Telefonbuch und rief an. Fast augenblicklich wurde auf der anderen Seite abgehoben und die heisere Stimme Dr. Bösholts meldete sich.

„Grüß Gott, Dr. Bösholt, hier Wanner, Kripo Kempten. Ich möchte nochmals mit Ihnen sprechen, würde es morgen gegen 15 Uhr passen?"

Einen Moment blieb es still, dann antwortete der Arzt: „Können Sie Ihre Fragen nicht am Telefon stellen?"

„Nein, leider! Sie können aber auch gern in die Polizeidirektion kommen, wenn Ihnen das lieber wäre!" So, Bürschchen, macht man das, dachte Wanner und griff nach dem Kaffeebecher. Wie üblich war nur noch ein kalter Rest darin.

„Äh ... muss nicht sein, Sie können morgen herkommen, den Weg wissen Sie ja!" Bösholts Stimme klang deutlich genervt.

„Gut, dann um 15 Uhr! Auf Wiedersehen!" Wanner legte nicht gleich auf, sondern hielt den Hörer ans Ohr gepresst und wartete. Ein alter Trick, der ihm schon manche Erkenntnis eingebracht hatte. Auch diesmal hörte er noch, wie Dr. Bösholt vor dem Einhängen knurrte:

„ ... ja, wiedersehen, warte nur du ...", der Rest wurde abgebrochen. Aha, also war man am anderen Ende nervös geworden! Genau genommen könnte man das auch als Drohung interpretieren und dann wurde das Ganze noch interessanter. Er war richtig gespannt auf das Gespräch mit dem Arzt. Vielleicht sollte ich wieder mal meine Dienstpistole mitnehmen, dachte er fast vergnügt.

Am nächsten Vormittag traf er sich mit seinen Leuten und setzte sie von seinen Kombinationen in Kenntnis, die er noch schriftlich niedergelegt hatte. Dann wollte er wissen, wie weit sie in ihren Ermittlungen gekommen waren. Haug und Riedle waren auf der Suche nach Lechner und Pabst immer noch nicht auf der Erfolgsspur. Auf das Bild in der Zeitung hatte sich bisher niemand gemeldet.

„Herrgott noch mal, die können doch nicht vom Erdboden verschwunden sein!", zürnte Wanner, „sollen wir das Bild nochmal in die Zeitung tun?"

Haug rutschte auf dem Stuhl hin und her. „Keine schlechte Idee! Wenn die Zeitung mitmacht ..."

„Aber klar macht die mit! Unsere Zeitung ist doch hilfsbereit, wenn man sie um einen Gefallen bittet. Außerdem liegt es im öffentlichen Interesse, dass ein Zeuge oder Verdächtiger in einem Mordfall gefunden wird."

„O.K., machen wir. Ich rufe nachher in der Redaktion an. Der Alex überprüft übrigens die Liste mit allen Gegenständen, die man noch in der Werkstatt gefunden hat."

Riedle holte tief Luft, und warf Haug einen ärgerlichen Blick zu. Das wollte er schließlich selbst dem Chef sagen, dazu brauchte er keinen Assistenten. Aber er sagte nichts, sondern nickte nur und lehnte sich wieder zurück.

„Ich bin sehr an dieser Liste interessiert", sagte Wanner und blickte Alex Riedle an, „aus ihr ergeben sich vielleicht wichtige Details, die uns weiterbringen können. Wenn du fertig bist, komm bitte gleich zu mir!" Dieser schüchterne Mensch! Könnte doch selbst seinen Mund aufmachen.

Riedle nickte erfreut und machte sich eine Notiz.

„Sobald ich alles habe, ruf ich dich an!"

Ein Anruf kam herein, der für Eva bestimmt war. Sie hörte eine Weile zu, bestätigte ab und zu mit „Ja" und legte schließlich auf.

„Der Anruf kam von den Kollegen in Amsterdam. Die eingesandten Fingerabdrücke des Toten sind dort nicht registriert, auch mit dem Bild konnten sie nichts anfangen. Also hat Max Abele dort zumindest nichts ausgefressen. Und da wir jetzt auch seinen Namen kennen, schicke ich den gleich nach Amsterdam. Vielleicht ist ja der bekannt."

Wanner nickte. „Gut, mach das. Wir müssen jeder Spur nachgehen."

Sie diskutierten noch eine Weile und kehrten dann in ihre Büros zurück. Bevor Wanner sich wieder dem Flip-Chart zuwenden konnte, erhielt er einen Anruf.

Und der sollte ihn ein ganzes Stück vorwärts bringen!

Der Wachhabende meldete ein Ehepaar Carsten, das ihn sprechen wolle. „Carsten? Kenne ich nicht. Was wollen die denn?" Wanner konnte sich keinen Reim auf den Besuch machen.

„Herr Carsten sagt, er sei Polizeibeamter in Ruhe und hätte eine Information für Sie."

„Na gut, schicken Sie die beiden herauf. Danke!"

Carsten, Carsten ... noch nie gehört, dachte der Hauptkommissar und räumte ein paar Akten von den Besucherstühlen. Er trat in den Flur hinaus, das Ehepaar kam gerade die Treppe herauf. Er stellte sich vor und bat es in sein Büro. Er bot ihnen Stühle an und wollte den beiden die Mäntel abnehmen, aber Carsten wehrte ab. „Nein, danke. Wir wollen Sie nicht so lange belästigen. Ich weiß doch, dass die Polizei immer viel Arbeit hat." Er lächelte fast wehmütig. „Also, bevor ich Ihnen meine Beobachtung mitteile, muss ich etwas ausholen. Äh ... das ist übrigens meine Frau Inge. Ich bin Uwe Carsten, seit drei Monaten im Ruhestand. Vorher war ich bei der

Kripo in Wolfsburg und habe dort unter anderem auch Eigentumsdelikte bearbeitet. Wir kommen jedes Jahr um diese Zeit auf Urlaub ins Kleinwalsertal und wohnen bei Roswitha im Alten Doktorhaus in Riezlern, einer reizenden Garni-Pension mit bestem Service. Wir machen Ausflüge und genießen das schöne Allgäu, die verschneiten Berge und die vielen Sehenswürdigkeiten. Vor ein paar Tagen waren wir in Bad Oberdorf und haben uns die Kunstwerke in der Kirche angeschaut. Herrlich, dieser Jörg-Lederer-Altar von 1519, und natürlich die „Madonna mit Kind" von Hans Holbein d.Ä. aus dem Jahr 1493! Und der Palmesel von 1470 ..."

Seine Frau stieß ihn an und rief: „Nun hör schon auf! Herr Wanner kennt diese Werke sicher besser als du! Ach wissen Sie", sie wandte sich an diesen, „mein Mann ist nicht zu halten, wenn es um alte Kunst geht. Nehmen Sie ihm bitte seine Begeisterung nicht übel!"

Wanner lachte. „Nein, mache ich nicht! Ich kenne natürlich die Bad Oberdorfer Kirche und ihre Kunstwerke. Da kann man schon mal ins Schwärmen geraten. Aber bitte fahren Sie fort. Sicher wollten Sie mir etwas anderes erzählen."

„Ja, natürlich, bitte entschuldigen Sie! Also meine Frau und ich gingen anschließend zum Essen in die Sonne in Bad Hindelang. Wir hatten einen Tisch an der Fensterseite. Das Restaurant war um diese Zeit ziemlich voll. Und wie man es halt gewohnheitsmäßig so macht, sah ich mir die Leute im Lokal näher an." Uwe Carsten lächelte. „Plötzlich bemerkte ich schräg gegenüber, auf der anderen Seite des Ganges, zwei Männer, die dort ebenfalls aßen und intensiv in ein Gespräch verwickelt schienen. Ich dachte, das gibt es nicht! Ich kannte die beiden!" Er lehnte sich zurück und sah Wanner bedeutungsvoll an. Na, jetzt wird es aber Zeit, dass du zur Hauptsache kommst, dachte der, und nickte Uwe Carsten aufmunternd zu.

„Also wie gesagt: ich bearbeitete auch Eigentumsdelikte. Vor längerer Zeit wurde ich eines Tages mit der Aufklärung eines Diebstahls beauftragt, der sich im VW-Werk ereignet hatte. Es waren wichtige Unterlagen der Forschungsabteilung verschwunden. Im Zuge der Ermittlungen stieß ich auf zwei führende Angestellte des Werkes, die Sörensen und Becker hießen. Alles deutete schließlich darauf hin, dass diese beiden die Unterlagen gestohlen hatten. Aber wir konnten ihnen diesen Diebstahl leider nicht nachweisen. Die Papiere sind auch nie wieder aufgetaucht. Nun komme ich auf den Grund meines Besuches bei Ihnen: unlängst las ich in der Zeitung von einer Explosion in einer Werkstatt, in der irgendwelche Forschungen oder Versuche mit einem neuen Motor oder Treibstoff durchgeführt worden sein sollen. Die Zeitung ging nur vage darauf ein, wahrscheinlich hatte sie zu wenig Informationen. Zunächst gab ich nichts darauf. Aber als ich Sörensen und Becker dann in Bad Hindelang sitzen sah, kam mir die Sache komisch vor. Ich konnte mir nicht vorstellen, dass die Beiden einfach Urlaub machten. Sie waren mit ihrem Essen früher fertig als wir und verließen das Restaurant, ohne mich gesehen zu haben. Ich habe ein paar Tage mit mir gerungen, ob ich meine Beobachtung der hiesigen Polizei mitteilen soll oder nicht. Schließlich könnten die von mir vermuteten Zusammenhänge total daneben liegen und ich würde mich nur blamieren. Aber je länger ich darüber nachdachte, umso mehr gewann ich die Überzeugung, dass diese beiden anerkannten Motorenspezialisten etwas mit der Explosion in der Werkstatt zu tun haben könnten, in der es just um Motoren ging. So das wär's. Vielen Dank, dass Sie mir zugehört haben!" Uwe Carsten sah Wanner neugierig an.

Der bot den beiden Mineralwasser an. Dann sah er auf seinen Zettel, wo sich ein paar flüchtige Notizen von den Ausführungen Carstens befanden. Was er eben gehört hatte, war nicht unlogisch und passte in sein Mosaik. Wenn Sörensen und Becker wirklich Motorspezialisten waren, hatten sie ohne Zweifel mit neuen Entwicklungen zu tun. Wenn sie die Werkstatt zerstört hatten, so machte das nur Sinn, wenn sie einen Auftrag dazu hatten. Aber wer gab ihnen einen solchen? Von vornherein schloss Wanner aus, dass der Auftrag vom VW-Werk kam. Ein Unternehmen dieser Größe hatte es nicht nötig, zu solchen Mitteln zu greifen. Außerdem war es vielleicht selbst dabei, einen neuen Motor zu entwickeln, der mit einem alternativen Treibstoff zu bedienen war. Also handelten Sörensen und Becker in einem fremden Auftrag. Und das war nur möglich, wenn die ganze Sache geheim lief. Aber wie kamen die beiden dazu, für einen anderen Auftraggeber zu handeln, wenn sie doch Angestellte eines Weltkonzerns wie VW waren?

Wanner schreckte aus seinen Gedanken hoch. „Entschuldigung, ich war schon mitten im Einbau der neuen Mosaiksteinchen in das vorhandene Muster. Jedenfalls möchte ich mich bei Ihnen bedanken, dass Sie gekommen sind. Wo kann ich Sie erreichen, wenn ich noch etwas wissen möchte?"

Uwe Carsten gab ihm die Telefonnummer der Pension in Riezlern und sagte: „Wir sind noch zehn Tage hier, dann geht es zurück nach Wolfsburg. Sie können uns jederzeit anrufen, oder etwas ausrichten lassen. Unsere Wirtin ist nett und hilfsbereit."

Paul Wanner brachte das Ehepaar Carsten zum Ausgang im Erdgeschoss und verabschiedete sich. Dann kehrte er, mit einem Umweg über den Sozialraum, zu seinem Büro zurück.

Paul Wanner dachte nach. Kommt da ein pensionierter Kollege aus Wolfsburg und präsentiert ihm gleich zwei Namen, die mit der Explosion in Verbindung gebracht werden konnten. Noch war das hergeholt, aber es schien logisch zu sein und passte wie ein Puzzleteil in das ganze Gefüge der bisherigen Ermittlungen. Wenn zwei Männer von einem Auftraggeber X nach Sonthofen geschickt wurden, um dort einen in Entwicklung befindlichen neuartigen Motor zu zerstören, so bedeutet das wohl, dass alle diejenigen hinter dem Auftraggeber stecken konnten, die Benzin oder Dieselkraftstoff weiter verkaufen wollten.

Wanner pfiff durch die Zähne. Er konnte sich das riesige Ausmaß dieser Lobby vage vorstellen. Da steckten wohl -zig Milliarden Dollar dahinter. Damit war auch klar, warum es Tote gegeben hatte. Heutzutage tötete man Menschen schon für eine weit geringere Summe. Das hieße, so spann Wanner seine Gedanken weiter, dass es in Zukunft weitere Tote geben konnte. Und logischerweise auch, dass alle Personen, die diesen Leuten in die Quere kamen, gefährdet waren. Zum Beispiel die Polizei. Zum Beispiel er, Wanner.

Als er mit seinen Schlussfolgerungen so weit vorgedrungen war, hielt er erschrocken inne. Das würde gerade noch fehlen! Er stand auf und zog die Vorhänge vors Fenster. Dann schalt er sich einen Narren und öffnete sie wieder. So weit war man noch lange nicht!

Er rief sein Team zu einer Blitzbesprechung und berichtete von den Neuigkeiten. Anton Haug nahm das Gehörte, wie immer, gleichmütig zur Kenntnis. „Jetzt müssen wir einkalkulieren, dass wir einen übermächtigen Gegner haben und alle Vorsichtsmaßnahmen ergreifen, die zum Schutz der Beteiligten notwendig sind!"

Alex Riedle nickte. Dann sagte er bedächtig: „Du musst Druck machen, dass wir endlich Ergebnisse vom kriminaltechnischen Institut kriegen. Die müssen doch herausfinden, was für Zeug in der Werkstatt nach der Explosion noch übrig geblieben ist. Man kann vielleicht aus den Restpapieren ein Puzzle zusammensetzen, aus dem man einigermaßen schlau wird. Und die Metallteile, auch wenn sie verbogen oder sonst wie beschädigt sind, könnten ebenfalls gewisse Rückschlüsse zulassen." Das war eine für Riedle verhältnismäßig lange Rede.

Wanner nickte ihm anerkennend zu. Dann wandte er sich an Eva: „Und deine Meinung?"

Die sah kurz ihre Notizen durch und antwortete: „Anton und Alex haben beide Recht. Ich meine zusätzlich, dass wir unsere Dienstwaffen tragen sollten, auch wenn wir nur zum Semmelholen gehen ... ich meine das natürlich im übertragenen Sinne", setzte sie hastig hinzu, als sie das Grinsen auf Haugs Gesicht bemerkte.

„Und außerdem?", fragte Wanner weiter.

„Außerdem solltest du vielleicht mal nach München fahren und dort Druck ausüben, damit man das Datum erfährt, an dem Frau Abele aus dem künstlichen Koma zurückgeholt wird. Am Telefon wimmeln sie dich ja doch bloß ab."

Wanner lachte. „Druck in einer Klinik auszuüben, bringt soviel, wie die Steuerung eines Heißluftballons zu probieren. Nein, das bringt uns nicht weiter, wir kriegen höchstens noch einen Rüffel von oben. Wir müssen die Befragung von Frau Abele so lange zurückstellen, bis sie wieder bei Bewusstsein ist. Und dann wird es darauf ankommen, ob und wie viel sie zu sagen bereit ist. Der einzige Druck, den wir machen können, ist der auf uns selbst! Der Lechner und der Pabst müssen jetzt endlich her. Wenn die zum Beispiel nicht hinter dem Sprengstoffanschlag auf die Werkstatt stecken, sondern Sörensen und Becker, dann müssen wir unsere Fahndung mit Hochdruck auch auf diese beiden ausdehnen. Ich rede gleich mit dem Staatsanwalt darüber."

Ein Bote brachte ein Fax herein und legte es auf den Schreibtisch.

Wanner überflog den Inhalt. Dann wandte er sich an seine Mitarbeiter: „Das ist jetzt die Antwort aus

Amsterdam auf die Namensanfrage Max Abele. Die Kollegen schreiben, dass ein Max Abele zwei Jahre in einer Großkäserei in Edam gearbeitet hatte. In dieser Zeit war er nie straffällig geworden. Sie haben aber herausbekommen, dass er mit einer Holländerin liiert war, einer gewissen Souke van Dijkstra. Kurz bevor Max Abele Edam in Richtung Deutschland wieder verließ, war diese Verbindung auseinander gegangen. So weit bekannt, in gutem Einvernehmen. So viel zum Fax."

Paul Wanner legte es weg. Wie es schien, war er etwas enttäuscht. „Dann hätten wir also auch das geklärt. Die Rose samt Inschrift auf dem Schenkel des Toten haben eine harmlose Erklärung gefunden: es war einfach Liebe. Ich glaube, das Kapitel Holland ist damit für uns erledigt. Jetzt versuchen wir, Max Abele im ersten Mordfall unterzubringen. Hat der zweite Mord tatsächlich mit dem ersten nichts zu tun, dann stehen uns noch ein paar arbeitsreiche Tage ins Haus." Er stand auf und holte sich seine Wasserflasche, die am Fensterbrett stand. Als er feststellen musste, dass sie leer war, stellte er sie hinter die Türe, wo schon andere Flaschen auf Umtausch warteten. Immer waren diese Flaschen leer, dachte er grimmig. Er musste plötzlich lachen und setzte sich wieder. „Hat noch jemand eine Frage?"

Eva meldete sich: „Ja, ich! Könntest du uns den Grund deines Heiterkeitsausbruches erklären?"

Haug und Riedle fingen ebenfalls zu lachen an, und plötzlich hörte man allgemein lautes Gelächter durch die Bürotür auf den Flur dringen. In diesem Moment gingen Hans-Jürgen Gottlich und sein Kripochef dort vorbei.

„Kollege Wanner muss ja schon weit mit der Bearbeitung der Mordfälle gekommen sein, wenn er sich so ein Gelächter leisten kann", meinte der Polizeidirektor und blieb stehen.

„Na ja", Wintergerst setzte zu einer Verteidigung an, „so ein Fall kann ungeheuer trist sein: jeden Tag

Vernehmungen, Recherchen, weinende Angehörige, blöde Antworten oder auch gar keine von Verdächtigen: das ist frustrierend. Da muss man schon mal Luft ablassen und nichts hilft der Seele mehr, als ein herzhaftes Lachen!"

Gottlich lachte ebenfalls. „Schön, dass Sie Ihre Leute in Schutz nehmen! Also gehen wir weiter, sicher würden wir jetzt nur stören!" Nach dieser weisen Einsicht schlugen die beiden den Weg zur Kantine neben der Polizeidirektion ein.

Bevor seine Leute das Büro verließen, wandte sich Wanner noch an Haug: „Anton, sei doch so gut und versuche herauszubekommen, ob es je Versuche mit radioaktivem Material im Motorenbau gegeben hat. Ich weiß das klingt komisch, aber wir wollen jeder Möglichkeit nachgehen, ein Motiv in unserem Fall zu finden."

Haug nickte, sagte dann aber noch beim Weggehen: „Meinst du, dass die Leute mit radioaktiven Autos herumfahren wollen?"

„Genau das sollst du herausfinden! Es könnte doch sein, dass die Strahlung irgendwie auf ein Minimum zurückgedämmt werden könnte, oder sonst was. Mach dich einfach mal schlau."

Wanner wusste, dass sein Wunsch beim heutigen Stand der Technik ungewöhnlich – oder, wie durch Haug angedeutet – blöd klingen musste. Aber er wollte sicher gehen.

Auf seiner Uhr sah er, dass die Mittagszeit schon fast vorüber war. Für eine belegte Semmel würde es wohl noch reichen. Noch knapp zwei Stunden bis zu dem Gespräch mit Dr. Bösholt. Sollte er einen Kollegen mitnehmen? Vielleicht wäre das besser, vier Ohren hören mehr als zwei. Aber dann entschied er sich, das Gespräch allein zu führen.

25

Der 16. Dezember war ein Donnerstag. Es hatte leicht zu schneien begonnen, die Flocken waren aber so schwer, dass sie gleich zu Wasser wurden.

Am Nachmittag fuhr Wanner nach Sonthofen. Je näher er der Stadt kam, umso weißer wurde die Landschaft. Gegenüber Kempten lag hier die Temperatur um vier Grad niedriger. Das reichte gerade, dass sich die Flocken zu einer Schneeschicht verdichten konnten, die auf Wiesen und Wäldern liegen blieb. Die Berge hüllte schon seit längerer Zeit ein Wintermantel ein, aus dem nur noch die steilsten Felswände dunkel herausragten.

Die B 19 war um diese Uhrzeit nicht sehr befahren. Leichter Matsch bedeckte sie südlich von Waltenhofen. Entgegenkommende Fahrzeuge spritzten ihn an die Windschutzscheibe, so dass Wanner immer wieder den Scheibenwischer laufen lassen musste. Am Heuberg sah er ein Fahrzeug im Straßengraben liegen. Einige Leute standen herum, einer telefonierte mit einem Handy. Wanner hielt an, ließ die rechte Seitenscheibe herab und rief er hinaus:

„Gibt es Verletzte?"

Ein Mann schüttelte den Kopf. „Nein, nix passiert! Wir haben schon den Abschleppdienst verständigt, danke!"

Wanner fuhr weiter. Trotz Winterreifen muss man bei solchem Wetter einfach die Geschwindigkeit anpassen, sinnierte er. Er näherte sich dem Bahnübergang bei Thanners. Von weitem schon sah er das Blinklicht der Schrankenanlage aufleuchten. Er bremste ab und ließ den Wagen darauf zu rollen. Plötzlich überholte ihn ein BMW und scherte knapp vor ihm ein. Dann mussten sie halten. Wanner überlegte kurz, dann stieg er aus und klopfte an die Seitenscheibe des Fahrzeugs vor ihm, die herunter gelassen wurde. Ein junger Mann streckte seinen Kopf heraus. „Was ist los?“

Wanner sagte in ruhigem Ton: „In jeder Fahrschule lernt man, dass das Überholen vor einem Bahnübergang verboten ist. Wenn Sie bei diesem Schneematsch nicht rechtzeitig zum Stehen kommen, kann das größte Unglück passieren!“

„Was geht das Sie an?“ Die Seitenscheibe bewegte sich wieder nach oben.

Wanner sah den Regionalexpress kommen und klopfte noch einmal. Gleichzeitig zeigte er seinen Polizeiausweis durch das Glas. Die Scheibe kam wieder herunter. Ein deutlich nervös gewordener Fahrer fragte kleinlaut: „Ja bitte?“

Wanner sagte ruhig: „Halten auch Sie sich an die Verkehrsregeln und gefährden Sie andere nicht!“ Er kehrte zu seinem Wagen zurück und startete den Motor. Die Halbschranke war hochgegangen und die Autokolonnen setzten sich in Bewegung.

Wanner grinste vor sich hin. Ein kurzer Schreck in der Mittagstunde schadete wohl niemand! Dieses kleine Erlebnis hatte irgendwie seine Laune gehoben. Das Gespräch mit Dr. Bösholt würde nicht so friedlich verlaufen, davon war er überzeugt. Die Steigung hinter Stein hatte ein Räumfahrzeug schon frei gemacht. Wanner bog Richtung Sonthofen ab und setzte seine Fahrt auf der vierspurigen Schnellstraße fort. In Sonthofen parkte er an der gleichen Stelle, wie beim letzten Mal.

Er klingelte, es war kurz nach 15 Uhr, und wartete am Gartentor. Die Sprechanlage blieb stumm, stattdessen ertönte der Summer und das Tor sprang auf. Wanner stieg durch den Vorgarten zum Haus hinauf, dessen Tür geschlossen war. Es dauerte einige Minuten, ehe sie von Dr. Bösholt geöffnet wurde. Aha, dachte Wanner, die psychologische Tour!

„Grüß Gott, Dr. Bösholt! Danke, dass Sie ein paar Minuten für mich Zeit haben.“

Der Arzt grüßte kurz und ging wieder in das bekannte Zimmer auf der Westseite des Hauses voraus. Er bot seinem Gast Platz an und setzte sich gegenüber auf die Couch. Seine stechenden Augen, die der Hauptkommissar noch in unangenehmer Erinnerung hatte, bohrten sich förmlich in Wanners Gesicht. „Was kann ich noch für Sie tun?“, fragte er dann. Seine Stimme klang fest.

„Ich möchte nochmals auf Josef Abele zurückkommen“, begann Wanner vorsichtig. „Ist Ihnen inzwischen vielleicht eingefallen, was ihm gefehlt haben könnte? Schließlich waren Sie sein Hausarzt und haben den Totenschein ausgestellt.“

Der Arzt setzte sich plötzlich ruckartig auf. „Was soll eigentlich die ganze Fragerei? Josef Abele war krank, ist gestorben und beerdigt. In welchem Zusammenhang stehen eigentlich Ihre Ermittlungen wirklich?“

Aha, der Fuchs kommt aus seinem Bau! „Ich ermittle in zwei Mordfällen. Eine der Spuren hat mich zu Kreszentia Abele geführt, und schließlich zu ihrem toten Mann. Dabei bin ich auf Ihren Namen gestoßen.“

„Was, Sie bringen mich mit einem Mordfall in Verbindung?“ Dr. Bösholt war erstaunt.

„Ich bringe Sie nicht in Verbindung damit. Die Spuren, die wir verfolgen, führten mich hierher. Und Sie können mir helfen, Licht in das Dunkel um Josef Abele zu bringen. Seine Frau sieht sehr krank aus und sie musste ...“ Halt, Paul, nicht weiter!

„Und sie musste was?“, fragte Dr. Bösholt. Seine Stimme hatte, fast unmerklich, einen Schimmer Nervosität angenommen.

„Ach, das spielt hier eigentlich keine Rolle“, wiegelte Wanner ab, „ich werde sie demnächst sehr intensiv befragen müssen. Ich glaube, sie weiß eine Menge!“ So, der Köder war ausgeworfen.

„Was wollen Sie also von mir?“ Der Arzt sah Wanner wieder mit diesem durchbohrenden Blick an.

„Sie brauchen mir bloß etwas über die Krankheit von Josef Abele erzählen und über seine wirkliche Todesursache."

Der Arzt fuhr auf. „Was soll das heißen? Wirkliche Todesursache? Wollen Sie mir etwa unterstellen ..."

„Halt, ich unterstelle Ihnen gar nichts! Ich wollte damit nur ausdrücken, dass ich als Laie mit der auf dem Totenschein gebrauchten Formulierung nichts anfangen kann. Geht es jetzt nicht ein bisschen deutlicher?" Wanner behielt seine ruhige Art bei.

„Abele, Abele ... immer nur Abele! Wie soll Ihnen ein Toter, der seit drei Jahren unter der Erde liegt, in Ihrem Mordfall helfen können?" Eine Spur Ärger mischte sich in Dr. Bösholts Stimme.

„Das überlassen Sie einfach mir! Ich ermittle und setze später die gewonnenen Erkenntnisse zu einer Lösung zusammen. Also, wie war das mit Josef Abeles Krankheit?"

Dr. Bösholt überlegte fieberhaft. Nur jetzt keine Blöße geben! Dieser cool dasitzende Polizist hatte es faustdick hinter den Ohren. Er musste eine andere Taktik probieren. Jeder Hund hört mit dem Bellen auf, wenn man ihm einen Brocken hinwirft.

„Also gut, ich will Ihnen helfen, so weit ich mich noch erinnern kann. Schließlich soll es nicht heißen, ich hätte die Arbeit der Polizei behindert!" Er stieß ein unangenehmes Lachen aus. „Josef Abele war schon ein schwer kranker Mann, bevor er das erste Mal zu mir in die Sprechstunde kam. Er hatte schlechte Blutwerte, ich vermutete Leukämie. Aber ich wollte ihm das nicht offen legen, sondern habe mich mit seiner Frau in Verbindung gesetzt und mit ihr vereinbart, Josef nichts davon zu sagen. In der folgenden Zeit habe ich ihn so behandelt, wie ich es für richtig hielt."

„Und, war es Leukämie? Das mussten Sie doch herausgefunden haben?"

Dr. Bösholt zögerte einen Augenblick. „Ja, es war Leukämie."

„Warum haben Sie ihn nicht in eine Spezialklinik verlegt, vielleicht hätte man ihm dort helfen können?“

Dr. Bösholt schüttelte den Kopf. „Es war das Endstadium und Frau Abele wollte auf keinen Fall, dass ihr Mann von zu Hause wegkam. Er sollte dort sterben.“

Wanner dachte: was er dann ja auch tat.

Jetzt ging er zu Überraschungsangriffen über. „Schiffe versenken“, nannte man das Spiel, mit dem er weiter zu kommen gedachte. In der Schule war das früher eine gelungene Abwechslung, wenn man Caesars „De bello gallico“ zum dritten Mal durchkaute.

„Waren Sie jemals im Schlafzimmer der Familie Abele? Ich meine natürlich als Hausarzt!“

„Natürlich, wenn ich Herrn Abele behandelt habe!“

„Sind Ihnen jemals drei Behälter aufgefallen, die dort gestanden haben?“

Ein minimales Aufblitzen in den Augen des Arztes zeigte dem erfahrenen Kriminalbeamten, dass er hier einen Treffer erzielt hatte. Er nannte ihn A 8. Nun kam A 7. Die Treffer mussten nebeneinander gesetzt werden. Gingen sie ins Wasser, probierte man sofort die andere Seite, schließlich war ein Schiff ziemlich lang.

„Nein, nicht dass ich wüsste.“

Jetzt kam A 7! „Haben nicht Sie selbst den Abeles diese Behälter zur Aufbewahrung übergeben?“ Au, au, au: das war vielleicht ein Schuss! Aus blauem Himmel war ihm der Gedanke gekommen.

Dr. Bösholt schien verwirrt zu sein. A 7 Volltreffer, registrierte Wanner.

„Wie kommen Sie denn auf diese absurde Idee? Wieso soll ich denn den Abeles etwas zum Aufbewahren gegeben haben?“ Seine Stimme schwankte, zum ersten Mal wandte er den Blick weg von Wanners Gesicht.

Oh, da war ja gleich A 6 mit dabei! Drei Treffer, ein kleineres Schiff müsste damit zum Versenken gebracht werden. Ein größeres hielt es noch mal zwei Treffer lang aus. Was nun: A 5 oder A 9? Er entschied sich für die kleinere Seite. „Frau Abele hat mir gegenüber mal eine derartige Bemerkung fallen lassen", sagte der Hauptkommissar und war schon wieder mit einem Torpedofächer unterwegs.

„Ach, Quatsch! Sie müssen die Frau missverstanden haben. Sie hört in letzter Zeit immer schlechter und verwechselt alles Mögliche! Ich habe niemals Stahlbehälter besessen oder zu einer Aufbewahrung gegeben."

Boing! Das waren A 5 und A 4 gleichzeitig. Jetzt Bösholt, verlierst du gleich dein größtes Schiff! Wanner hatte sofort den Fehler bemerkt, den sich der Arzt geleistet hatte. Im ganzen Gespräch war niemals von Stahlbehältern die Rede, nur von Behältern. Woher also wusste Bösholt, dass diese aus Stahl waren? Interessant! Aber Wanner wollte daraus kein Kapital schlagen, noch nicht! Jetzt kam erst das nächste Schiff seines Gegners dran. Das erste war sowieso schon am Sinken. Also Anfang bei B 5.

„Na gut. Nun hätte ich noch eine wichtige Frage an Sie", er machte eine winzige Kunstpause, und fuhr dann fort: „Kennen Sie Max Abele?"

Aus der neuerlichen Reaktion von Dr. Bösholt sah er, dass er wahrscheinlich B 5, B 4 und B 3 gleichzeitig getroffen hatte. Das Schiff bekam nach dieser ersten Salve bedenkliche Schlagseite. Dr. Bösholt hatte kurz den Atem angehalten und Blässe überzog sein Gesicht.

„Max Abele? Wer ist das? Der Bruder von Josef?" Er rang nach Fassung.

Das hättest du jetzt nicht sagen dürfen, dachte Wanner. Logischer wäre es gewesen, dass man einen Sohn vermutet hätte. Wenn man aber ablenken will, dann kommt man auf den Bruder.

„Nein, das ist der Sohn der Abeles. Er ist der zweite Tote. Man hat ihn am sechsten Dezember in Binswangen gefunden."

Könnte er sich schon B 2 gutschreiben? Dann wäre ja auch dieses Schiff schon am Sinken. Er hätte zur Schiffsartillerie gehen sollen, Wanner unterdrückte bei diesem Gedanken nur mühsam ein Grinsen.

Dr. Bösholt stand plötzlich auf. „Entschuldigung, dass ich ein schlechter Gastgeber bin! Ich hätte Ihnen ja schon lange etwas zum Trinken anbieten sollen. Was darf ich Ihnen denn bringen? Scotch, Bier, Wein ...?"

Na, na, nun überschlag dich mal nicht gleich! Du rettest keines deiner Schiffe mehr, die sind ja schon halb im Wasser verschwunden. Wanner fühlte sich wie Lord Nelson in der Seeschlacht von Trafalgar. Als ihm aber einfiel, dass Nelson damals in der für ihn siegreichen Schlacht sterben musste, suchte er schnell einen anderen Helden. Aber es fiel ihm keiner ein.

„Wenn Sie mir ein einfaches Mineralwasser bringen würden, wäre ich dankbar!"

Dr. Bösholt nickte und verschwand mit einer Entschuldigung zur Küche. Wanner stand schnell auf. Er wanderte durch den Raum und sah sich genau um. Mit einem kurzen Blick zur Tür, zog er die oberste Schublade des Sideboards auf. Nichts, lauter Kram, wie er schnell feststellte. Er zog die zweite Lade auf, nichts, dann die dritte, immer mit einem Auge an der Tür hängend ... und da lag das Bild von Josef Abele! Genau das aus der Wohnstube von Frau Abele! Blitzschnell schob er die Lade wieder zu und setzte sich. Keinen Augenblick zu früh, denn der Arzt betrat den Raum und brachte ein Glas Wasser und eine Flasche mit Cognac, die er vor sich hinstellte. Er holte einen Schwenker und schenkte sich ein.

„Ihnen kann ich ja nichts Gutes tun! Also zum Wohl, ich brauche meinen Cognac zur täglichen

Verdauung.“ Er kippte das Glas mit einem Schwung hinunter.

Wanner nippte an seinem Wasser. „Ja, wir waren bei meiner Frage stehen geblieben, ob Sie Max Abele gekannt haben?“

„Ich – äh – nein, nicht direkt, nur sein Vater hatte einmal erzählt, dass er einen Sohn habe, der in Holland arbeiten würde. Ich habe ihn aber nie selbst gesehen.“

„Sind Sie sicher? Es könnte ja sein, dass Sie sich nicht gleich erinnern können. Lassen Sie sich Zeit mit der Antwort.“

Der Arzt starrte ihn an. „Sicher es ist so!“

„Nun gut, ich nehme das zur Kenntnis. Ach – waren Sie übrigens in letzter Zeit einmal im Haus der Abeles?“ Wanner Frage kam wie nebenbei. B 2?

Dr. Bösholt fuhr auf. Es war dem Hauptkommissar gelungen, ihn aus der Reserve zu locken. Wütend rief er: „Was zum Teufel hätte ich in einem Haus tun sollen, das leer steht? Ich muss doch bitten! Das ist ja bereits ein Verhör, wie man es mit Verdächtigen führt!“

Na gut, halber Treffer. Aber woher wusste er, dass das Haus leer war? „Nein, es ist nur eine Befragung. Ich stelle Ihnen Routinefragen, wie anderen auch. Also waren Sie?“

Der Arzt hatte sich wieder in der Gewalt. „Nein, was hätte ich dort auch machen sollen?“

Wanner überhörte die Gegenfrage und nahm einen Schluck Wasser. „Haben Sie auch Frau Abele behandelt?“

„Behandelt kann man nicht direkt sagen. Ich habe ihr manchmal ein Kopfwehmittel oder etwas gegen Erkältungen verschrieben, wenn ich schon bei ihrem Mann war und sie mich darum bat.“

„Aber Sie müssen doch bemerkt haben, dass Frau Abele richtig krank war? Da konnte man ihr mit Kopfwehtabletten oder heißer Zitrone bestimmt nicht helfen!“

„Sind Sie etwa nebenbei auch Arzt?", fragte Dr. Bösholt höhnisch, ohne auf die Frage einzugehen.

„Nein, natürlich nicht. Aber ich habe Augen im Kopf!"

„Warum überlassen Sie die Diagnose nicht den Fachleuten? Schließlich sage ich Ihnen auch nicht, wie Sie Ihren Job zu machen haben."

Ah – ein Leck wieder abgedichtet. Trotzdem behielt das Schiff seine Schlagseite. Wanner wiederholte seine Frage nicht. Er hatte genug gehört.

„O.K., ich möchte Sie nicht länger aufhalten. Wenn sich weitere Fragen ergeben sollten, werde ich mich noch einmal an Sie wenden." Er stand auf. „Ach – haben Sie eigentlich noch irgendwelche Unterlagen im Hause, die Abeles betreffend?"

„Meinen Sie Krankenblätter oder Ähnliches?"

Wanner nickte.

„Ich habe Unterlagen bestimmter Patienten, als ich aufhörte, mit nach Hause genommen, wo ich sie fünf Jahre lang aufbewahren werde."

„Gehören zu den bestimmten Patienten zufällig auch Josef und Kreszentia Abele?"

Dr. Bösholts Augen begannen gefährlich zu glitzern. Verdammter Hund! Du gehst mir auf den Wecker! Laut aber sagte er: „Ich könnte im Keller nachsehen, wo die Kartons mit den Unterlagen stehen. Wenn Sie noch mal Platz nehmen und eine Weile warten wollen, es dauert ein paar Minuten!" Ohne ein weiteres Wort verließ er den Raum, ließ aber die Türe angelweit offen stehen.

Wanner eilte ihm lautlos nach und spähte hinaus. Dr. Bösholt war hinter einer Tür verschwunden, die wohl in den Keller führte. Danach durchsuchte der Hauptkommissar blitzschnell alle Schubladen, die er im Zimmer fand. Dabei achtete er darauf, keinerlei Spuren zu hinterlassen. Er zog auch noch einmal die dritte Schublade des Sideboards auf. Ja, da lag das in der Wohnstube von Kreszentia Abele fehlende Bild, daran war kein Zweifel mehr.

Er besah sich das Bild und stutzte. Es war nicht, wie er zuerst vermutet hatte, in einem Atelier aufgenommen worden, sondern im Freien, wobei offensichtlich der Hintergrund bearbeitet worden war. Trotzdem konnte man dort drei Männer erkennen, die in einer Dreiergruppe zusammenstanden und zum Fotografen schauten. Ohne Lupe konnte sie Wanner aber nicht erkennen. Schon wollte er das Bild zurücklegen, als er darunter ein weiteres liegen sah. Es war eine Schwarz-Weiß-Aufnahme, in deren Mittelpunkt ein Klaus zu sehen war, der in einer drohenden Gebärde die Hände ausgestreckt hatte. Auffallend war sein Kopfteil: es hatte ein Hirschgeweih aufmontiert.

Plötzlich hörte Wanner den Hausherrn zurückkommen. Schnell schob er die Lade zu und ließ sich in seinen Sessel fallen. Dr. Bösholt stand in der Tür und hielt ein paar Akten in der Hand. Aus seiner Miene war nicht zu entnehmen, ob er von Wanners Tätigkeit etwas mitgekriegt hatte.

Er kam herein und hielt Wanner die Unterlagen hin. „Hier habe ich noch die Krankenblätter von Josef Abele und auch eines von seiner Frau. Ich darf sie Ihnen aus Datenschutzgründen nicht mitgeben, aber Sie können sie hier bei mir einsehen." Dann drehte er sich um, und schenkte sich einen Cognac ein.

Wanner überflog schnell die einzelnen Seiten. Er konnte sich auf sein gutes Gedächtnis verlassen, deswegen genügte ihm fürs Erste diese Durchsicht. Man würde sonst mit einem Durchsuchungsbeschluss wieder kommen, dachte er. Aber er fand nichts, was von Interesse gewesen wäre. Es waren die üblichen ärztlichen Eintragungen bei Haus- oder Praxisbesuchen. Schon wollte er sie zurückgeben, als er stutzte. Die Seiten waren nummeriert. Ein Blatt fehlte.

„Können Sie mir sagen, wo das Blatt mit den Seiten sieben und acht geblieben ist?"

Ohne hinzuschauen erwiderte Bösholt: „Das konnte ich leider nicht mehr finden!"

Aha! Aber dagegen war im Moment nichts zu sagen.

Der Hauptkommissar gab die Unterlagen zurück und verabschiedete sich. Als er durch den Vorgarten hinabstieg, glaubte er in den Augen der Schlange den stechenden Blick Dr. Bösholts zu erkennen. Wie kann man sich bloß so eine Figur in den Garten stellen, dachte er, und schloss aufatmend das Tor hinter sich.

Im Wagen machte er sich noch einige Gedächtnisnotizen über das eben geführte Gespräch, bei dem er nur kurze Stichworte mitgeschrieben hatte. Alles in allem war die Seeschlacht erfolgreich gewesen, Admiral Wanner, sagte er sich, Sie haben an zwei Schiffen Ihres Gegners Volltreffer gelandet, deren Wirkung abzuwarten bleibt. Aber aller Voraussicht nach, wird Ihr Kontrahent diese Schiffe, und damit auch die Schlacht, verlieren! Paul Wanner grinste vor sich hin. Insgesamt war er sehr zufrieden. Der Besuch hatte weit mehr gebracht, als zu erwarten war. Dass der Kerl aber so unverschämt lügen konnte, war doch eine neue Erkenntnis.

Was Paul Wanner im Zimmer Bösholts nicht sehen konnte, war die Minikamera im Auge der Schlange. Sie war im Gemälde mit dem aufbäumenden Pferd fast unsichtbar versteckt und konnte den ganzen Raum überwachen. Während Wanner ahnungslos in seinem Wagen saß und schrieb, wurden Schritte eingeleitet, die sein Leben unmittelbar bedrohen sollten.

26

In diesen Tagen bekam Per-Axel Glandorp in Lübeck einen geheimnisvollen Anruf. Der Mann wollte seinen Namen nicht nennen. Er bot Glandorp ein Geschäft größeren Umfangs an, wollte aber weder Art noch Umfang näher definieren. Glandorp war ein vorsichtiger Mensch. Schon öfters hatte man versucht, ihn auf ähnliche Art hereinzulegen, bisher war das allerdings noch niemand gelungen. Er zeigte sich deshalb auch völlig desinteressiert und legte auf.

Ein paar Minuten später rief der Unbekannte noch einmal an. „Bitte legen Sie nicht gleich wieder auf. Das Geschäft, das ich Ihnen vorschlagen möchte, liegt in Ihrem eigenen Interesse und ist auch von Ihnen veranlasst worden. Nur haben sich gewisse Umstände ereignet, die den Verlauf geändert haben."

Glandorp überlegte kurz, dann antwortete er: „Hören Sie, guter Mann, Sie verwechseln mich mit jemand anderem. Ich habe keinerlei Geschäfte veranlasst, die anonyme Anrufe dieser Art rechtfertigen würden. Bitte unterlassen Sie ..."

„Halt, nicht auflegen!", wurde er unterbrochen, „ich weiß, es ist ungünstig am Telefon Geschäfte machen zu wollen. Ich bin aber gerne bereit, mich mit Ihnen zu treffen! Das ist kein Problem, ich bin gerade in Lübeck und wohne in einem Hotel in der Nähe des Burgtores."

„Hören Sie, was soll das alles! Ich bin nicht bereit, mich mit einem Unbekannten zu treffen, der es nicht einmal für nötig hält, seinen Namen zu nennen. Ich bin für derartige Scherze nicht aufgelegt! Auf ..."

Wieder wurde er unterbrochen. „Halt, ich verrate Ihnen etwas, aus dem Sie ersehen können, worum es sich handelt: Hanse 04. Erkennen Sie das?"

Per-Axel Glandorp hatte schon den Hörer vom Ohr nehmen wollen, als er gerade noch das Losungswort hörte. Er stutzte. Natürlich wusste er, was hier gemeint war. Aber er hielt seine Neugier und die seit Tagen immer größer werdende Ungeduld zurück, und antwortete so gleichgültig wie möglich: „Also, wie schon erwähnt, ich habe keinerlei Geschäfte initiiert. Ich habe auch heute Abend keine Zeit, denn ich werde um 19 Uhr in der Schiffergesellschaft zu Abend essen. Tut mir leid, Ihnen nicht helfen zu können. Auf Wiederhören." Der Köder war ausgelegt.

Als er um die angegebene Zeit in der Schiffergesellschaft ankam, war das Restaurant fast voll. Man hatte ihm zwei Plätze im vorderen Teil des Lokals reserviert. Ein Ober führte ihn hin und gab ihm die Speisenkarte. „Möchte der Herr etwas zu trinken?" wurde er gefragt. Er bestellte sich einen Chardonnay, der hervorragend zu den Meeresfrüchten passte, die er zu bestellen gedachte. Aber zuerst wollte er noch eine halbe Stunde warten. Mehr nicht. Falls der Unbekannte nicht kam, hatte er sich getäuscht. Er zog ein Magazin aus der ledernen Aktentasche und versuchte darin zu lesen. Aber er war nervös. Wie kam es, dass dieser Unbekannte das Losungswort kannte? Er hatte es damals mit Sörensen und Becker ausgemacht. Der Mann konnte es nur von diesen beiden bekommen haben. Entweder waren sie leichtsinnig gewesen, oder etwas war schief gelaufen. Der Mann am Telefon hatte von einem Geschäft gesprochen, das er, Glandorp, veranlasst habe. Im Zusammenhang mit dem Losungswort bekam die Aussage eine besondere Bedeutung. Und zwar keine gute! Wieso meldeten sich Sörensen und Becker seit Tagen nicht mehr? So viel er von ihnen zuletzt gehört hatte, war das Unternehmen geglückt, wenn auch nicht in der erhofften Art. Seither herrschte Funkstille. Und jetzt kam ein Unbekannter und sprach von Umständen, die sich geändert hätten. Seltsam. Glandorp war beunruhigt. Das alles klang nicht positiv.

In diese Gedanken hinein erscholl eine Stimme neben ihm: „Herr Glandorp? Guten Abend! Wir haben heute miteinander telefoniert. Ich hoffte Sie hier zu treffen ..."

Glandorp hatte das Magazin zur Seite gelegt und wies auf den zweiten Platz. „Guten Abend! Bitte nehmen Sie Platz. Ich wollte mir gerade etwas zum Essen bestellen, möchten Sie mithalten?"

Der Ankömmling mochte etwa Mitte Vierzig sein, war gut gekleidet und machte einen ordentlichen Eindruck. Als er die Speisenkarte in die Hand genommen hatte und nach dem Menü sah, bemerkte Glandorp, dass seine Hände rau und rissig waren und die Fingernägel nicht zum übrigen Erscheinungsbild passten. Ein Mensch, der mit seinen Händen arbeitet, dachte Glandorp und wartete, bis der andere die Karte auf die Seite legte.

„Haben Sie etwas gefunden?", fragte er.

„Ich werde mir das zweite Menü bestellen. Hier ist der Fisch wohl frisch?" Er lächelte.

„Davon können Sie überzeugt sein! Jede Art von Essen ist hier von bester Qualität, also wohl auch dieser Fisch." Glandorp nippte an seinem Glas. Sie redeten noch eine Weile belangloses Zeug und warteten auf das Essen.

Es war schließlich Glandorp, der es nicht länger aushielt. „Wollen Sie mir nicht Ihren Namen verraten?"

Sein Gegenüber lächelte. „Ich bitte um Entschuldigung, wenn ich dies bisher nicht tat. Bitte haben Sie Verständnis dafür. Wir kennen uns nicht und ich wusste auch nur Ihren Namen ..."

„Woher?", fiel Glandorp schnell ein.

„Sagen wir, von gemeinsamen Bekannten. Mein Namen ist bei unserem Geschäft auch ohne Bedeutung. Nennen Sie mich heute Abend einfach ... Hans."

Sie bekamen die Suppe serviert und löffelten sie ohne ein weiteres Wort in sich hinein. Hans schob schließlich seinen Teller auf die Seite und begann: „Ich gehe davon aus, dass wir hier frei sprechen können?“

Glandorp wies auf das mittlerweile bis auf den letzten Platz gefüllte Restaurant, dessen Geräuschpegel erheblich zugenommen hatte und antwortete: „Hier hört uns keiner zu!“

„Also gut. Ich habe zwei Nachrichten für Sie, wie gewöhnlich sind es eine gute und eine schlechte. Welche möchten Sie zuerst hören?“

„Lassen Sie doch das Kinderspiel. Sagen sie mir einfach, was los ist.“ Glandorp wischte sich den Mund mit der Serviette ab.

Hans war plötzlich ernst geworden. Jedes Lächeln war aus seinem Gesicht verschwunden, als er in seine Aktentasche griff und eine Zeitung hervorzog. Er schlug die dritte Seite auf und sagte: „Hier in dieser Meldung ist von zwei Männern die Rede, die bei einem Verkehrsunfall auf der A 7 bei Kassel ums Leben gekommen sind. Ihr Wagen war letzter in einem plötzlichen Stau. Ein nachkommender LKW übersah das Stauende und fuhr ungebremst auf den Wagen der beiden auf. Der fing sofort Feuer, die beiden waren nicht mehr zu retten, sie verbrannten. Ich hoffe, dass sie schon beim Aufprall getötet worden sind“ setzte er leise hinzu.

Glandorp war bleich geworden. Er ahnte was kommen würde und las den Bericht. Es war, wie Hans berichtet hatte. Nur, dass in der Zeitung ungewöhnlicherweise auch die Namen der beiden genannt wurden: Erik Sörensen und Torsten Becker. Glandorp saß mit starrem Blick da. Das Foto von dem Unfall verschwamm vor seinen Augen, seine Hand zitterte so, dass er die Zeitung losließ. Er wusste nicht, was er sagen sollte.

Hans schwieg und beobachtete ihn. Er hatte zwar mit einer Reaktion gerechnet, war aber überrascht, dass sie so stark ausfiel. Demnach verband die drei mehr, als nur ein geschäftlicher Auftrag.

Per-Axel Glandorp hob seinen Kopf und sah Hans an. „Wann ist das passiert?“, fragte er heiser.

Hans deutete auf die Zeitung und sagte: „Die Ausgabe ist vier Tage alt, es müsste also fünf Tage her sein.“

„Woher ... woher haben Sie die Zeitung?“

„Reiner Zufall! Ein Bekannter schickte sie mir, weil er mich auf einen Artikel auf Seite vier aufmerksam machen wollte, in dem es um die Konstruktion neuer Motoren ging. Da fand ich dann auch diese Meldung.“

Glandorp schwieg erschüttert. Becker und Sörensen tot! Und das, weil sie einen Auftrag von ihm ausgeführt hatten. Allerdings – der Autounfall ging nicht auf sein Konto, den hätten sie zu jeder Zeit und an jedem anderen Ort ebenso erleiden können. Ein schwerer Schlag, menschlich gesehen und natürlich auch geschäftlich. Er hatte mit den beiden gerne zusammengearbeitet, sie waren zuverlässig, verschwiegen und hatten nichts von den Gangstermanieren an sich, wie sie sonst in diesen Geschäften üblich waren. Schade um sie!

Zu einer Geldübergabe war es bisher noch nicht gekommen. Nur die vereinbarte Anzahlung lag auf einem Schweizer Nummernkonto. Aber wer von den beiden hatte Zugriff auf das Konto gehabt? Nicht, dass Glandorp das Geld zurück haben wollte. Es sollte vielmehr den Familien der beiden zugute kommen. Aber wie kam man dran? Über die Restsumme war man sich zwar einig gewesen, aber jetzt, wo die Angelegenheit nicht ganz zu seiner Zufriedenheit ausgefallen war, hätte er noch einmal mit ihnen verhandeln wollen. Das war nun hinfällig. Er konnte eine Menge Kohle sparen und die Restsumme einfach unter den Tisch fallen lassen, aber dies widerstrebte ihm. Glandorp musste erst mal nachdenken.

Er schreckte aus seinen Gedanken hoch und entschuldigte sich bei seinem Gegenüber, der die Gäste im Restaurant beobachtete.

„Mit dieser Nachricht hätte ich allerdings nicht gerechnet!“, sagte er und sah Hans bekümmert an.

Der zuckte die Schultern. „Tut mir leid, wenn es Sie so getroffen hat. Ich habe nur wenig mit den beiden zusammen gearbeitet, dabei erfuhr ich – etwas auf Umwegen – auch von dem Passwort. Bei dem Unternehmen konnte ich Unterlagen sicherstellen, die den beiden bei ihrer hastigen Flucht entgangen waren. Es handelt sich vermutlich um jene Papiere, wegen derer die beiden in Sonthofen waren. Ich habe sie hier in einem Safe eingeschlossen und möchte sie Ihnen zum Kauf anbieten. Und das ist nun die gute Nachricht“ schloss er und lächelte.

In diesem Augenblick brachte der Ober ihr Essen. Glandorp wollte noch etwas erwidern, doch dann schwieg er. Es war vielleicht besser, Zeit zum Nachdenken zu haben. So verlief ihre Mahlzeit schweigsam.

Hans wollte keinen Druck ausüben. Er wusste, dass er mehr gewinnen konnte, wenn er dem anderen die Möglichkeit zum Überlegen bot. Das war kein Geschäft zwischen Fisch und Marzipantörtchen, hier ging es um mehr.

Der Fisch schmeckte übrigens hervorragend. Hans nickte anerkennend, als ihn Glandorp danach fragte. Als sie das Besteck zur Seite gelegt hatten, wandte sich Glandorp an seinen Gesprächspartner. „Wir wollen mal annehmen, dass alles so ist, wie Sie es geschildert haben. Den Unfall von Sörensen und Becker bedaure ich zutiefst, ich kannte beide seit längerer Zeit. Ich werde mich um ihre Familien kümmern, so weit ich das kann. Was Ihr Angebot angeht, so werden Sie verstehen, dass ich da skeptisch sein muss. Ohne das Material geprüft zu haben, kann ich verständlicherweise keinen Cent versprechen. Natürlich würde es mich ... interessieren, was Sie mir für ein Angebot machen wollen."

Wortlos holte Hans einen Stoß Papiere aus seiner Tasche und reichte ihn Glandorp.

„Bitte, hier ist das Material! Allerdings nur in Kopien und nur die Hälfte davon, wie Sie sicher verstehen werden. Ich kenne mich in dieser Sparte aus. Es ist mir daher aufgefallen, dass das Interesse gewisser ... Kreise daran sehr groß sein müsste. Das habe ich auch den Umständen entnommen, dass man *zwei* Leute auf ihre Beschaffung angesetzt hat. Eine brisante Sache also! Aber sie schraubt natürlich auch den Preis in die Höhe!" Er leerte sein Glas und winkte dem Ober. „Bringen Sie mir, bitte, ein Mineralwasser!"

Glandorp hatte die Papiere genommen und schnell durchgeblättert. Dann begann er einzelne Seiten zu lesen. Nach einer Weile sah er auf. „Entschuldigen Sie, dass ich mich erst hineinversetzen muss. Ich bin kein Experte, verstehe aber einiges vom Inhalt. Um zu einem abschließenden Urteil zu kommen, müsste ich die Papiere einigen Leuten zeigen, die sich besser auskennen."

Hans lächelte verbindlich. „Es muss zunächst das genügen, was Sie gelesen haben. Sie werden bestimmt entscheiden können, ob diese Papiere für Sie einen Wert haben oder nicht."

Ohne ein Wort langte er über den Tisch und nahm den Stoß wieder an sich. Das ging so schnell, dass Glandorp nicht reagieren konnte. Ein Blatt hielt er noch in der Hand.

„Das können Sie behalten und es Ihren ... Leuten zeigen. Aber mehr möchte ich zum gegenwärtigen Zeitpunkt nicht aus der Hand geben."

Glandorp war verblüfft. Plötzlich fragte er: „Wie viel möchten Sie dafür haben?"

Diese Frage hätte Hans so schnell nicht erwartet. Aber er war darauf vorbereitet und antwortete ohne Zögern: „Eine Million Euro!"

Sein Gegenüber hielt nur kurz den Atem an, dann meinte er: „Eine Menge Kohle!"

Hans nickte. „Für eine Menge Informationen, die andere nun nicht mehr haben!"

Glandorp strich sich über das Haar. „Nun, da muss ich tatsächlich mit meinen Geschäftspartnern sprechen. Über eine solche Summe kann ich nicht allein entscheiden."

„Und wie lange dauert das?"

„Geben Sie mir drei Tage, dann wissen wir es."

Hans überlegte. Je länger dieses Geschäft hinausgezögert wurde, umso größer war die Gefahr, dass es schief ging.

„Ich gebe Ihnen zwei Tage, also bis übermorgen, sagen wir 18.30 Uhr, wieder hier beim Abendessen. Kommen Sie allein und denken Sie daran, dass auch die Gegenseite lebhaftes Interesse am Inhalt dieser Papiere haben wird, wenn sie davon erfährt. Keine Tricks und keinen doppelten Boden! Wir machen ein Geschäft, bei dem jede Seite profitiert. Danach sehen wir uns nicht wieder."

Glandorp steckte das verbliebene Blatt sorgfältig in seine Tasche. „Gut, einverstanden. Übermorgen um 18.30 Uhr, ich reserviere gleich jetzt wieder diesen Tisch, wenn Ihnen das recht ist!"

Hans nickte und sie trennten sich ohne Worte.

Zwei Tage später wurde das Geschäft abgewickelt. Hans erhielt eine Anweisung der „Global Oil of Germany" über eine Millionen Euro auf eine Bank in Zürich, Glandorp die Originalunterlagen.

27

Der Volldampf, den Wanner angeordnet hatte, zeigte erste Wirkungen. Es war Alex Riedle gelungen herauszufinden, dass Max Abele 2001 nach Sonthofen gekommen war und sich dort polizeilich gemeldet hatte. Als vorheriger Aufenthaltsort war Edam, Holland angegeben. Des Weiteren fand Riedle einen Eintrag im Strafregister. Max Abele war gegen einen gewissen Dr. Karl Bösholt handgreiflich vorgegangen und hatte ihm eine leichte Verletzung zugefügt. Sein Kontrahent hatte daraufhin Anzeige erstattet. Max Abele war zu einer Geldstrafe von 500 Euro verurteilt worden, gegen die er keinen Widerspruch einlegte.

Riedle eilte mit diesen Erkenntnissen zu Wanner und legte sie ihm schriftlich auf den Tisch.

„Damit kommen wir bestimmt weiter“, sagte er dabei und strahlte.

Wanner las die Unterlagen und pfiff durch die Zähne. „Interessant, interessant! Der gute Herr Dr. Bösholt hatte also Max Abele doch gekannt und zwar, wie es scheint, in einer schmerzhaften Weise. Wir müssen jetzt wissen, worum es bei dieser Auseinandersetzung damals ging. Ich glaube, das bringt uns ein Stück vom Fleck.“ Riedle bekam den Auftrag, das herauszufinden und verließ gut gelaunt Wanners Büro.

Wanner selbst rief Anton Haug an und teilte ihm die Neuigkeit mit. Dann fragte er ihn, wie weit er mit der Suche nach Papst und Lechner gekommen sei.

„Noch immer nicht weiter“, antwortete Haug griesgrämig. „Es ist als ob es die beiden überhaupt nicht gegeben hätte. Ich habe mittlerweile eine ganze Reihe von Metallbauwerkstätten angerufen und überall nachgefragt, ob jemand eventuell diese Sonthofener Werkstatt und ihre Mitarbeiter kennt, aber immer Fehlanzeige. Jetzt warte ich auf Antwort vom Grundbuchamt, wer als Eigentümer des Grundstücks eingetragen ist, auf dem die Gebäude stehen. Vielleicht kommen wir damit weiter."

Sie besprachen noch den nächsten Schritt, dann legte Wanner wieder auf. Als Nächstes bat er Eva in sein Büro. Der Hauptkommissar erzählte ihr von dem Erfolg Riedles und fragte sie nach dem Fortschritt ihrer Recherchen.

„Nun ja, ich habe mich schwerpunktmäßig auf den ersten Mordfall konzentriert, weil ich den Eindruck hatte, dass du im zweiten ganz gut vorankommst. Vor allem hast du dort einen Kenntnisvorsprung", setzte sie etwas ironisch dazu.

Ihr Chef ging darauf nicht ein. Aber er nickte und meinte: „Nachdem wir davon ausgehen, dass beide Fälle zusammenhängen, ist es gut, wenn wir von beiden Seiten her angreifen. Ich habe da eine Bresche in das Bollwerk Bösholt geschlagen. Wenn ich dort noch ein paar Treffer anbringen könnte, wäre ein Durchbruch zu schaffen. Ich werde ihn in den nächsten Tagen nochmals wegen Max Abele befragen. Jetzt brauche ich nicht länger den Unwissenden zu spielen, nachdem wir doch Einiges über ihn erfahren haben. Zuerst wollte ich noch warten, bis die Pflaume reif geworden und uns in den Schoß gefallen ist, aber jetzt müssen wir der Ernte etwas nachhelfen."

Eva Lang sah ihn aufmerksam an. „Und du glaubst, dass dieser Dr. Bösholt etwas mit den Mordfällen zu tun haben könnte?"

Wanner zuckte die Schultern. „Warum lügt er sonst, wie gedruckt? Auf jeden Fall hat er etwas zu verbergen, was mit Josef Abele zu tun hat. Genau so gut könnte er auch in die Mordfälle verwickelt sein."

Eva verabschiedete sich. Als sie in ihrem Büro einen Blick auf den großen Wandkalender warf, sah sie mit Schrecken, dass es bis Weihnachten nur noch knapp acht Tage waren. Du meine Güte, dachte sie, jetzt wird es Zeit an die Geschenke zu denken! Bei dieser Gelegenheit fiel ihr Uli Hansen ein, der noch immer im Krankenhaus lag. Was konnte sie ihm schenken? Das Schlimmste an Weihnachten und Geburtstagen war immer die Frage nach den Geschenken! Wen konnte sie fragen? Alle Verwandten Ulis wohnten in Niedersachsen, sie musste sich also selbst etwas einfallen lassen. Sie verschob die Entscheidung auf später. Dann rief sie Uli an und fragte nach seinem Befinden. Erfreut, ihre Stimme zu hören, verwickelte er sie in ein längeres Gespräch, in dem er die neuesten Erkenntnisse über die Mordfälle aus ihr herauskitzelte.

Paul Wanner war ans Fenster getreten und sah in die winterliche Stadt hinaus. Einzelne Flocken tanzten an seinen Augen vorbei. Viel Schnee würde es zu Weihnachten nicht geben, wie der Wetterbericht vorhergesagt hatte. Na ja, er konnte sich irren, eine Vorhersage über mehrere Tage war immer noch schwierig. Morgen sollten Lisa und Ramona nach Ägypten fliegen. Das Reisebüro hatte kurzfristig eine Änderung des Flugplanes mitgeteilt. Paul wollte die beiden nach München zum Flughafen bringen. Es hatte sich aber herausgestellt, dass noch mehr Reisende aus der Gegend den gleichen Flug gebucht hatten. Das Reisebüro bot daher an, sich an einer Flughafenfahrt mit einem VW-Bus zu beteiligen. So ganz glücklich war Paul nicht mehr über die Entscheidung der beiden, die Reise zu machen. Aber jetzt war es zu spät. Die Fahrt zum Flughafen war schon für sechs Uhr am nächsten Tag angesetzt, die beiden Frauen wurden sogar an der Haustür abgeholt.

Paul hatte Lisa ein Armband und einen Ring der Marke Nomination gekauft, alles schön verpacken lassen und sie gebeten, das Päckchen gut im Koffer unterzubringen und erst am Heiligen Abend zu öffnen. Dann hatte er ihr noch ein längliches Paket in die Hand gedrückt und gesagt: „Erschrick nicht! Das brauchst du am Rückweg nicht mehr mitzubringen!" Alle neugierigen Fragen von Lisa hatte er lachend abgewehrt. „Du wirst schon sehen ...", damit war der Fall erledigt.

Seine Frau würde sich bestimmt über das fertig geschmückte Mini-Christbäumchen freuen. Es sollte sie im fernen Ägypten an Weihnachten erinnern. Für Ramona erstand er in der Buchhandlung Dannheimer „Die wichtigsten Hunderassen in Deutschland." Er wusste, dass sie sich einen Hund anschaffen wollte, der ihre Einsamkeit überbrücken sollte. Mit dem Buch konnte sie sich ja schon mal schlau machen, welcher Vierbeiner in Frage käme. Und später würde sicher wieder ein Zweibeiner aufkreuzen. Dazu brauchte sie dann aber kein Buch mehr.

Wanner wandte sich seinem Flip-Chart zu. Die neu angelegte Seite hatte schon wieder ziemlich viele Namen, Linien und Pfeile erhalten. Zu blöd, dass das Fragezeichen im Mordfall Thomas Klein nicht wegzubringen war. Wer war der Mann, nach dem sie nun schon etliche Tage fahndeten? Irgendjemand musste ihn doch kennen, das Phantombild war gut gelungen, die Zeugen hatten es für sehr ähnlich erklärt. In den Zeitungen war es zweimal erschienen. Jetzt hieß es wieder warten, warten. Und wo waren die beiden Mitarbeiter der Werkstatt hin verschwunden? Weitere Tote hatte man nicht gefunden, also lebten sie wahrscheinlich noch.

Was aber, wenn die beiden Hals über Kopf irgendwohin verschwunden wären, ins Rheinland oder nach Norddeutschland, wo sie unter falschen Namen untergetaucht waren? Oder unter ihrem richtigen Namen, und der hier verwendete war falsch. Der Kuckuck soll sie holen!

Wanner hoffte noch immer, zuerst den zweiten

Mord lösen zu können, um danach eine Brücke zum ersten herzustellen. Er wollte den Fall von hinten aufrollen, warum nicht? War mal was anderes. Hauptsache, man kam vorwärts!

Der Hauptkommissar sperrte sein Büro ab und machte sich auf den Heimweg. Heute kam er nicht mehr weiter.

Lisa hatte den Tisch liebevoll gedeckt. Aus der Küche roch er verführerisch. Aha, meine Henkersmahlzeit, dachte Paul und begrüßte seine Frau, die mit einer umgebundenen Schürze eben einen Braten aus dem Rohr zog. Er öffnete einen Rosé, holte die passenden Gläser, und zündete die Kerze an, die Lisa in die Mitte des Tisches gestellt hatte.

Nach dem Abendessen, es gab Brätstrudelsuppe, Probstrieder Schweinsbraten und zum Nachtisch Nonnenfürzle, plauderten sie noch eine Weile.

„Am meisten tut es mir leid, dass ich am Heiligen Abend nicht bei dir bin", sagte Lisa und es war ihr anzumerken, dass es ihr ernst damit war. „Aber vielleicht kommen ja die Kinder aus Augsburg. Sie haben es noch nicht genau gewusst, als ich mit ihnen gesprochen habe."

„Ah, das wäre schön! Seit dem Studium sieht man sie ja kaum mehr zu Hause! Wann wissen sie es?"

Lisa antwortete geheimnisvoll: „Sie wollten es noch rechtzeitig mitteilen!"

„Aha", sagte Wanner und trank einen Schluck, „rechtzeitig heißt – am 24. Dezember um 17 Uhr?"

„Abwarten und Teetrinken", war alles, was er aus Lisa zu diesem Thema noch herausbekam.

Am nächsten Morgen bereitete Paul das Frühstück für seine Frau, die im Bad, wie gewöhnlich bei ähnlichen Gelegenheiten, länger brauchte. Die Koffer standen schon bei der Tür. Ihr Gewicht lag wohl über dem Limit, wie Paul beim Hinabtragen feststellte. Aber das war ein Thema, das er nicht mehr ansprechen wollte.

Kurz nach sechs fuhr der VW-Bus vor. Wanner trug die Koffer hinaus und verlud sie. Dann drückte er Lisa an sich und sagte mit leicht rauer Stimme: „Ich wünsch dir eine gute Reise und viel Glück! Komm vor allem gesund wieder! Grüße Ramona noch mal von mir, und auch ihr alles Gute!"

Lisa wischte sich über die Augen und küsste ihren Mann. „Sei schön brav und arbeite nicht zu viel! Ich werde dir von jeder Station eine Ansichtskarte schreiben ..."

Der Fahrer klopfte an die Scheibe.

„Also dann: tschüss!" Sie kletterte hastig in den Wagen und winkte beim Wegfahren. Dann verschwand der Kleinbus im Dunkel der Nacht. Paul Wanner schloss das Gartentor und kehrte ins Haus zurück. Dort räumte er den Frühstückstisch ab und setzte sich mit der Zeitung in seinen Sessel. Bei einer solchen Gelegenheit hat man doch tatsächlich Zeit, schon vor dem Mittagessen das Neueste zu erfahren, dachte er, und blätterte zerstreut weiter.

Kurz nach halb sieben fuhr er in sein Büro. In dem leeren Haus hatte er es nicht mehr ausgehalten, hier dagegen konnte er in Ruhe seinen Fällen nachsinnen. Um diese Zeit störten weder Telefon noch Mitarbeiter noch Vorgesetzte, also ideal zum Denken.

Das Telefon klingelte.

Wanner wollte es, nach einem gedanklichen Fluch, geflissentlich überhören, als ihm einfiel, es könnte Lisa sein.

„Wanner!"

Es war Anton Haug. „Morgn Paul, ich hab Licht in deinem Büro gesehen. Heute Nacht hab ich so schlecht geschlafen, dass ich lieber im Büro arbeite, als mich von einer Seite auf die andere zu wälzen. Hier hat man seine Ruhe um diese Zeit und kann ungestört arbeiten ..."

„Ja, genau!", antwortete Wanner, hätte aber lieber das Gegenteil gesagt. „Gibt's was Neues?"

„Ich hab genügend Netze ausgelegt, in denen sich

Infos verfangen könnten. Aber es dauert halt ..."

„O.K., ruf mich wieder an, wenn du was gefischt hast!" Wanner legte auf. Ein Gespräch für die Katz! Seine Gedanken schweiften ab. Lisa müsste jetzt schon in der Nähe von Landsberg sein. Er riss sich zusammen. So wie es aussah, waren sie in einer entscheidenden Phase bei ihren Recherchen angekommen. Die bisherigen Bausteine ergaben zumindest in Umrissen ein Bild über die Hintergründe dieser Morde.

Paul Wanner hatte eine Idee. Er rief kurz vor acht Uhr Kripochef Wintergerst an und bat ihn um eine Unterredung zusammen mit dem Staatsanwalt. Nach einer Weile bekam er telefonisch einen Termin für neun Uhr dreißig. Zur angegebenen Zeit traf er im Büro des Kripochefs ein, kurz nach ihm klopfte der Staatsanwalt an die Tür. Im Verlauf des Gesprächs bat Wanner um die Zuziehung eines Experten, der über moderne Motoren, hauptsächlich auf dem Gebiet des Hybridantriebes, Bescheid wusste und sie informieren konnte.

Um zehn Uhr dreißig kehrte Wanner mit einer Zusage in sein Büro zurück. Er fühlte sich einfach überfordert, in einem Metier zu ermitteln, über das er keinerlei Kenntnisse besaß. Kurz vor zwölf teilte ihm Wintergerst in diesem Zusammenhang mit, dass ein gewisser Oberingenieur Martin Bubnak aus München kommen würde und zwar am folgenden Tag gegen 10 Uhr. Wanner bedankte sich, rief sein Team an und bat es, daran teilzunehmen.

Oberingenieur Bubnak erwies sich als versierter Kenner der neuesten Motorentechnik. Er hielt einen Vortrag über „Moderne Antriebe in PKW, LKW und Omnibussen", wobei er den zweiten Teil mit LKW und Bussen auf Bitten Wanners sehr kurz hielt. Aus dem Vortrag entnahm Wanner, dass in den USA der Hybridantrieb schon weit im Bewusstsein der Bevölkerung verbreitet war und auf der Autoshow in Detroit neben den Hybridpionieren aus Japan auch

General Motors, Ford und DaimlerChrysler Fahrzeuge mit umweltfreundlichen Antrieben aus Elektro- und Verbrennungsmotoren zeigten. Längst sei Hybrid dort zu einem Trend geworden, dem sich viele Pop-Künstler und Hollywood-Größen angeschlossen hatten. Sogar Geländewagen mit Hybridantrieb gebe es aus Japan. 2008 sollten in den USA 1,8 Millionen hybridangetriebener Autos auf den Straßen rollen. Bubnak erklärte danach das Prinzip dieses neuartigen Antriebes, bei dem ein Verbrennungs- und ein Elektromotor miteinander gekoppelt werden, wobei sich im Stadtverkehr der Verbrennungsmotor abschaltet und der saubere Elektromotor für den Antrieb sorgt. Dadurch konnte auch der Treibstoffverbrauch verringert werden. Beim Beschleunigen auf Straßen und Autobahnen ergänzten sich dann beide Antriebe wieder bis zu sportlichen Werten. Die deutsche Automobilindustrie habe viel zu lange gezögert, um in diesen Trend einzusteigen, und genau wie bei den Geländewagen, bestünde auch hier die Gefahr, von den asiatischen Konkurrenten abgehängt zu werden. Mercedes-Benz setzte nach seinen Erkenntnissen lieber auf den Diesel oder die kommende Brennstoffzellen-Technik. Gerade die aber schien in weite Ferne gerückt zu sein. Der deutsche „König Kunde" signalisierte deutlich, dass er bereit sei, mehr Geld für eine umweltfreundliche Antriebsart bei Autos auszugeben.

Zum Schluss stellte Wanner noch eine Reihe von Fragen. Als Bubnak nach dem Vortrag nach München zurückgefahren war, meinte Wanner zu seinen Kollegen: „Jetzt ist mir vor allem klar geworden, dass eine Reihe von Unternehmen kein Interesse an der Entwicklung eines Motors haben können, der mit anderen Treibstoffen als Benzin oder Diesel läuft. Auf der anderen Seite ist der Fortschritt in Richtung Hybrid-Antrieb nicht aufzuhalten, was nur gut für unsere Umwelt ist. Womöglich hat man in

Sonthofen sogar an einer ganz neuen Antriebsart gebastelt, sodass nicht nur die Erdöl verarbeitende Industrie, sondern auch die Hybrid-Industrie als Gegner anzusehen wären. Ein interessanter Aspekt! Vor allem, wenn man bedenkt, dass es schon Tote deswegen gegeben hat. Wir müssen so schnell wie möglich den Fall zum Abschluss bringen. Dabei aber höllisch aufpassen, dass wir nicht zwischen die Räder dieser Unternehmen geraten. Ab sofort wird daher angeordnet, dass jeder, der das Haus verlässt, und sei es nur zum Semmelholen" – ein schneller Blick streifte Eva Lang – „seine Dienstwaffe mitzunehmen hat! Jede Art von Recherchen im Außendienst dürfen zukünftig nur noch zu zweit durchgeführt werden, wobei die gegenseitige Absicherung zu beachten ist. Wir wollen das Risiko minimieren, soweit es geht. Alles klar?"

Nach einigen Fragen verabschiedeten sich die Kollegen und kehrten in ihre Büros zurück.

Nachdenklich ging Wanner durch den Flur. Da hatte sich ja eine Schlange plötzlich in eine Hydra entwickelt! Welchen ihrer Köpfe sollte man zuerst abschlagen? Er war überzeugt, dass auch die Polizei in das Visier der Gangster geraten würde, früher oder später musste sie ihnen lästig werden.

Er wurde in seinen Gedanken unterbrochen. Eine wohl bekannte Stimme erscholl vor ihm:

„Gudden Dag, Wanner! Du mussen aufpassen, Flur ist feucht! Keine Fleck mehr da. Meine Eimer stehen ...n e i n!!!!" Aber es war zu spät. Wanner war abgelenkt und sah Camile Cirat an, während er seine Schritte beschleunigte. Den Putzkübel mitten im Flur übersah er. Er rannte dagegen und im nächsten Augenblick ergoss sich dessen Inhalt über die ganze Breite des Ganges, schwappte unter der Bürotür zu Eva Lang hinein und erreichte auch Camile Cirat, die plötzlich als Insel in der Brandung stand. Bürste und Wischtuch wurden aus dem Kübel herausgeschleudert und landeten auf dem Boden. Camile Cirat funkelte den Hauptkommissar wütend an und zischte: „Immer nix aufpassen! Schau mal an, ganze Gang nass!"

Sie wartete, bis sich das Wasser um ihre Füße verlaufen hatte, dann hob sie kopfschüttelnd ihren Eimer auf, knallte ihn auf den Fußboden, dass man es noch im Stockwerk darüber hören konnte und warf Bürste und Tuch hinein. „Du, Wanner, machen mir meiste Arbeit! Ich brauche bald mehr Lohn!"

Bis zu diesem Augenblick hatte Wanner nicht ins Geschehen eingreifen können. Es war alles sehr schnell gegangen, und wenn Camile Cirat einmal am Schimpfen war, galt es eine Verschnaufpause abzuwarten.

„Tut mir leid", sagte er daher, als die Raumpflegerin Luft holen musste, „aber Sie hätten ja auch nicht unbedingt Ihren Putzeimer mitten in den Gang stellen müssen!" Er sah an sich hinab. Die Hose hatte mehrere Spritzer abbekommen, seine Schuhe zeigten nasse Flecken, sonst war nichts wirklich Unangenehmes passiert.

Der Krach hatte ein paar Kollegen aus ihren Büros gelockt, in die sie lachend und gute Ratschläge erteilend, wieder zurückkehrten.

Der Hauptkommissar wandte sich an Camile Cirat, die sich wieder etwas beruhigt hatte.

„Kann ich noch was helfen?", fragte er.

„Nix helfen! Camile putzen wieder trocken. Dafür geht es in deine Büro dann schneller, ich mussen Arbeitszeit einhalten."

Wanner lachte. „Also gut, dann ziehen Sie eben ein paar Minuten in meinem Büro ab."

„Nix paar Minute, zehn Minute!"

„Oh", Wanner wollte schon sagen, dass sie ja gar nicht so lange in seinem Büro wäre, dann überlegte er es sich aber und sagte: „Ist gut, ich werde auf meine Uhr schauen." Und grinsend ging er weiter, jetzt hatte sie sich einmal selbst gefangen.

Aber sie rief ihn noch einmal zurück. „Kannst du mir helfe mit Dischkette? Is neu, geht aber nischt!" Sie hielt ihm eine Diskette unter die Nase. Camile Cirat deutete darauf und fuhr fort:

„Meine Mann hat sie schon vertikutiert ..."

Wanner sah sie entsetzt an: „Was hat er gemacht?"

Die Türkin sah ihn kleinlaut an. „Heißt nicht vertikutiert?"

Paul Wanner konnte sich nicht zurückhalten und lachte schallend. „Nein, das heißt formatiert. Den Rasen vertikutiert man, damit er mehr Luft bekommt. Ich werde mal nachschauen, was da fehlen könnte. Sie können die Diskette nachher wieder mitnehmen."

Er wollte schon weiter gehen, als ihn Camile Cirat wieder aufhielt. „Du nix lesen meine Dischkette, ich Datenschutz ..."

„Aber wenn sie nicht geht, dann steht ja auch nix drauf", meinte Wanner ungeduldig.

„Vielleicht schon geht, nur ich nix wissen ..."

„Also was soll ich jetzt damit machen, nachschauen oder nicht?"

„Du nachschauen."

Dann machte sie sich grinsend an die Arbeit und trocknete den Gang wieder auf.

Als Wanner in sein Büro gekommen war, begann er in Erinnerung an die vertikutierte Diskette nochmals zu lachen. Er stellte sich das bildlich vor und konnte sich gar nicht beruhigen. Es tat gut, wieder mal lachen zu können, seine Nerven waren reichlich angespannt.

Der Kalender zeigte nur noch wenige Tage bis Weihnachten. Würden sie es vorher schaffen?

28

Am 18. Dezember, einem Samstag, hatte Wanner sein Team nochmals zusammengerufen. Haug kam etwas später, aber er strahlte. Er schwenkte ein Fax.

„Jetzt haben wir Antwort über den Grundbucheintrag von Haus und Werkstatt. Das Fax kam gestern Abend noch herein, der Beamte hat sich wirklich Mühe gegeben." Er setzte sich und las auf einen Wink von Wanner vor:„ ... können wir Ihnen mitteilen, dass der Grundbesitz Flur Nummer 5566 b und c der Gemarkung Sonthofen, Gebäude, Hofraum und Weganteil auf den Namen Hubert Jäger, wohnhaft in Oberstdorf, Ludwigstraße 47 A, eingetragen ist. Die Abteilung II ist mit einem Geh-und Fahrtrecht für die Anlieger des östlich an ihre Grundstücke anstoßenden Weges belastet, in der Abteilung III sind weder Hypotheken noch Grundschulden eingetragen. Für weitere Auskünfte ... und so weiter. Es war anscheinend nicht so einfach gewesen, die tatsächlichen Eigentumsverhältnisse ausfindig zu machen, da der Eintrag mit einem Vermerk versehen ist, laut dem man am Gericht in München nachfragen musste. Also jetzt wissen wir das wenigstens!"

Wanner hatte aufmerksam zugehört. „O.K., dann fahr mal umgehend nach Oberstdorf in die Ludwigstraße 47 A und nimm dir den Jäger vor. Frag ihn alles, was uns interessieren könnte, vor allem, ob er von den Tätigkeiten in der Werkstatt etwas gewusst ... und ob er etwa selbst dort mitgearbeitet hat."

Haug nickte und erhob sich. Er wollte schon aus dem Büro eilen, als ihn Wanners Ruf zurückhielt. „Halt – hast du nicht was vergessen?"

Haug schüttelte den Kopf. „Ich wüsste nicht was!"

„Jeder Außendienst ist ab sofort nur noch zu zweit durchzuführen ...", dozierte Wanner und sah dabei zu Alex Riedle hinüber. Der erhob sich auch gleich und rief: „Ich hol nur noch meine Waffe ...“, und weg war er.

Anton bekam einen roten Kopf und murmelte etwas von einem Routinefall, ging dann aber ebenfalls in sein Büro, um seine Dienstwaffe zu holen. Dann fuhr er mit Riedle nach Oberstdorf.

Paul Wanner lächelte Eva Lang an. „So, und was machen wir zwei Hübschen?“

Eva räusperte sich und antwortete: „Wir zwei könnten jetzt erstens den Uli anrufen und zweitens noch mal alles durchdenken, und nach einer Lücke in unseren Schlussfolgerungen suchen.“

Wanner lachte. „Na gut, dann machen wir dieses!“

Uli ging es schon ganz gut. Am Montag sollte er vom Krankenhaus in eine Reha-Klinik nach Neu-Trauchburg kommen. Er freute sich, ihre Stimmen zu hören und rief in gespielter Verzweiflung: „Das Schrecklichste, was einem passieren kann, ist der Aufenthalt in einem Krankenhaus über ein Wochenende! Da passiert einfach gar nix! Du wartest vom Frühstück auf das Mittagessen und vom Mittagessen auf das Abendessen und vom Abendessen auf ...“

„Auf wen?“, unterbrach ihn Wanner lachend.

„... auf die Nachtschwester, damit sie einem Schlaftabletten gibt, weil man sonst vor lauter Langeweile nicht einschlafen kann.“

Sie verabschiedeten sich in bester Stimmung und Uli Hansen versprach, ihnen seine neue Telefonnummer zu geben, sobald er sie hatte.

„Ein prima Bursche, der Uli“, sagte Wanner und sah Eva an. Die nickte, und wieder stieg eine leichte Röte in ihre Wangen. Man wird diese Entwicklung vorsichtig-gezielt weiter beobachten, dachte ihr Chef und wandte sich dem Flip-Chart zu.

Nach einer Weile unterbrach er ihr Gespräch und holte zwei Becher Kaffee aus dem Sozialraum. Dann suchte er seinen Zucker, den er schließlich in einer Schublade neben Radiergummi, Bleistiftspitzer und Büroklammern fand.

Er wandte sich an Eva. „Ich will noch mal mit dem Adelgoß reden, das Bild mit dem Klausengewand geht mir nicht aus dem Kopf. Bevor wir den Bösholt kopfscheu machen und er womöglich das Bild verschwinden lässt, kann mir der Vereinsvorsitzende eventuell weiterhelfen. Er hat mir ja gesagt, dass er die Listen mit den jährlich registrierten Klausen aufhebt, vielleicht kann er sich doch noch erinnern, wer dieses Häs getragen hat."

„Willst du am Montag zu ihm fahren?", fragte Eva harmlos.

„Nein – morgen, das heißt, wenn der Adelgoß Zeit hat. Jetzt ist jeder Tag wichtig."

„Also *du* willst dann morgen dorthin fahren?" sagte sie betont, sodass Wanner sie aufmerksam ansah. Dann fiel der Groschen. „Du bist ja raffiniert", rief er dann. „Laut meinen eigenen Anweisungen muss ich ja noch jemand mitnehmen! Hast du was vor?"

Eva grinste. „Nein, gar nix, ich muss schließlich meinen Chef sichern, während er recherchiert."

Wanner suchte die Nummer von Michael Adelgoß heraus und wählte.

„Ja, hallo, grüß Sie Gott, Herr Adelgoß! Wanner, Kripo Kempten ... ja, genau. Ich wollte noch einmal mit Ihnen sprechen. Sie hätten nicht zufällig morgen irgendwann eine Stunde Zeit? ... Ja, ich weiß, dass Sonntag ist. Ich meine ja auch nur ... nein, würde nichts ausmachen ... zwischen zwei und halb drei? Passt mir prima, vielen Dank und bis morgen!" Er legte auf.

„Also, dann fahren wir zwei morgen nach Sonthofen und versuchen etwas über das Klausengewand mit Hirschgeweih ausfindig zu machen."

Eva nickte und ging in ihr Büro zurück.

Gegen halb elf rief Anton Haug aus Oberstdorf an und teilte mit, dass Hubert Jäger nicht zu Hause sei. Von einem seiner Nachbarn habe er erfahren, dass schon seit Tagen kein Licht mehr in der Wohnung zu sehen, und auch das Auto von Hubert Jäger nicht mehr vor dem Haus geparkt war. Was er tun solle?

Wanner überlegte kurz.

„Dann fahr zur Polizeiinspektion ..."

„Da hab ich schon den Alex hingeschickt. Der soll sich nach Hubert Jäger erkundigen!"

„Haben wir nicht ausgemacht, dass Ihr beide zusammenbleiben sollt?", fragte Wanner ärgerlich.

„Ach, was soll jetzt bei dieser harmlosen Suche schon viel passieren! Wir müssen schauen, dass wir keine Zeit verlieren."

„Das war eine dienstliche Anordnung! Ich möchte gerne, dass sie befolgt wird, also mach dich auf die Socken und fahr dem Alex nach ..."

„Geht nicht, der hat ja den Wagen."

„Herrgott noch mal, dann lauf ihm nach, ... nein, bleib wo du bist und rede noch mal mit dem Nachbarn. Aber so bald der Alex wieder zurück ist, arbeitet ihr zusammen, verstanden?"

„Ja, ist gut", knurrte Haug und legte auf. Immer diese Vorschriften!

Am Nachmittag kamen Haug und Riedle in die Direktion zurück. Sie suchten ihren Chef, den sie nach einigem Suchen im Sozialraum fanden, wo er, ganz ungewohnt, an Ort und Stelle seinen Kaffee trank. Haug ließ sich ebenfalls einen Becher Kaffee heraus und nahm neben Wanner Platz, Riedle holte sich Tee.

„Also, was habt ihr rausgefunden?", fragte der Hauptkommissar und schlürfte seinen Kaffee, bei dem offensichtlich die Temperatur zu hoch lag.

„Der Nachbar konnte mir über Hubert Jäger nicht viel sagen. Der lebe sehr zurückgezogen in diesem Vierfamilienhaus, wäre oft abwesend und mache einen unangenehmen Eindruck, was immer man darunter verstehen mag."

„Hast du ihn nicht danach gefragt?"

„Schon. Aber er wusste das auch nicht näher zu definieren."

„Und du Alex? Was hat die Polizei in Oberstdorf gesagt?“, wandte sich Wanner an diesen.

„Also aufgefallen ist der ihnen nicht, sie konnten mir auch nicht sagen, ob und wo er arbeitet. Ein Bürger also, der keinen Ärger macht. Am Montag werde ich bei der Marktgemeinde anrufen und nach seiner Anmeldung fragen.“

„Gut, mach das! Sonst noch was?“ Der Hauptkommissar schien ein wenig enttäuscht zu sein.

Anton Haug hob den Kopf. „Ich glaube, wir sollten diesen Jäger genauer unter die Lupe nehmen. Nur so ein Gefühl!“, setzte er auf Wanners fragenden Blick hinzu.

„Frag doch den Titscher, vielleicht kennt er zufällig den Jäger, könnte ja sein.“

„Ja, gut. Reicht es am Montag auch noch?“ Haug wollte aufstehen.

„Das kannst du doch gleich erledigen, der Titscher ist sicher in der Nebelhornbahn zu finden! Was man hat, das hat man.“

Sie verließen die Kantine und verteilten sich auf ihre Büros.

Kurze Zeit später teilte Haug mit, dass Titscher Hubert Jäger nicht kannte.

Am Sonntag Nachmittag fuhren Wanner und Eva Lang nach Sonthofen und suchten Michael Adelgoß in seiner Wohnung auf. Der führte sie in das Wanner schon bekannte Zimmer und bat sie, Platz zu nehmen.

„Darf ich Ihnen Kaffee anbieten? Er ist schon fertig. Ich dachte, so kurz nach dem Mittagessen tut er einem gut.“ Adelgoß holte, ohne eine Antwort abzuwarten, drei Tassen samt Unterteller und legte Löffel dazu. Die Kanne dampfte, als sie Adelgoß hereinbrachte. Er schenkte ein, holte Milch und Zucker und setzte sich zu den beiden. „So, was wollen Sie von mir wissen?“

„Zuerst einmal besten Dank, dass wir Sie am

Sonntag stören dürfen! ...", begann Wanner, doch Adelgoß winkte ab. „Ich hab Ihnen ja schon am Telefon gesagt, dass es um diese Zeit passt. Später kommen dann meine Frau und ein paar Verwandte von einem Spaziergang zurück, da wird die Stube voll."

„Gut, dann fang ich gleich mal an. Sie haben doch diese Listen, auf denen die registrierten Klausen eingetragen sind?"

Adelgoß nickte.

„Ich habe bisher auf allen Bildern, und auch beim diesjährigen Klausentreiben, nur Klausen gesehen, die am Kopfteil Hörner oder Ähnliches trugen. Aber mir ist ein Klaus aufgefallen, der ein Hirschgeweih hatte. Frau Lang war ja schon deswegen bei Ihnen. Kennen Sie den wirklich nicht?"

Adelgoß dachte nach. „Ich habe mir seit dem schon den Kopf zerbrochen, wer das sein könnte. Aber warten Sie mal."

Er holte die letzte Liste und prüfte Namen. Dabei murmelte er vor sich hin. Zum Schluss schüttelte er den Kopf und sagte: „Merkwürdig, ich erinnerte mich zwar nach dem Besuch Ihrer Kollegin, dass ich den Klaus gesehen hatte, aber ich kenne ihn nicht. Normalerweise sind mir die allermeisten der Beteiligten durch ihre Kopfteile bekannt, die immer anders aussehen. Ehrensache, dass sie nicht gleich sind", setzte er hinzu und sah Wanner an.

„Hm, könnte es also sein, dass dieser Klaus gar nicht zu Ihrem Verein in Sonthofen gehörte?"

„Nein, ausschließen kann ich's nicht, am Häs war ja kein Registrierzettel. Aber es ist unüblich, dass man sich als Klaus in eine fremde Veranstaltung mischt."

„Ich bin sicher, dass ein Rumpelklaus mit diesem Hirschgeweih am 5. Dezember vor mir stand, meine Frau und das befreundete Ehepaar Althaus können das bezeugen. Genauso sicher bin ich auch, dass das in der Ostrach aufgefundene Gewand mit dem

Kopfteil, den beiden Fuchsschwänzen und dem abgebrochenen Hirschgeweih eben diesem Klaus gehörte. Und nun habe ich ein älteres Foto gesehen, auf dem ein Hirschgeweih am Kopfteil zu sehen ist. Ich müsste mich sehr irren, wenn es da keinen Zusammenhang gäbe. Frage also: wie kommt ein offensichtlich älteres Gewand zum diesjährigen Klausentreiben und in derselben Nacht in die Ostrach, wo wir es ja an einem Strauch hängend gefunden haben? Und, was mich am meisten interessiert: in der Nähe davon fanden wir einen Toten, dessen Namen wir inzwischen kennen, wie kam er dahin?" Wanner schwieg nachdenklich.

Adelgoß schenkte Kaffee nach, wobei aber Eva schützend die Hand über ihre Tasse hielt.

„Mir bitte keinen mehr!"

Adelgoß stellte die Kanne auf den Tisch zurück. „Ich habe in der Zeitung gelesen, dass der Tote Max Abele hieß. Haben Sie schon einen Anhaltspunkt, wer der Täter ist?"

„Nein, aber wir sind dran", wich Wanner aus.

Eva Lang mischte sich ein. „Haben Sie noch ältere Listen, die man einmal durchsehen könnte? Einfach so, um festzustellen, ob neue Namen erscheinen, ein Name vielleicht nur einmal zu finden ist, oder Ähnliches."

Michael Adelgoß nickte, verließ das Zimmer und kehrte nach einer Weile mit einem Stoß Listen zurück.

„Hier sind die letzten zehn Jahre", sagte er und legte alles vor Wanner auf den Tisch.

„Na ja, vielleicht sehen Sie selbst mal durch, ich kenne ja keine Namen auf den Listen", meinte der und schob den Stoß zu Adelgoß zurück.

Eva setzte sich neben den Hausherrn und las mit.

Wanner trat aus alter Gewohnheit ans Fenster und sah hinaus. Hier in Binswangen lag deutlich mehr Schnee, als in Kempten. Die Dächer trugen bereits weiße Hauben. Eine braun getigerte Katze schlich durch den Schnee und schüttelte bei jedem Schritt unwillig das kalte, nasse Zeug aus den Pfoten. Mit wenig Begeisterung verschwand sie beim Nachbarn ums Hauseck. Beim Futterhäuschen stritten sich zwei Amseln mit einer Drossel um ein paar Apfelscheiben, die eine mitleidige Seele dorthin gelegt hatte.

Ein Ausruf ließ Wanner aufhorchen. „Du Paul, komm mal! Da ist was Interessantes!", rief Eva aufgeregt.

Er ging zu den beiden und sah in eine aufgeschlagene Liste. Sie war von 1994 und hatte eine Randbemerkung. „Kopfteil mit Hirschgeweih. Haben versucht ihm das auszureden. Zu hoch und gefährlich." Wanner pfiff durch die Zähne. Er riss fast die Liste an sich und studierte die Bemerkung. Sie stand neben einem Hans-Karl Buhl, Sonthofen.

„Kennen Sie den Buhl?", fragte Wanner hastig Adelgoß.

„Nein, das war vor meiner Zeit. Aber der läuft jetzt nicht mehr mit uns."

„Wo finde ich den?"

Adelgoß suchte im Telefonbuch. Dann sagte er: „Wohnt in der Altstädter Straße 38. Wollen Sie seine Telefonnummer?"

Eva schrieb sie auf.

Wanner holte sein Handy heraus und wählte die Nummer an.

„Buhl!"

In den nächsten Minuten versuchte der Hauptkommissar dem aus seiner Sonntagsruhe gerissenen Hans-Karl Buhl den Zweck seines Anrufes zu erklären. Vor allem legte er Wert auf einen umgehenden Besuch, was Buhl nicht sofort zu verstehen schien.

„Aber heut isch doch Sonntag! Arbeitet do die Polizei au?"

„Ja", antwortete Wanner kurz und ergänzte: „Wir wollen Sie auch nicht lange stören, aber es wäre wichtig, wenn ich mit meiner Kollegin gleich kommen könnte."

Nach einigem Nachdenken war Buhl einverstanden.

Sie bedankten sich bei Michael Adelgoß und fuhren in die Altstädter Straße, wo sie die gesuchte Hausnummer gleich fanden.

Auf ihr Läuten öffnete ein Mann, etwa Ende zwanzig. Er schien sich eben erst vom Sofa erhoben zu haben. Sein Blick glitt misstrauisch über die beiden Besucher. Evas Anblick schien ihn zu beruhigen. Er erinnerte sich an nichts, was diesen Besuch gerechtfertigt hätte, die letzte Anzeige wegen Lärmens im Hausgang lag schon vier Wochen zurück.

„Ja, was wollet Sie?", fragte er vorsichtig.

Wanner zeigte seinen Dienstausweis und stellte seine Kollegin vor. „Wir ermitteln in einem Mordfall und hätten da ein paar Fragen an Sie."

Buhl erbleichte. „Mordfall? Wieso ... was wollet Sie do vo mir ... was für a Mordfall? I hab niemand umbracht."

„Dürfen wir hineinkommen? Das Treppenhaus hat vielleicht Ohren!"

Hans-Karl Buhl ließ die beiden Polizisten zögernd in seine Junggesellenwohnung, die nicht gerade vorbildlich aufgeräumt war.

Er schob seinen schwarzen Kater von einem Stuhl und nahm ein Hemd von einem zweiten, dann bat er die Besucher Platz zu nehmen. Kaum saß Wanner, als der beleidigte Kater auf seinen Schoß sprang und sich dort breit machte.

Buhl stupste ihn hinunter und trug ihn dann zur Haustür hinaus. Dort machte der Kater einen Buckel, gähnte und wollte, als er die Temperatur wahrgenommen hatte, schnurstracks wieder hinein. Doch sein Zweibeiner-Herrchen, bei dem er sonst alles durfte, hatte die Türe schon wieder geschlossen. Griesgrämig ließ sich der schwarze Mäusefänger auf dem Schuhabstreifer nieder und schielte auf die Vögel am Futterhaus.

Paul Wanner erzählte Buhl in kurzen Zügen den Grund ihres Kommens. Als dieser merkte, dass das Interesse der Polizei nicht ihm, sondern einer Auskunft über frühere Klausenjahre galt, atmete er auf und wurde sogar so etwas wie freundlich.

„Ja, frühnr, da bin i bei de Klausn mitgrennt. Des waret no Zeitn! Aber jetzt scho lang nimmer."

„Wann haben Sie damit aufgehört?"

„So sechs- siebnundneunzig, warum?"

„Können Sie sich erinnern, dass Sie einmal in einem Klausenhäs mit Hirschgeweih aufgetreten sind?"

Zu Wanners Überraschung sagte Buhl nur: „Ja."

„Und wo ist dieses Gewand abgeblieben?"

„Ja mei, wo is des bliebn?" Buhl kratzte sich am Kopf und dachte nach. „Des hab i zerscht no bei mir im Keller liegn ghabt, nachher hab i 's amol beira Sammlung für Sportvereine abgebn."

Wanner sah, dass Eva Notizen machte und wandte sich weiter an Buhl, der jetzt wieder einen selbstsicheren Eindruck machte. So lange die Polizei am Sonntag nichts anders vorhatte, als nach einem alten Klausenhäs zu fragen, konnte ihm nix passieren.

„Wann war das?", kam die nächste Frage.

„Des muss so vier, fünf Jahr her sei, aber gwieß weiß i des nimmer."

„Sie sind also sicher, dass dieses Gewand mit dem Hirschgeweih ein Sportverein bekommen hat?", und als Buhl nickte, „und welcher, wissen Sie nicht zufällig auch noch?"

„Ja mei, wöler war jetzt des?" Wieder dachte er nach. Und wieder hatte er Erfolg.

„So viel i no weiß, hat des der Golf-Club vo dr Sonnenalp kriegt, wenigschtens hat mir des einer später verzählt." Buhl schien auf seine Gedächtnisleistung stolz zu sein.

„Gut, dann bedanken wir uns bei Ihnen und wünschen noch einen schönen Sonntagnachmittag." Buhl brachte sie zur Tür. Kaum hatte er die geöffnet, als sich ein schwarzer Blitz an den Beinen der Polizisten vorbeidrängte und mit einem Satz aus bemerkenswerter Entfernung auf den Stuhl zurückschoss, wo er sich wieder in einen schwarzen Kater verwandelte, der mit hochmütigem Gesichtsausdruck die Pfoten von dem ekelhaften nasskalten Zeug vor der Haustür abzulecken begann.

Wieder im Auto sagte Wanner: „Jetzt müssen wir erst mal feststellen, wer uns im Golf-Club Auskunft geben kann, aber das wird wohl am Sonntag kaum möglich sein."

„Warum nicht? Die Golfsaison ist zwar zu Ende, aber den Namen eines Vorsitzenden, Zeugmeisters, oder wie das bei denen heißt, wird man wohl im Nobelhotel wissen."

„Na schön, probieren wir's. Mehr als eine Metzgerfahrt kann's auch nicht werden."

Wanner lenkte den Wagen auf die B 19 zurück, die er an der Abzweigung zur Sonnenalp wieder verließ. Er parkte vor dem riesigen Hotelkomplex und suchte mit Eva die Rezeption. Dort brachte er sein Anliegen vor, doch niemand konnte ihm weiter helfen. Erst als er den Chef persönlich zu sprechen wünschte, kam etwas Bewegung in die Angelegenheit. Der Besitzer der Sonnenalp unterbrach die Kaffeestunde im Kreise seiner Gäste und fragte zuvorkommend, worum es gehe. „Klausengewand mit Hirschgeweih? Im Golf-Club? Davon müsste ich etwas wissen. Warten Sie mal, ich rufe meinen Hausmeister an, der kümmert sich auch um das Gebäude des Golf-Clubs." Während der Herr über die Sonnenalpe enteilte, sahen sich Wanner und Eva Lang in der geschmackvoll eingerichteten Halle um. Gehört hatten sie von diesem Luxushotel schon viel, aber drin waren beide noch nie gewesen.

„Dafür dürfte unser Gehalt etwas zu klein sein", meinte Wanner. Bevor Eva antworten konnte, kam der Besitzer zurück und reichte Wanner einen Zettel mit einer Telefonnummer.

„Ich habe mit Herrn Karg gesprochen, er kann Ihnen weiterhelfen. Kann ich noch etwas für Sie tun ... dann bitte ich mich zu entschuldigen!" Er enteilte wieder.

Wanner rief umgehend die Nummer an und verabredete sich mit Karg im Golf-Club. Der war zwar nicht begeistert, seine Sonntagsruhe unterbrechen zu müssen, sagte aber sein Kommen zu. Zehn Minuten später kam er zum Clubhaus und ließ die beiden hinein. Es war reichlich kühl im Raum, obwohl die Heizung wegen der Frostgefahr nicht auf Null stand. Wanner erzählte auch ihm die Geschichte von dem Klausengewand und dem Hirschgeweih. Ohne mit der Wimper zu zucken, antwortete Karg: „Ja, das Häs kenn ich. Mit dem Hirschgeweih am Kopf musste man immer aufpassen, dass man nichts herunterriss. Wir haben das in unserem Haus als Gästeschreck verwendet. Schließlich ist es in der Gerätekammer gelandet, weil es niemand mehr sehen konnte. Dort liegt es noch immer und gammelt vor sich hin."

„Wäre es sehr umständlich, wenn Sie uns die Gerätekammer zeigen würden?", fragte Wanner und stieß Eva an.

„Nein, kommen Sie nur mit. Die liegt gleich am Ende des Ganges." Karg öffnete die Tür mit einem Sicherheitsschlüssel und machte das Licht an. Dann schloss er einen breiten Schrank auf, wandte sich um und sagte: „Hier drin hängt es!"

Wanner und Eva sahen hinein. „Wo hängt es?"

Karg drehte sich um und sah in den Schrank. Da hingen weder Klausengewand noch Kopfteil mit Hirschgeweih. Er sah die beiden Polizisten verblüfft an. Dann durchsuchte er den Schrank, in dem allerlei Unnützes aufbewahrt wurde, doch ein Klausengewand war nicht dabei.

„Ja, zum Kuckuck, wer hat das weggenommen,

ohne mich zu fragen?“ Karg war ein Fragezeichen in Person.

„Wer hat alles Zutritt zu diesem Raum?“

„Ich, der Chef, und der Gerätewart ...“

„Wer ist das?“, unterbrach ihn Wanner.

„Da wechselt man unter den Mitgliedern ab. Mal der, mal jener.“

„Wer ist zur Zeit Gerätewart?“, fragte der Hauptkommissar, dessen Spannung gestiegen war.

„So viel ich weiß, ein Herr Dr. Bösholt ...“, er hielt erschrocken inne, als Wanner einen Ruf ausstieß.

„Der Arzt von Sonthofen?“, fragte er hastig.

Karg zuckte die Schultern. „So genau kenne ich die Leute auch nicht! Aber ich glaube, ja, der ist Arzt in Sonthofen gewesen.“

Wanner bedankte sich und die beiden gingen schnell zum Auto zurück. Unterwegs sagte der Hauptkommissar: „Sollen wir den Bösholt gleich packen, oder mit einem richterlichen Durchsuchungsbeschluss wiederkommen, und zwar gleich morgen?“

„Heute braucht er uns nicht einzulassen, wenn er nicht will. Er könnte Fragen auch im Flur beantworten und wir könnten nicht einmal was machen. Also schauen wir, dass wir gleich in der Früh den Richter erwischen, und dann nichts wie hin“, antwortete Eva Lang und setzte sich auf den Beifahrersitz. Wanner knurrte Zustimmung und sie fuhren nach Kempten zurück.

Als sie in der Umfahrung von Waltenhofen waren, fluchte Wanner plötzlich vor sich hin.

„Ruf doch den Karg noch mal an, und sag ihm, er soll mit niemandem über unseren Besuch reden, vor allem nicht mit Bösholt!“

Eva erreichte Karg über ihr Handy und richtete Wanners Wunsch aus.

Bei der Weiterfahrt fragte Wanner seine Kollegin nach ihrer Meinung zum Ergebnis dieses Tages. Die überlegte kurz, dann sagte sie: „Mir ist klar geworden, dass das Klausengewand von der Ostrach das gleiche ist, das im Golfhaus verschwunden ist, das der Klaus am 5. Dezember bei eurem Besuch des Klausentreibens angehabt hat und das sicher auf dem Bild von Bösholt zu sehen war. Ergo ..." Sie stockte.

„Ergo?"

„Ergo hat der Bösholt was mit dem Mord an Max Abele zu tun, wenn er nicht sogar ..."

„... der Mörder ist", ergänzte Wanner und hielt an der Ampel neben der Gärtnerei Kutter an.

„Ja, so sieht es für mich im Augenblick auch aus. Wer sonst hätte von dem Klausengewand im Schrank gewusst und es dort unbemerkt herausgeholt? Es gibt ja nur drei Schlüssel zum Geräteraum."

„Richtig", nickte Wanner und bog links in den Heussring ab. „Wir brauchen aber umgehend noch Beweise, hoffentlich finden wir die morgen!"

„Hast du was von Lisa gehört?", fragte Eva an der Polizeidirektion.

„Gestern Abend hat sie mich angerufen. Sie sind gut angekommen und haben schon eine Stadtrundfahrt in Kairo gemacht. Morgen geht's zu den Pyramiden nach Gizeh und Sakkara, eine Ansichtskarte sei auch schon unterwegs."

Wanner ging noch in sein Büro hinauf und ergänzte seinen Flip-Chart mit den neuesten Erkenntnissen. Draußen war es finster geworden. Er machte alle Lichter im Büro an und zog die Vorhänge zu.

Was hätte Dr. Bösholt für ein Mordmotiv? Hing es mit dem Vater von Max Abele zusammen? Es war ja auffallend, dass Max Abele Bösholt kurz nach seiner Heimkehr aus Holland und *nach* dem Tod seines Vaters angegriffen hatte. Hat er damals etwas erfahren, was mit der Todesursache zusammenhing? Das könnte bedeuten, der Sohn war der Meinung, beim Tod seines Vaters habe etwas nicht gestimmt. Aber, das lag schon ein paar Jahre zurück, warum sollte Bösholt Max Abele jetzt erst ermorden?

Könnte es nicht sein, dass Max Abele aus einem erst jüngst bekannt gewordenen Grund Bösholt bedroht oder erpresst hat und der Mord war dann die Reaktion? Jawohl, so könnte es passen! Gut soweit. Aber verflixt noch mal, sie hatten ja zwei Morde aufzuklären! Wer war Kleins Mörder und welches Motiv steckte dort dahinter? Das hatte mit Sicherheit etwas mit der Werkstatt zu tun. Mit der gleichen Werkstatt, in der auch Josef Abele gearbeitet hat und später dann Thomas Klein. Und damit ergab sich die Verbindung zum zweiten Mord. Ob Bösholt auch am ersten Mord beteiligt war? Wanner brauchte unbedingt ein Foto des Arztes, um es Zeugen zeigen zu können, vor allem den Leuten im Sportgeschäft und dem Gondelfahrer von der Nebelhornbahn. Wenn das zusammenpassen würde – boing – dann wäre der Fall gelöst. Aber war Bösholt ein so guter Skifahrer, dass er den Mord begehen und dann alles, wie gehabt, arrangieren konnte? Zweifel stiegen in Wanner auf und der Hoffnungsschimmer begann wieder zu verblassen.

Er sah auf die Uhr. Höchste Zeit mal wieder zu Hause vorbei zu schauen, dachte er und löschte alle Lichter im Büro. Jetzt erst merkte er, dass er Hunger hatte. Gleichzeitig fiel ihm ein, dass nicht nur seine Wohnung kalt sein würde, wenn er heimkäme, sondern auch kein Essen hergerichtet war. Er fuhr daher auf dem Heussring bis zur Steufzger Straße, bog dort rechts ab und kehrte im „Waldhorn" ein.

Obwohl er nicht weit davon im Vicariweg wohnte und auch zu Fuß heimgehen konnte, hatte er nicht vor, mehr als *ein* Bier zu trinken. Na ja, höchstens zwei, wenn er über den Fall noch weiter nachgrübeln würde.

29

Montag, 20. Dezember. Ein grauer, nasskalter Tag. Der Schnee in den Straßen der Stadt hatte sich zu schmutzig-weißem Matsch verwandelt.

Wanner war mit seinem Team nach Sonthofen unterwegs. Im Handschuhfach lag der Durchsuchungsbeschluss für das Anwesen Dr. Bösholt. Punkt neun Uhr würden drei uniformierte Kollegen von der Inspektion in Sonthofen am Eingang auf sie treffen. Dann würde man mal das Unterste zuoberst kehren. Hoffentlich fanden sie das Bild noch, oder besser, beide Bilder. Gestern Abend hatte der Hauptkommissar am Ende seiner zweiten Halben noch an das Bild mit Josef Abele denken müssen. Warum hatte es Bösholt bei Abeles mitgenommen? Die Sonthofener Polizisten warteten schon vor dem Haus. Wanner läutete. Aus dem Türlautsprecher hörte man die Stimme des Hausherrn: „Wer ist da?"

„Wanner, Kripo Kempten, ich bin hier mit sechs Kollegen und einem Durchsuchungsbeschluss. Bitte lassen Sie uns ein."

Es knackte in der Leitung. Erst nach einer Weile ertönte der Summer und das Tor sprang auf. Sie gingen durch den Vorgarten zur Haustüre hinauf, in der Dr. Bösholt sie mit finsterer Miene erwartete.

„Was soll das? Wieso wollen Sie mein Haus durchsuchen? Ich protestiere dagegen und werde sofort meinen Anwalt verständigen. Wonach suchen Sie überhaupt?" Sein stechender Blick bohrte sich in Wanners Augen.

Der zuckte nur die Schultern, hielt Dr. Bösholt den richterlichen Beschluss unter die Nase und schickte seine Leute mit einer Handbewegung ins Haus, wobei er selbst den Hausherrn zur Seite schob und antwortete: „Das ist allein unsere Sache. Wir werden Ihnen mitteilen, was wir gefunden haben. Ihren Anwalt können Sie übrigens getrost anrufen, helfen kann er Ihnen in diesem Fall aber bestimmt nicht."

Bösholt verschwand wortlos in sein Arbeitszimmer, wohin ihm Wanner augenblicklich folgte.

„So lange wir im Haus sind, dürfen Sie nichts mehr anrühren, außer Ihr Telefon!"

Bösholt knurrte etwas und wählte eine Nummer. Dann sagte er: „Hier Bösholt. Ist Herr Springenstein zu sprechen? Es ist eilig! ... Wann kommt er wieder? ... Sagen Sie ihm, er solle mich sofort anrufen, ich habe hier die Polizei im Hause!" Wütend legte er auf. Dann sah er Wanner zu, der persönlich das Arbeitszimmer durchsuchte, während sich die Kollegen im Haus verteilt hatten. Um sich nicht zu verraten, zog Wanner die Schublade mit den Bildern erst nach einer Weile auf. Hätte er sich in diesem Moment zu Bösholt umgedreht, wäre ihm der höhnische Ausdruck in dessen Gesicht nicht entgangen. So aber starrte er in eine – leere Schublade! Verdammt noch mal! Mit gezwungener Gleichgültigkeit suchte er auch in den anderen Schubladen, aber die Bilder waren nicht da. Sie fanden sie auch nirgends anderswo im Haus, genau genommen, fanden die Polizisten überhaupt nichts Verdächtiges. Nach zwei Stunden blies Wanner die Aktion ab und verließ mit seinen Kollegen das Haus. Den triumphierenden Blick Dr. Bösholts konnte keiner von ihnen übersehen.

„Wir sind für heute fertig. Ich möchte Sie bitten, morgen um zehn Uhr in die Polizeidirektion nach Kempten zu kommen, wir hätten da noch ein paar Fragen an Sie."

Wanner kochte vor Wut. So eine Blamage! Woher wusste Bösholt, dass sie kommen würden? Denn dass er die Bilder zufällig aus der Lade genommen hatte, glaubte er nicht.

„Können Sie Ihre Fragen nicht jetzt stellen, da Sie doch schon mal hier sind?", fragte Dr. Bösholt von oben herab und wischte sich ein unsichtbares Staubkorn vom Ärmel.

„Morgen um zehn. Seien Sie pünktlich! Auf Wiedersehen."

Als sie durch den Vorgarten hinabstiegen, glaubte Wanner ein höhnisches Gelächter zu hören und selbst die Schlange an der Figur im Rasen schien verächtlich zu grinsen.

Wanner verabschiedete die Polizisten aus Sonthofen und setzte sich mit seinen Mitarbeitern in den Wagen.

Haug, Riedle und Eva Lang zogen die Köpfe ein. Sie ahnten, was gleich los sein würde. Und sie hatten sich nicht getäuscht. Wanner tobte minutenlang und machte seinem aufgestauten Ärger Luft.

Dann hielt er plötzlich inne und fragte: „Woher hatte der Bösholt gewusst, dass wir kommen? Niemand kannte unsere Aktion. Also hat er es selbst herausgefunden, aber wie?" Er brach ab und versank in Nachdenken.

Plötzlich klingelte sein Handy. Es war Staatsanwalt Riegert, der mit einer Grippe zu Hause lag und nicht mitkommen konnte. Als er von dem Misserfolg hörte, fluchte er laut und bat Wanner so schnell wie möglich zu einer Besprechung.

„Wann sind Sie denn wieder gesund?", fragte Wanner zurück und wirkte ganz ruhig. „Ah – morgen, gut dann bis morgen!" Er legte auf und blies Luft durch die Zähne. Auch das noch!

Plötzlich fiel es dem Hauptkommissar wie Schuppen von den Augen. „Hat einer das Auto vom Bösholt durchsucht?" Und als alle den Kopf schüttelten, rief er die Inspektion in Sonthofen an und ließ die drei Polizisten dasselbe fragen. Auch sie hatten dort nicht nachgesehen. Wanner stieg aus. „Los kommt! Das holen wir nach. Mehr als bisher können wir uns dabei auch nicht blamieren."

Er läutete nochmals. „Wanner hier! Ich habe etwas vergessen, bitte öffnen Sie noch einmal!"

An der Haustür starrte ihnen Dr. Bösholt hämisch entgegen. „Was denn noch? Sie haben doch schon alles gründlich durchsucht und nichts gefunden!"

Wanner wies auf die angebaute Garage und sagte: „Öffnen Sie die Garage und geben Sie mir Ihren Autoschlüssel!" Er beobachtete dabei Bösholt sehr genau. So entging ihm nicht, dass der jäh erbleichte. „Was wollen Sie in meiner Garage? Die gehört nicht zum Haus! Ihr Durchsuchungs ..."

„Der umfasst Garage und Auto genauso, also bitte, öffnen Sie!"

Zögernd ging Bösholt ins Haus und brachte einen Schlüsselbund. „Hier ist alles dran", sagte er dann mürrisch und wandte sich ab.

„Behalte ihn im Auge", raunte Wanner Alex zu.

In der Garage fand sich nichts, auch im Auto Dr. Bösholts war nach der ersten Durchsuchung nichts gefunden worden. Schon wollte Wanner enttäuscht den Kofferraumdeckel zuschlagen, als er den fast versteckten Griff der Bodenabdeckung bemerkte. Automatisch zog er daran und hob die Abdeckung weg. Darunter war ein Raum, in dem sonst das Reserverad untergebracht war, jetzt aber lagen – die beiden gesuchten Bilder drin.

Wanners Erleichterung war spürbar. Endlich hatten sie ein Beweisstück in der Hand! Er richtete sich auf und zeigte in den Kofferraum, während er sich nach Anton Haug und Eva Lang umsah, die hinter ihm standen.

Da ertönte ein Schrei, gleich darauf fiel ein Schuss, und noch einer. Sie hörten Alex brüllen:

„Achtung, er hat eine Waffe ..." Dann krachte noch ein Schuss. Alex heulte auf und schrie weiter. „Achtung ... Achtung ..."

Die drei hatten blitzschnell ihre Waffen gezogen und waren zum Garagentor gesprungen. Vorsichtig spähten sie nach draußen. Sie sahen Alex Riedle am Boden liegen, sich ein Bein haltend, dabei brüllte er vor Schmerzen. Dr. Bösholt verschwand eben zusammengekrümmt im Haus, ohne die Tür hinter sich zu schließen.

„Sichert mich!!", schrie Wanner und lief zu Alex, der sich stöhnend aufzurichten versuchte.

„Ich bring dich in Sicherheit", rief der Hauptkommissar und schleifte Alex in die Garage, wo er ihn vorsichtig auf den Boden legte. Er untersuchte ihn schnell und fand einen Durchschuss am linken Oberschenkel. Er rief Eva zu sich, die noch immer die Pistole gegen das Haus gerichtet hielt.

„Wir müssen ihn verbinden und ins Krankenhaus schaffen lassen. Ruf sofort bei der Polizei an und bitte um Verstärkung, außerdem brauchen wir einen Notarzt und den Krankenwagen. Sie sollen sich beeilen, aber vorsichtig sein. Der Bösholt wird im Haus auf der Lauer liegen." Erst jetzt fiel ihm ein, dass dieser kaum laufen konnte. „Vielleicht hat ihn Alex auch erwischt! Wenn der jetzt einen Arzt braucht, kommt er nicht mehr weit. Wir müssen das Haus umstellen lassen." Eva hatte schon nach den ersten Worten telefoniert. Jetzt rief sie: „Sind gleich da! Was ist mit Alex? Großer Blutverlust?" Sie kam und beugte sich über ihn.

„Haben wir etwas zum Verbinden?", fragte Wanner und legte beruhigend die Hand auf Alex' Stirn.

„Hier nicht, aber im Wagen!", rief Eva, war mit einem Satz aus der Garage und rannte durch den Vorgarten hinab.

„Vorsicht ... der kann dich sehen ...", schrie Wanner ihr nach, aber sie kümmerte sich nicht darum.

Aus einem Fenster krachte ein Schuss, die Kugel schlug hart neben Eva ein.

Anton Haug begann zu feuern. Er hielt auf das Fenster und schoss sein halbes Magazin leer, die andere Hälfte pulverte er auf die benachbarten Fenster, die mit lautem Klirren zu Bruch gingen.

Eva hatte es geschafft. Sie riss die Wagentür auf, ergriff die Notfalltasche und hetzte zurück. Als sie am Tor angekommen war, schrie sie „Paul, gib mir Feuerschutz!!"

Der Rückweg war schwieriger, ging er doch bergauf. Wanner warf Haug seine Pistole zu und rief: „Schieß auf sämtliche Fenster, bis Eva wieder hier ist ... verdammt noch mal, hoffentlich geht's gut!!"

Haug begann zu feuern. Eva lief im Zickzack den Weg herauf. Als Haug seine Magazine verschossen hatte, stürzte Eva zur Tür herein und warf sich ausgepumpt auf den Boden. Sie konnte nicht sprechen, hielt sich den Kopf, den sie sich bei dem Sturz angeschlagen hatte und rang nach Luft. Wanner riss die Notfalltasche auf, nahm Verbandszeug heraus, legte mehrere Kompressen auf die Einschussstelle und begann eine Binde um Alex' Oberschenkel zu wickeln, den er in der Zwischenzeit freigelegt hatte. Dann drehte er den Verletzten vorsichtig um und verband auf gleiche Weise die viel größere Ausschusswunde. Dabei sprach er beruhigend auf Alex ein, der sich mit zusammengebissenen Zähnen, bleich wie eine Wand, vor Schmerzen krümmte. Er gab ihm eine Spritze, die schnell zu wirken begann. Alex sank in sich zusammen und starrte an die Decke. Wanner legte seine Parka unter Riedles Kopf und sagte, indem er sich das Blut an einem Taschentuch abwischte. „Du kommst gleich ins Krankenhaus! Sie müssen jeden Moment hier sein!"

Haug hatte beide Pistolen nachgeladen und schaute aufmerksam auf das Haus, in dem sich nichts mehr rührte. Seine Waffe zielte direkt auf die Haustür.

Sie hörten Polizeiwagen und Rotes Kreuz mit Blaulicht auf der Straße vorfahren. Dann rief eine Stimme durch den Garten seinen Namen herauf.

„Ja, hier! Kommen Sie mit einer Trage zur Garage, wir geben Ihnen Feuerschutz."

Zu dritt hielten sie ihre Waffen auf das Haus gerichtet, während zwei Sanitäter mit einer Trage zur Garage heraufgelaufen kamen. Einige Polizisten hatten hinter Bäumen Deckung genommen und zielten ebenfalls auf das Haus. Schwer atmend kamen die beiden Sanitäter herein und legten die

Trage neben Riedle. Dann kontrollierte einer den Verband, nickte anerkennend und meinte: „Der hält bis ins Krankenhaus! Auf geht's, Toni!"

Sie zählten bis drei, hoben Riedle auf die Trage, banden ihn fest und verließen die Garage, ohne sich um die Gefahr zu kümmern. Wanner starrte auf das Haus. Die Sanitäter kamen unangefochten durch den Garten und verschwanden durchs Tor.

Der Hauptkommissar stieß hörbar die Luft aus und sagte: „Wenigstens haben wir den Alex hier weg! Jetzt muss der Bösholt raus, oder ich lass die Bundeswehr mit einer Haubitze anrücken!" Keiner wollte so recht darüber lachen.

Wanner rief zu den Polizisten hinab: „Habt ihr eine Flüstertüte dabei?"

Einer hob den Lautsprecher in die Höhe. „Schon mitgebracht!", rief er zurück.

„O.K., dann ruft den Bösholt mal an!"

Der Hauptwachtmeister schaltete die Anlage ein und rief: „Dr. Bösholt! Hier spricht die Polizei! Werfen Sie ihre Waffe aus dem Fenster, geben Sie auf und kommen Sie mit erhobenen Händen heraus! Das Haus ist umstellt. Sie haben keine Chance mehr!"

Nichts rührte sich.

Der Polizist wartete zwei Minuten, dann wiederholte er seine Aufforderung.

Im Haus fiel ein Schuss. Alle gingen in Deckung, aber es rührte sich nichts mehr.

„Gebt mir Feuerschutz", wandte sich Wanner an Haug und Eva und bevor sie protestieren konnten, war er mit ein paar langen Sätzen an der Haustür. Sie war angelehnt. Auf dem Boden zog sich eine Blutspur ins Haus. Vorsichtig stieß er die Tür auf, hielt seine Waffe ins Innere und schaute um die Ecke. Die Blutspur führte den Gang entlang zum Arbeitszimmer. Wanner folgte ihr vorsichtig, jederzeit bereit, zu schießen. Es war kein Laut zu hören.

Plötzlich – hinter ihm ein schwaches Geräusch.

Blitzschnell drehte er sich um – es war Eva. Wanner schüttelte ärgerlich den Kopf, legte den Zeigefinger über den Mund und deutete auf das Arbeitszimmer. Eva nickte und richtete ihre Waffe gegen die Tür, die Wanner langsam aufschob. Es war totenstill. Wanner sprang in den Raum und ließ seine Pistole pendeln.

Dann drehte er sich zu Eva um und sagte ruhig: „Du kannst reinkommen, die Gefahr ist vorüber."

Im Sessel saß Dr. Bösholt. Er hielt eine Pistole in seiner verkrampften Hand. Noch im Tod sahen seine Augen unheimlich aus. Aus einer Wunde an der Schläfe sickerte langsam Blut heraus und tropfte über die Schulter auf den Überwurf. Seine rechte Seite war voller Blut. Dort, wo ihn Alex' Kugel getroffen hatte, hatte er ein Handtuch darüber gepresst, das jetzt herabgerutscht war.

Eva sah den Toten an. Dann ging sie zum zerschossenen Fenster und rief mit heiserer Stimme hinaus: „Alles unter Kontrolle! Ihr könnt kommen!"

30

Dienstag, 21. Dezember, laut Kalender Winteranfang. Aber über Nacht war die Temperatur um fünf Grad angestiegen, jetzt am Morgen fühlte es sich ungewöhnlich warm an.

Den ganzen Vormittag musste Wanner mit seinem Restteam Rede und Antwort stehen. Hans-Joachim Gottlich höchstpersönlich leitete das Gespräch. Wanner schilderte minutiös den Hergang des Geschehens, Eva und Anton bestätigten jeweils aus ihrer Sicht. Auch die Polizisten aus Sonthofen mussten den Weg zur Zentrale antreten um gehört zu werden. Schließlich hatte es einen Toten gegeben. Auch wenn es erwiesenermaßen Selbstmord war, musste es eine Untersuchung geben, die Polizei hatte schließlich von ihren Schusswaffen Gebrauch gemacht. Außerdem war erheblicher Sachschaden entstanden, da alle Scheiben des Hauses auf der Westseite kaputt geschossen wurden. Nach zwei Stunden bat Gottlich um einen Kaffee und eine kleine Pause, in der er seine Notizen ordnete. Staatsanwalt Riegert, einigermaßen genesen, hatte, wie auch der Pressesprecher, die ganze Zeit mitgeschrieben.

Gottlich bat wieder Platz zu nehmen und begann seine Zusammenfassung. „Wie wir hörten, wurde unser Team bei einer Hausdurchsuchung vom Hauseigentümer, der fliehen wollte, mit einer Schusswaffe angegriffen. Dabei wurde Kriminalkommissar Alex Riedle durch einen Oberschenkel-Durchschuss schwer verletzt. Ich habe vorhin vom Krankenhaus gehört, dass es ihm den Umständen entsprechend geht, Lebensgefahr besteht keine. Der Schuss ist nur um Millimeter an Schenkelknochen und Hauptschlagader vorbei gegangen, sonst hätte es schlimm ausgesehen. In diesem Zusammenhang haben sich die Beamten der Soko Kempten vorbildlich verhalten und unter Einsatz ihres Lebens Alex Riedle einen schnellen Transport ins Krankenhaus ermöglicht. Ich möchte betonen, dass nur das gute Zusammenwirken der einzelnen Beamten und ihres Leiters den Erfolg garantiert hat, möchte aber Frau Lang anerkennend hervorheben. Herr Wolf, ich möchte das in aller Deutlichkeit bei der nächsten Pressekonferenz herausstellen, die ich selbst leiten werde. Es würde ja nach Eigenlob aussehen, wenn Herr Wanner das tun würde."

Die Anwesenden grinsten pflichtschuldig.

„Für mich", fuhr Gottlich fort, „erhebt sich jetzt die Frage, und die wird natürlich auch die Presse stellen: wie weit sind wir der Lösung der beiden Mordfälle näher gekommen?"

Er wandte sich direkt an Wanner, der mit gemischten Gefühlen auf seinem Stuhl saß und nicht bei der Sache war. – Er überdachte schon die nächsten Schritte.

„Äh ... wie bitte ... ach so, ja doch, sind wir ... glaub ich." Wanner stotterte.

„Erklären Sie mir mal, wie?", fragte Gottlich, dem die Unaufmerksamkeit des Hauptkommissars nicht passte. Schließlich ging es jetzt ums Ganze, und er, Gottlich, hatte die schließlich die Leitung der Besprechung. Da konnte man doch aufpassen!

„Na ja", Wanner fasste sich sehr schnell, „wir dürfen davon ausgehen, dass Dr. Bösholt mindestens mit einem Mord zu tun hatte, wenn nicht sogar mit beiden. Das müssen wir noch herausfinden. Der Freitod Bösholts wirft uns jetzt – mit allem Respekt zu sagen – ein ganzes Stück zurück, denn Bösholt hätte uns eine Menge erzählen können. Wir sitzen damit in einem Loch, aus dem uns aber eine Person herausholen könnte ..." – Er stockte. –

„Und wer ist das?", fragte der Staatsanwalt mit schnupfenbedingtem Näseln dazwischen.

„Frau Abele. Aber sie liegt noch in München im künstlichen Koma. Vielleicht könnten Sie mit Ihren guten Beziehungen als Leitender Polizeidirektor ...", er wandte sich dabei an Gottlich und legte Achtung in seine Stimme, „mal in der Klinik anrufen und anfragen, ob schon bekannt ist, wann man Frau Abele wieder zurückholen wird. Unsereins wird immer bloß abgewimmelt."

„Natürlich mache ich das! Sie hätten schon viel früher zu mir kommen sollen!" Gottlich war in seinem Stuhl gewachsen.

Wanner schwieg. Viel früher, dachte er, befand sich Kreszentia Abele noch in Lebensgefahr. Aber was soll's. Sie mussten jetzt schleunigst die beiden Bilder studieren und die Sachen untersuchen, die sie in Bösholts Haus gefunden hatten. Nachdem die Leiche weggeschafft war, hatte sich die Spurensicherung aller Räume angenommen. Auf ihren Bericht wartete Wanner jetzt.

„Äh – was ich noch sagen wollte: nachdem mir mit Uli Hansen und Alex Riedle gleich zwei Beamte meines Teams ausgefallen sind, brauche ich entweder mehr Zeit – oder eine Neuzuweisung."

„Ja, ja, ich weiß! Wird schwierig sein, zwei Mann abzustellen, sind überall im Einsatz. Jetzt vor Weihnachten passiert mehr, als zu jeder anderen Jahreszeit. Vor allem die Raubüberfälle mehren sich. Aber vielleicht kann ich Ihnen *einen* Beamten zur Hilfeleistung abstellen, mal sehen. Ich glaube ...", er wandte sich an Pressesprecher und Staatsanwalt, „wir sollten nun die Pressekonferenz vorbesprechen und Herrn Wanner mit seinen zwei Mitarbeitern weiter arbeiten lassen. Herr Wintergerst, Sie halten mit Herrn Wanner ständige Verbindung und helfen ihm, so gut es möglich ist – bei unserer chronischen Unterbesetzung. Schade, dass Herr Beckstein nicht hier ist ..." Er brach hastig ab und erhob sich. Dann verließen die drei das Büro.

Wanner besprach mit dem Kripochef noch die angesprochene Abstellung zumindest *eines* Polizisten, dann ging auch der zu seinem Büro zurück.

„Wenn jetzt von euch noch jemand geht, dann ist es wie bei den zehn kleinen Negerlein: dann wären wir nur noch zwei! Wie ging doch der Spruch weiter bis zu eins?“ Niemand kam drauf. „Na ja, ist auch wurscht! Lasst uns tüfteln, wie wir weitermachen wollen!“

Sie studierten die beiden Bilder aus Bösholts Kofferraum. Auf dem Klausenbild war deutlich zu sehen, dass Gewand und Kopfteil mit Hirschgeweih identisch waren mit dem in der Ostrach gefundenen. Und Wanner schwor, dass es auch der Klaus getragen hatte, der sie beim Klausentreiben bedroht hatte, dann aber verschwunden war. Warum Bösholt dieses Bild aufgehoben hatte, blieb wohl sein Geheimnis. Der Arzt musste ihn an jenem fünften Dezember erkannt haben, als er vor ihm stand und wohl Max Abele suchte. Auf dem zweiten Bild war im Vordergrund Josef Abele in Großaufnahme zu sehen. Im Hintergrund konnte man bei genauem Hinsehen drei Männer erkennen.

„Eva, lass von den drei Gesichtern eine Vergrößerung machen. Komm damit gleich wieder zurück.“ Wanner drückte ihr das Bild in die Hand und Eva verschwand.

„So, Negerlein Anton und Negerlein Paul, nun müsst ihr allein weitermachen!“ Der Ton des Hauptkommissar war ziemlich sarkastisch. „Negerlein Anton, du suchst den Jäger, den Pabst und den Lechner. Findest du sie bis zum Mittag?“

Haug brach in Gelächter aus. „Kein Problem! Ich finde sie bis Mittag, allerdings Mittag anno 2006!“

„Das ist mir zu spät“, frotzelte Wanner weiter, „könntest du die Jahreszahl etwas vorverlegen?“

„Gut, weil du's bist. Dann halt' mich aber auch nicht länger mit solchen Reden auf!“ Haug erhob sich und verschwand, ohne ein weiteres Wort, aus dem Büro.

„Da waren's nur noch eins! Ein kleines Negerlein, das suchte einen Mörder ...“ Wanner fand aber kein

Wort, das sich auf „Mörder" reimte, er beugte sich seufzend über seinen Schreibtisch und begann wieder zu grübeln.

Seine Kollegin kam mit den Vergrößerungen zurück. Wanner erkannte Bösholt darauf, aber nicht die beiden anderen. Eva ging wieder, um die beiden im Computer zu suchen.

Das Telefon meldete sich durchdringend.

Gottlich sagte wie nebenbei: „Heute in der Früh hat man Frau Abele aus dem Koma zurückgeholt. Sie ist ansprechbar. Aber mehr als eine halbe Stunde konnte ich nicht herausholen. Machen Sie sich gleich auf die Socken und befragen Sie die Frau. Das muss uns nun wirklich weiterbringen!"

Also wer sagt's denn! Man braucht dem Chef nur was aufzutragen, und schon klappt es. Allerdings war ja Frau Abele schon vorher ... ach was! Wanner bestellte einen Dienstwagen mit Fahrer. Er wollte sich auf der Fahrt nach München noch genau die Fragen notieren, die er Frau Abele stellen wollte, und auf der Rückfahrt konnte er dann gleich alles sortieren und zusammenschreiben. Das half Zeit sparen. Er bekam den Wagen für 13 Uhr zugesagt. Schnell packte er seinen Notizblock, einen Kalender und das von ihm zusammengestellte Ergebnis der bisherigen Recherchen in eine Aktentasche, warf zwei Kugelschreiber und sein kleines Diktiergerät hinein – das er nie verwendete – raffte das Phantombild auf und sah auf die Uhr. Noch zwanzig Minuten. Das reichte gerade für einen Kaffee und eine belegte Semmel. Er eilte in den Sozialraum. Dort gab es keine belegten Semmeln mehr, und das Kaffeewasser war nach dem Wiederbefüllen noch nicht heiß genug. Vielleicht bekam er ja etwas in der Münchner Klinik am Kiosk, oder was die dort hatten.

Sie fuhren über die B 12 bis Buchloe, fädelten dort auf der A 96 ein und kamen schnell vorwärts. Der Allgäuer Winter hörte nördlich von Kaufbeuren auf, in Buchloe lag schon fast kein Schnee mehr. Zwischen Landsberg und dem Ammersee bedeckte Matsch die Autobahn. Hinter dem Ammersee kamen sie schneller vorwärts, auch wenn der Verkehr vor der Landeshauptstadt allmählich dichter wurde. Sie erreichten den Riesenkomplex der Klinik in Großhadern und Wanner suchte erst mal den richtigen Eingang. Dem Fahrer gab er zwei Stunden frei. Nach einigem Herumfragen und mehrmaligem Wechsel des Aufzugs, sowie einer olympiaverdächtigen Fußmarschstrecke kam er in die Station, auf der Frau Abele lag. Liegen sollte, mittlerweile hatte man sie in ein anderes Zimmer verlegt.

Wanner schaffte auch dieses Hindernis noch und stand endlich aufatmend am Krankenbett *der* Frau, von der er sich die Aufklärung seines Falles versprach. Er dachte flüchtig an seinen Magen, in den er immer noch nichts bekommen hatte, da die Bedienung des Kiosks Nachmittagspause hatte.

Er holte sich einen Stuhl zum Bett und berührte die alte Frau sacht. Sie schlug die Augen auf. Es dauerte nur kurz, dann erkannte sie ihn und ein flüchtiges Lächeln glitt über ihr Gesicht. Sie nickte leicht auf Wanners Gruß und sagte mit leiser Stimme: „Gell, so müssn wir uns wiedersehn!" Tränen traten ihr in die Augen, sie erinnerte sich an das letzte Telefongespräch mit ihm. „Mei Max is tot! Der brave Bursch hat doch niemand was tan. Warum hat er ihn umbracht?"

Wanner setzte sich und holte seinen Notizblock heraus. „Mein Beileid! Wer hat den Max umgebracht? Wissen Sie es?"

Kreszentia Abele weinte leise vor sich hin. Dann sagte sie: „Des war *er*! Der Lump, der elende! Jahrelang hat er uns droht und den Josef hat er au sterbn lassn."

„Moment mal, meinen Sie etwa Dr. Bösholt?"

„Ja, wen sonst? Wie der Josef damals gstorben war und der Max aus Holland zurückkommen is, hat er was gfunden, was den Bösholt belaschtet hätt. Max hat gmeint, der Bösholt hätt den Vater absichtlich sterbn lassn, ist hingangen und hat ihn zur Red gstellt. Da hams zu streiten anfangen und Max hat ihm ein paar gschmiert. Der andre hatn glei anzeigt und der Max hat zahln müssn."

Wanner überlegte die nächste Frage. Frau Abele war ihm mit ihrer Rede etwas ins Konzept gefallen.

„Haben Sie Beweise, dass Dr. Bösholt ihren Sohn ... getötet hat?"

„Des ka nur er gwesen sein! Der Max hat gmeint, dass der Bösholt in unserm Haus was aufbewahrt hat, was gfährlich war. Und hatn aufgfordert, des sofort aus dem Haus zu räumen oder er geht zur Polizei."

„Der Bösholt hat ein altes Klausengewand mit einem Hirschgeweih getragen, als er den Max umbrachte. Können Sie sich zusammenreimen, warum?"

„Er muss gwusst habn, dass sich der Max beim Klausentreibn umschaun wird und hat ihn wohin bstellt. Des Klausenhäs hat er sich vielleicht anzogen, damit man ihn nicht erkennt, wenn jemand zufällig Zeuge werdn sollt."

„Gut gedacht! Und warum sind Sie nie zur Polizei gegangen und haben Anzeige erstattet? Mit Ihrem Wissen hätten wir den Fall schneller lösen können." Wanner war ratlos, wenn er daran dachte.

Kreszentia Abele hob ihren schwachen Körper und stützte sich im Kissen ab. Die Falten im Gesicht waren noch tiefer geworden, wenn auch die fahle Farbe daraus gewichen war. Ihre zittrige Hand wies auf das Kruzifix an der Wand. „I hab so oft zu ihm betet, dass er uns doch helfn sollt, aber er hat wahrscheinlich nix ghört." Sie weinte wieder. Nach einer Weile fuhr sie fort:

„Angfangen hats mit de Behälter, die der Josef eines Tags mit hoimbracht hat. Er hat se in den Schlafzimmerschrank gstellt und hat gmoint, da wär no Platz, die warn ja nicht so groß. Wie er dann tot war, hab i 's dem Max verzählt und der hat sich die Dinger angschaut. Dann hat er den Bösholt troffn, und der hat gsagt, dass die Behälter ihm ghörn, Max soll sie *ja* im Schrank lassn. Und dann hat der Bösholt versprochn, mir a ... Rente von 500 Euro im Monat, also jetzt, vorher warn 's 1000 Mark, zum zahln, aber nur, wenn weder der Max no i, irgendwas vom Josef seim Tod oder de Behälter verzähln tät. Außerdem hat 'r mir droht, mi in die Angelegenheit vom Josef reinzuziehn, weil er mir angeblich dringend geraten hätt, i soll den Josef ins Krankenhaus bringen, und i mi aber gweigert hät. Der Lump, der verlogene! Mei Rente is nicht so hoch, na hab i mir denkt, wenn i jetzt nix sag, dann kann i wenigstens des Geld kriegn. I hab 's notwendig braucht, weil i so oft krank war." Sie hielt erschöpft inne.

Wanner schenkte Wasser aus einer Kanne auf dem Nachttischchen nach und reichte ihr das Glas. Sie trank durstig.

„Und Sie haben nie gewusst, was in den Behältern war?", fragte er dann und stellte das Glas zurück.

Sie schüttelte den Kopf. „I it, aber i glaub, der Max hats vor kurzem rauskriegt. Er hat mir gsagt, dass des Zeug sofort ausm Schlafzimmer naus muss. Vielleicht hat er au den Bösholt um Geld anghaut, wenn er nix weitersagt ..."

„Sie meinen, er hat ihn erpresst?"

Frau Abele verkroch sich in die Kissen und nickte ganz leicht.

„Dann kann ich mir das Motiv für den Mord sehr gut vorstellen", sagte Wanner nachdenklich. „Der Max hat rausbekommen, dass die Behälter etwas Gefährliches enthielten und hat Bösholt erpresst. Und der hat ihn umgebracht, weil er nicht wollte, dass Max zur Polizei geht. Wo sind die Behälter eigentlich geblieben? Sie sagten mir doch, dass sie von einem fremden Mann abgeholt worden sind?"

Eine leichte Röte huschte über die Wangen der

Kranken. „I hab glogen. Des war der Bösholt selber, der die Behälter abgholt hat, aber i weiß nicht, wo er sie hin hat."

Wanner sah auf seinen Fragenzettel. „Kennen Sie einen Hubert Jäger aus Oberstdorf, einen Hubert Pabst, einen Horst Lechner, oder einen Thomas Klein?"

Frau Abele sah an die Decke. „Den Jäger kenn i nicht, aber die andern drei. Die warn ja au in der Werkstatt. Den Klein hab i nur vom Sehn kennt. Der is doch au umbracht worden? Am Nebelhorn, glaub i." Sie verstummte wieder. Das Sprechen machte ihr sichtlich zu schaffen. Die halbe Stunde war längst vorbei. Offensichtlich hatte man Wanner vergessen. Auch gut, dachte der, ich muss weiter kommen!

„Könnten Sie mir sagen, wo ich den Pabst und den Lechner finden könnte? Sie sind verschwunden und wir bräuchten sie dringend zu einer Befragung."

Kreszentia Abele sah ihn an. „Habn die mitm Mord an meim Max zum tun?"

„Das weiß ich nicht genau, aber ich nehme an, sie haben eher mit dem Mord an Thomas Klein zu tun."

Frau Abele schwieg. Da holte Wanner das Phantombild aus der Tasche und hielt es der Kranken hin. „Kennen Sie diesen Mann?"

„Ja klar, des is doch ..., na, aber er sieht ihm ähnlich ... oder doch?" Frau Abele rätselte über das Bild.

„Wer ist das? Sagen Sie bitte, an wen Sie so schnell gedacht haben!"

„Also, der sieht wirklich aus, wie der ... Hubert Pabst ..." Kreszentia Abele wirkte nun sicher.

„Wir glauben, nein wir sind ziemlich sicher, dass das der Mörder von Klein ist", sagte Wanner und steckte das Bild wieder ein. Er hatte genug gehört. Das *musste* Hubert Pabst sein. Also Großfahndung! Diesmal mit Namen und allem Brimborium, was die moderne Technik zu bieten hatte.

Plötzlich wurde die Tür heftig aufgemacht und ein

Arzt schaute herein. „Sie sind ja immer noch da! Hatten wir nicht nur eine halbe Stunde vereinbart?"

Wanner schaute auf die Uhr – obwohl er genau wusste wie spät es geworden war – und tat erschrocken. „Du meine Güte, wie die Zeit vergeht! Ich bin gleich weg, nur noch eine Frage?"

„Gut, ich schau in fünf Minuten nach", sagte der Arzt und schloss die Tür.

„Jetzt pressiert's aber!", meinte Wanner. „In Ihrem Wohnzimmer hing bei meinem letzten Besuch ein Bild an der Wand. Auf dem war Ihr Mann Josef zu sehen und im Hintergrund, viel kleiner, drei Männer. Wissen Sie, wer die sind?"

„Ach, des Foto meinen Sie? So viel i weiß, warn des drei Bekannte vom Josef. Einer is ja der Bösholt, den habn S' wohl erkannt", Wanner nickte, „die andern zwei sind der Stresselmann und der Pabst."

„Wo finde ich diesen Stresselmann?" Wanner notierte sich hastig den Namen.

Die Tür ging wieder auf, der Arzt kam herein und rief: „Jetzt reicht's aber! Die Patientin braucht unbedingte Ruhe. Sie muss sich von dieser Verseuchung erholen. Auf Wiedersehen Herr ..."

„...Wanner! Also wo find ich den ..."

„Nix mehr! Übermorgen nächster Termin!" Der Arzt schob Wanner aus dem Zimmer. Der hörte noch wie Kreszentia Abele ihm nachrief: „...bank in Kempt..." Da war die Tür schon zu.

Nachdenklich kehrte Wanner zum Dienstwagen zurück. Es dunkelte schon. Sein Fahrer öffnete die Tür. „Haben Sie einen Kaffee getrunken?", fragte ihn der Hauptkommissar. Der Mann nickte.

„Dann fahren wir gleich nach Kempten zurück, ich hab mir eine Menge Arbeit eingehandelt."

31

Anton Haug hatte mittlerweile etwas zuwege gebracht, was sie in der Lösung des Falles weiterbringen sollte. Er hatte – ohne seinen Chef zu fragen – eine Untersuchung der beiden Mordopfer und ihrer Sachen auf DNA-Spuren angeordnet. Und zwar schon einige Tage vorher, sodass das Ergebnis jeden Augenblick eintreffen konnte. Per Kurier hatte er eine DNA-Probe von Dr. Bösholt nachgeschickt und um Eilbearbeitung gebeten. Er war sich zwar nicht ganz sicher, ob Wanner ihm begeistert um den Hals fallen würde, aber er wollte mit einem fertigen Ergebnis in die nächste Teambesprechung gehen. Staatsanwalt Riegert, dem er es notgedrungen sagen musste und der die richterliche Erlaubnis besorgte, hatte zustimmend genickt. Da würde der Paul aber dumm aus der Wäsche schauen! Und mit großen Buchstaben reden, aber das nahm Haug in Kauf. Schließlich wog das Ergebnis schwerer. Diese Wunderwaffe der Kriminalisten würde auch sie zum Erfolg führen. Der Fingerabdruck des 21. Jahrhunderts hatte eine Genauigkeit von eins zu einer Milliarde, also praktisch 100 Prozent. Erfasst wurden dabei aber nicht die Erbanlagen, sondern die Abstände zwischen den Genen. Am Computer sah dieser Code wie der Strichcode einer Verpackung im Supermarkt aus.

Haug hatte sich über DNA schlau gemacht. So wusste er auch, dass eine richterliche Zustimmung für den Eintrag in die bundesweite Datenbank vorliegen musste, die etwa 365 000 Eintragungen aufwies, davon rund 70 000 aus Bayern. Auf Grund des hohen Fahndungserfolges konnte man nur hoffen, dass, wie schon der Bund Deutscher Kriminalbeamter gefordert hatte, der genetische Fingerabdruck als normaler Bestandteil in die erkennungsdienstliche Behandlung aufgenommen würde. Damit konnte man den Tätern endlich eine wirkungsvolle Waffe entgegensetzen.

Als Wanner von München zurückkam, war es stockfinster. Er stürmte in sein Büro, schaltete alle Lichter ein, hängte seine Parka an die Garderobe und ließ sich in den Sessel plumpsen. Die Zettel am Tisch überflog er. Nicht viel Wichtiges, wie immer. Allerdings, seine Einordnung von wichtig und unwichtig deckte sich nicht immer mit der offiziellen Meinung. Über einen Zettel aber freute er sich sehr: Alex Riedle war endgültig aus der kritischen Phase heraus, seine Besserung machte gute Fortschritte. Und noch ein Zettel erregte seine Aufmerksamkeit: Leitender Polizeidirektor Gottlich ließ ihm über Kripochef Wintergerst ausrichten, dass er in allernächster Zeit zwei Beamte zugewiesen bekam, die ihm helfen sollten, den Fall zum Abschluss zu bringen.

In allernächster Zeit, dachte Wanner, haben wir übrigen drei den Fall gelöst. Schließlich ist bald Weihnachten.

Er rief Anton Haug und Eva Lang an, wobei er selbstverständlich davon ausging, dass sie noch in ihren Büros warteten, aber sie waren schon nach Hause gegangen.

Wanner arbeitete an diesem Abend noch länger. Er pendelte zwischen Schreibtisch und Flip-Chart hin und her und stellte Kombinationen für den nächsten Tag zusammen. Auf seinem Schreibtisch hatte er, wie gewöhnlich, mit einer Arm-Wisch-Bewegung Platz geschaffen, wobei er allerdings anschließend einige wichtige Unterlagen wieder aus dem Papierkorb fischen musste. Morgen werden wir den Schlussangriff vorbereiten, dachte er, und spitzte seinen abgebrochenen Bleistift. Er gehörte zu jener altmodischen Generation, die noch gerne mit Bleistiften schrieb. Also, wir wissen so gut wie sicher, dass der Bösholt den Max Abele umgebracht hat und wir wissen auch warum. Den letzten Beweis holen wir uns von einer DNA-Analyse. Und wenn wir's sehr pressant machen, kriegen wir das Ergebnis noch vor Weihnachten. Dabei war für „sehr pressant" Leitender Polizeidirektor Gottlich zuständig, der brachte das sicher fertig. Und wo zaubern wir den Pabst her? Kreszentia Abele hatte ihn eindeutig auf dem Phantombild identifiziert, also war *er* der Mörder Kleins. Die Erfolgspyramide spitzte sich immer rascher zu. Das wäre doch gelacht, wenn sie noch lange herum basteln müssten. Allerdings: sie waren ja nur noch drei kleine Negerlein!

Gegen 22 Uhr löschte Wanner das Licht im Büro und verließ das Haus, wobei er dem Wachhabenden am Eingang durch die Scheibe zuwinkte.

Als er zu seinem Wagen ging, bemerkte er die dunkle Gestalt nicht, die hinter der Hausecke stand und schnell eine Zigarette austrat, als Wanner näher kam. Als der an der Ecke war, baute sich ein Schatten vor ihm auf und schlug mit einem Gegenstand auf ihn ein. Wanner war so überrascht, dass er einen Moment zu keiner Bewegung fähig war. Aber er bemerkte trotz der Dunkelheit, wie der andere wieder ausholte. Blitzschnell sprang ihn der Hauptkommissar frontal an, so dass beide stürzten. Es schien das einzige Mittel, sich zu wehren, seine Dienstwaffe steckte noch im Holster unter dem Arm. Dem Angreifer war der Schlagstock entfallen, wütend schlug er mit bloßen Fäusten auf den Polizisten ein. Im Dunkeln entbrannte eine Rauferei, in der Wanner mit Händen und Füßen kräftig mitmischte. Sehen konnten sich die beiden Kontrahenten nicht, aber fühlen. Alkoholdunst umgab den Angreifer. Mancher Schlag ging daneben, landete im Schnee oder auf dem Steinboden, aber irgendein Körperteil des anderen wurde laufend getroffen. Wanner gelang es nicht, seine Waffe zu ziehen, das Holster hatte sich verschoben und war im Durcheinander der Schlägerei nicht zu richten.

Plötzlich streifte sie der Scheinwerferkegel eines heimkehrenden Polizeifahrzeugs. Der Unbekannte wollte sich losreißen, aber Wanner hielt ihn fest und es gelang ihm, einen Arm nach hinten zu biegen. Der Polizeiwagen war abrupt stehen geblieben, zwei Beamte sprangen heraus und leuchteten mit einem Handscheinwerfer auf die Szene. Sie erkannten Wanner und riefen dem anderen zu: „Halt, aufhören, Polizei! Wir haben eine Waffe auf Sie gerichtet!"

Wanner hatte den Moment der Ablenkung blitzschnell genutzt und auch den zweiten Arm nach hinten reißen können. „Hab ihn! Legt ihm Handschellen an!", rief er seinen Kollegen zu.

Ein paar Minuten später bekam eine der Zellen im Untergeschoss den ersten Besucher dieses Tages. Wanner sah sich den Mann an. Er mochte in seinem Alter sein, vielleicht ein paar Jahre älter. Das Haar war zerzaust, die Kleidung eingerissen. So ähnlich sah er, Wanner, wohl auch aus! Als er das Gesicht des Angreifers näher in Augenschein nahm, stieß er einen Pfiff aus. Trotz aller Kampfspuren war es zu erkennen: das Gesicht des Mannes vom Phantombild! Sie hatten den lange gesuchten Hubert Pabst in Gewahrsam! Und der hatte sich auch noch selbst ans Messer geliefert.

Wanner überzeugte sich persönlich, dass die Zellentür verschlossen wurde, dann ging er in sein Büro hinauf, rief Haug und Eva in die Direktion und sah sich im Spiegel an. Na, sauber! Ein Hauptkommissar, der sich kurz vor Weihnachten in der Dunkelheit schlagender Weise auf dem Boden herumkugelte und dabei keine Pfütze, keinen Matsch und keinen dreckigen Schneehaufen ausließ, musste so aussehen, wie er! Dabei rann ihm ein dünnes Blutrinnsal über die Stirn und auch aus einer Platzwunde am Hinterkopf, die er mit den Fingern ertastete, lief es warm abwärts. Ihm fiel die Geschichte mit den zehn kleinen Negerlein wieder ein. Jetzt wären es beinahe nur noch zwei gewesen. Wanner musste lachen, griff sich aber erschrocken an seinen Kopf, der plötzlich aus lauter Trefferstellen zu bestehen schien.

Er hörte Eva Lang und Anton Haug kommen und versuchte sich wenigstens das Blut aus dem Gesicht zu entfernen. Eva sah ihn erschrocken an und rannte nach dem Erste-Hilfe-Kasten. Haug nötigte ihn auf einen Stuhl, aus Angst, der Chef könnte umfallen. Zu zweit wuschen und verbanden sie ihn dann. Mit dem weißen Verband um den Kopf sah er schließlich zwar sauber aus, ähnelte aber eher Hadschi Halef Omar. Haug eilte in sein Büro und kam mit einer Flasche wieder zurück. Auf dem Etikett stand „Waschbenzin“. Er griff nach Wanners Wasserglas und schüttete es halb voll. Dann sagte er: „Komm trink einen Schluck, das tut gut!“

Wanner sah ihn voller Entsetzen an: „Willst du jetzt etwa vollenden, was der Pabst nicht fertig gebracht hat? Warum soll ich Waschbenzin trinken?“

Seelenruhig antwortete Haug: „Dieses reinigt auch innerlich! Komm trink einfach und frag nicht so viel!“

Wanner ergriff das Glas und roch vorsichtig daran. Klar bot ihm Anton kein Waschbenzin an, aber was war es dann? Es war, so stellte er dem Geruch nach sofort fest, bester Cognac, mehrjährig gereift und verlockend in der Farbe. Er nahm einen Schluck, fügte zwei weitere hinzu, dann war das Glas leer. Er verzog sein Gesicht, schüttelte sich, hielt schmerzverzerrt seinen Kopf, rief „Aaaaaah“ und rieb sich die Hände. „Wo kauft man bloß so ein Waschbenzin in Kempten?“, fragte er dann hustend und suchte die Flasche. Aber die hatte Haug schnell unter dem Tisch verschwinden lassen.

„Damit, Chef, bist du nun wieder so gut wie gesund! Jetzt erzähl uns mal, was ist eigentlich los?“ Eva Lang blickte neugierig von ihrem Stuhl herüber. Bevor Wanner antwortete, rief er in die Wachstube und erkundigte sich dort, ob jemand nach Pabst gesehen hatte. Schließlich musste der ja auch einige Treffer abgekriegt haben. Ja, hieß es, der sei überall dort verbunden worden, wo es nötig war. Außerdem habe er eine Flasche Wasser erhalten, jetzt liege er auf der Pritsche und starre die Wand an. Eine ihm entnommene DNA-Probe sei bereits per Eilboten zur Bestimmung unterwegs. Wanner bat, stündlich nach Pabst zu schauen. Dann erzählte er den beiden vom Ausflug nach München und dem Überfall. – Kurz vor Mitternacht trennten sie sich.

Bereits um acht Uhr am nächsten Tag stand Wanner vor Gottlichs Tür. Er berichtete kurz von dem Vorgefallenen und bat um Teilnahme an der für 15 Uhr festgesetzten Teambesprechung, falls dies möglich sei. Auch sollten Wintergerst, Riegert und Wolf daran teilnehmen. Gottlich versprach, dafür zu sorgen. Dann sagte er mit einem Blick auf den mittlerweile verkleinerten Verband um Wanners Kopf: „Ich habe schon gehört, was vorgefallen ist. Fühlen Sie sich denn wieder so gut, dass Sie weitermachen können?“

Wanner bejahte und ging in sein Büro zurück, mit einem kleinen Umweg zum Kaffeeautomaten, dem er einen randvollen Becher entlockte. Er brachte diesen mit relativ geringen Verlusten in sein Büro und suchte seine Unterlagen zusammen. Den Pabst wollte er höchstpersönlich vernehmen, er schrieb sich daher einige Fragen auf.

Um 15 Uhr besprachen sie die Ergebnisse der neuesten Recherchen und Wanner berichtete von Frau Abeles Aussage in München. Er schloss:

„Aus all dem ergibt sich für mich folgender Tatbestand: Hubert Pabst erschoss Thomas Klein auf dem Nebelhorn, den Grund dafür wird er uns noch verraten. Hierfür haben wir Beweise, die auch für einen Indizienprozess reichen würden. Allerdings möchte ich letzte Sicherheit mit DNA-Analysen bekommen... ist was, Anton?“, rief er diesem zu, weil der plötzlich zu grinsen begann. Doch der schüttelte nur den Kopf und winkte, fortzufahren.

„Also, wo war ich ... ja, genau! Den zweiten Toten, einen gewissen Max Abele, hat der ehemalige Arzt Dr. Bösholt aus Sonthofen auf dem Gewissen. Er hat Suizid begangen, deswegen können wir ihn leider nicht mehr zur Verantwortung ziehen. Aber aus allem, was wir herausgebracht haben, und was ich durch eine weitere DNA-Probe noch ... was ist denn schon wieder, Anton? Was ist daran so lustig?“ Wanner nahm ärgerlich einen Schluck aus seinem Wasserglas.

Nun schaltete sich Staatsanwalt Riegert ein. „Lieber Herr Wanner ...“, begann er, dem schwante bei dieser Anrede Unheil. „Sie haben tüchtige Mitarbeiter! Herr Haug hat inzwischen solche Analysen in Auftrag gegeben und erwartet das Ergebnis heute noch!“

So, das war eine Retourkutsche für die Behandlung seiner Sekretärin, die seit jenem verunglückten Besuch in Wanners Büro einen weiten Bogen darum herum machte.

Der Hauptkommissar hielt nur kurz die Luft an, dann sagte er ruhig: „Ich habe meine Leute stets zu eigener Initiative ermuntert. Nur so kann man von ihnen auch etwas verlangen. Danke Anton! Ich hoffe, dass das Ergebnis nicht lange auf sich warten lässt.“

Haug nickte. Peng – nix war's mit großen Buchstaben! Aber jeder wusste ja, dass man Wanner nicht so leicht hereinlegen konnte. Er sah mit einem schnellen Seitenblick zu Eva hinüber, die vor sich hinlächelte.

Sie besprachen gerade die nächsten Schritte, als ein Bote die erwarteten, gefaxten Ergebnisse brachte. Betont langsam öffnete Wanner den braunen Umschlag, zog einige Blätter in DIN A 4-Größe heraus und begann sie zu studieren.

Gottlich protestierte als Erster. „Lesen Sie doch laut, damit wir hier nicht so herumsitzen, wie bestellt und nicht abgeholt!"

Wanner erläuterte, was in dem Bericht stand: es hatten sich an der Hand von Thomas Klein Fremdspuren gefunden, die sich jetzt, nach der mit Eilboten durchgeführten Sendung vom Abend vorher, als identisch mit DNA-Spuren des festgenommenen Hubert Pabst erwiesen. Irrtum ausgeschlossen. Die DNA-Fremdspuren bei Max Abele stimmten mit DNA-Proben überein, die von Dr. Bösholt stammten. Irrtum ebenfalls ausgeschlossen.

„Damit", so schloss Wanner triumphierend, „können wir die beiden Morde als geklärt ansehen. Es fehlt jetzt zwar noch Horst Lechner in unserer Sammlung, aber seine Ermittlung spielt nur eine untergeordnete Rolle. Vielleicht könnte er uns was zum Motiv sagen, oder zu Vorgängen in der Werkstatt. Wir haben, um das noch zu ergänzen, aus Unterlagen in der Werkstatt herausgefunden, dass Lechner nicht Horst hieß, das war sein Rufname, sondern Hans. Wie wir außerdem ermittelt haben, hatte man in der Werkstatt mit einer Art radioaktivem Material experimentiert, das wurde aber offenbar bald eingestellt. Wir suchen noch nach Behältern, die bei Abeles aufbewahrt wurden, offensichtlich solches Material enthielten, und zuerst Josef, dann Kreszentia Abele verseucht haben. Dr. Bösholt hat die Stahlbehälter kurz vor seinem Tod abgeholt, wo sie sich befinden wissen wir nicht. Ich habe mal zur Vorsicht ein paar Experten nach Sonthofen geschickt, die sollen mit einem Geigerzähler den Garten absuchen. Offenbar befand sich ein Behälter auch eine Zeit lang im Safe der Werkstatt. Wo Bösholt das Zeug her hatte, wissen wir nicht, vermutlich hat er es gestohlen. Wenn es gefunden wird, brauchen wir Sicherheitsgefäße und einen Sondertransport. Die Strahlung hat schon genug Schaden angerichtet."

„Und wer hat diese Bombe in die Werkstatt gelegt?“ Wintergerst sah seinen Chefermittler fragend an.

„Vielleicht kann uns das der Pabst sagen, wenn wir dann mit ihm ein ... Gespräch führen!“

„War da nicht mal was mit einem Fahrschein aus Lübeck?“, bohrte der Kripochef weiter.

„Ja schon, aber rausgekommen ist dabei nix.“

„Jetzt brauchen wir noch die Motive!“, rief Gottlich, mit den bisherigen Ergebnissen sehr zufrieden.

„Der Bösholt hat Max Abele umgebracht, weil dieser wahrscheinlich herausgefunden hatte, dass der Arzt seinen Vater nicht auf die Verseuchung hin behandelt hat. Bösholt wollte vermeiden, dass das mit dem gestohlenen Material an die Öffentlichkeit drang. Über längere Zeit schwieg Max Abele. Seine Mutter meinte, dass ihr Sohn nichts von dem radioaktiven Zeug wusste, sondern von einer Falschbehandlung ausging. Jüngst aber muss er dahinter gekommen sein. Max Abele erpresste Bösholt mit den Behältern im Schlafzimmer seiner Eltern und drohte, damit zur Polizei zu gehen. Das brachte dann das Fass zum Überlaufen, so jedenfalls empfand es wohl Dr. Bösholt, und er handelte. Das Schuldeingeständnis hat er bei unserem letzten Besuch geliefert.“

„Und Thomas Klein? Warum musste er sterben?“ Riegert hatte mitgeschrieben.

„Pabst ist sein Mörder. Nur er kann uns das Motiv nennen. Lassen Sie mich mit dem Verhör beginnen! Ich nehme die Kollegen Lang und Haug mit dazu. Es wird dies der letzte Akt in diesem Drama sein!“

Sie verabredeten sich, falls es notwendig werden sollte, für den nächsten Vormittag und gingen auseinander. Beim Vorbeigehen sagte Riegert zu Wanner: „Gut gemacht! Prima Team“, und nickte gönnerhaft. Oh, dachte der Hauptkommissar, wenn das ein Friedensangebot sein soll, gebe ich es gerne zurück.

„Wissen Sie, Herr Staatsanwalt, solche Erfolge sind nur möglich, wenn man nicht nur ein gutes Team hat, sondern auch einsichtige Vorgesetzte und eine Staatsanwaltschaft, auf die man sich verlassen kann."

Riegert lächelte erfreut und eilte den anderen nach.

„So, ihr beiden", Wanner wandte sich an Eva und Anton, „jetzt noch einen Schluck Wasser zur Stärkung, dann nehmen wir uns mal den Pabst vor. Bei *der* Beweislage kann er nicht mehr aus. Ach übrigens – habt ihr schon einen Fingerabdruck gemacht und ihn mit dem am Liftsessel vom Nebelhorn verglichen? ... Und?"

Eva lächelte still vor sich hin, dann sagte sie cool: "Boing – Volltreffer! Der Abdruck stammt von Pabst!"

„Das sagst du so nebenbei? Und wenn ich nicht gefragt hätte?"

„Dann hätte ich es meinem Chef verraten, aber der weiß doch sonst immer alles." Sie sah ihn verschmitzt an.

Wanner schluckte. „Dann kannst du mir auch verraten, was auf dem Fetzen Papier stand, den ich bei der Toilette in der Werkstatt gefunden habe?"

Eva zuckte die Schultern. „Negativ! Man konnte nur noch drei Worte zusammenreimen, aber das brachte nichts."

Der Hauptkommissar sah Haug an. „Und du solltest herausfinden, ob man schon mal Versuche mit radioaktivem Material im Motorenbau gemacht hat?"

Haug hob in gespielter Verzweiflung seine Hände. „Nachdem ich bei drei Stellen ausgelacht worden war, hab ich weitere Nachforschung eingestellt!"

„Na gut, dann ist es so, wie es ist. Aber zurück zu Pabst. Wenn er uns hilft, dann legen wir für ihn ein entsprechendes Wort ein." Er sagte nicht: ein gutes. „Ach, und übrigens: wenn alles, inklusive Weihnachten, vorbei ist, der Uli und der Alex wieder zurück sind, dann gehen wir mal zusammen zum Essen. Es müssen nicht gerade Spätzle mit Zwiebeln sein, die vertrag ich nicht. Aber ein echtes Wiener Schnitzel mit Beilagen. Das wär doch was! Ich lade euch alle dazu ein!"

Dann gingen sie zum Verhörraum.

Zwei Stunden später brachte man Pabst nach intensiver Befragung in seine Zelle zurück. Der Bursche war viel zäher, als sie bei *der* Beweislage vermutet hätten. Als aber schließlich Wanner vom „entsprechenden" Wort vor Gericht sprach und Pabst eingesehen hatte, dass seine Sache aussichtslos war, gestand er endlich in der Hoffnung, Strafmilderung zu erhalten. Im Verlauf des Geständnisses erzählte er, dass zwei Männer aus Lübeck Unterlagen gesucht, die Bombe gelegt, und Uli Hansen niedergeschlagen hatten. Die Unterlagen aus dem Safe hatte aber nicht er – Pabst – sondern vermutlich Lechner gestohlen, der ihm zuvor gekommen war. Seit jener Zeit sei er spurlos verschwunden. Pabst vermutete, dass er sich mit den Unterlagen abgesetzt hatte. Sie experimentierten tatsächlich mit einem neuen Motor, der weder mit Benzin noch mit Wasserstoff laufen sollte. Die letzten Einzelheiten konnte, oder wollte, Pabst nicht sagen. Wanner war es gleich, die Unterlagen waren eh verschwunden und würden wohl so schnell nicht wieder auftauchen, wenn überhaupt. Sicherheitshalber würden sie Lechner zur Fahndung ausschreiben.

Warum hatte Pabst Thomas Klein am Nebelhorn erschossen? Pabst erzählte stockend weiter. Er habe diesen Mord hinterher bereut, aber da war es zu spät. Klein wusste zu viel. Er hatte ja in dem geheimen Ordner gelesen und ihm, Pabst, gedroht, umgehend zur Polizei zu gehen, nachdem darin, unter anderem, von dem gestohlenen radioaktiven Material die Rede war, mit dem sie sich bei ihren Versuchen beschäftigt hatten.

„Und dafür musste der junge Mann sterben?“, fragte Wanner leise, während sich Eva hastig erhob und zum Fenster trat.

Pabst antwortete nicht mehr.

Nach einer Pause ging das Verhör weiter. Wanner hielt Pabst das vergrößerte Bild des Josef Abele mit den drei Männern im Hintergrund unter die Nase und fragte ihn nach der Adresse des dritten Mannes, von dem er nun wusste, dass er Stresselmann hieß. Hubert Pabst gab sie ihm. Ja, er kenne Dr. Stresselmann schon lange und habe auch Geschäfte mit ihm gemacht.

Nach dem Verhör sahen sich die drei Kriminalbeamten stumm an. Sie waren niedergeschlagen.

Eva kämpfte mit den Tränen. Wofür eigentlich hatten zwei Menschen sterben müssen? Für Geld, Macht, Interessen, Rache, Angst und weiß der Teufel wofür sonst noch. Was war nur aus ihrer Gesellschaft geworden? Jeder nahm alle Rechte, und das, was er dafür hielt, nur für sich in Anspruch. Dass es Mitmenschen mit gleichen Rechten gab, wurde ignoriert. Fahr mal heute 200 km auf der Autobahn, dachte sie, was du da alles an Ignoranz, Rechthaberei, Nötigung und Egoismus erlebst, geht auf keine Kuhhaut.

Auch Wanner war deprimiert. Und alles einen Tag vor Weihnachten!

Aber der Fall war gelöst. – Sie trennten sich ohne große Worte.

Einer Eingebung folgend, suchte Wanner noch Dr. Stresselmann in dessen Bank auf. Aus dem folgenden Gespräch glaubte er entnehmen zu können, dass der zwar ebenfalls Dreck am Stecken hatte, aber keinen, der ihn, Wanner, interessiert hätte. Das sollten andere untersuchen. Mit den Morden schien er jedenfalls nichts zu tun zu haben.

Paul Wanner konnte, als er das pompöse Bankgebäude wieder verließ, nicht ahnen, dass ihm Dr.

Stresselmann sehr nachdenklich hinterher schaute.

Hoffentlich klappte sein, Stresselmanns, Geschäft mit Alfred Schlibowsky. Für die Übernahme der Schulden hatte ihm Schlibowsky als „Gegenleistung“ vorgeschlagen, Geldwäsche größeren Stils für ihn zu betreiben. Was war anderes übrig geblieben, als dem zuzustimmen, dachte er seufzend.

32

Den Heiligen Abend verbrachte Wanner bis gegen 15 Uhr in seinem Büro. Was hätte er auch sonst machen sollen? Lisa war in Ägypten, die Kinder hatten aus Augsburg nichts hören lassen, was also sollte er in einem kalten, einsamen Haus? Die Besprechung war von oben abgesagt worden, sie hätte Zeit bis nach den Feiertagen, jetzt, wo alles gelöst war.

Wanner ordnete seine Unterlagen, schrieb den fälligen Bericht über den abgeschlossenen Fall und überlegte noch einmal, wie knapp er dem Anschlag von Papst entkommen war. Der hatte gestanden, nervös geworden zu sein. Er wollte Wanner einen Denkzettel verpassen. Wenn der Chefermittler längere Zeit außer Gefecht gewesen wäre, hätte er, Pabst, genügend Zeit gehabt, noch einiges „zu ordnen". Darunter zählte auch die Wohnung in Oberstdorf, die er unter seinem richtigen Namen, Hubert Jäger, gemietet hatte. Er war es auch, dem das Haus mit der Werkstatt in Sonthofen gehörte.

Wanner fand noch einen ungelesenen Zettel unter den anderen Papieren. Demnach hatten die Experten die Behälter in Bösholts Garten gefunden und in Sicherheit bringen lassen. Und noch eine Nachricht von der Spurensicherung erregte seine Aufmerksamkeit: die Minikamera im Bild bei Dr. Bösholt war aufgefunden worden. Jetzt war klar, woher der seine Kenntnisse genommen hatte! Der letzte Zettel, von ganz unten, war nur noch von untergeordnetem Interesse: Frau Dr. Wanne-Eykel hatte die Symptome aus München gefaxt, an denen man strahlenverseuchte Opfer erkennen konnte. Wanner sah sie durch: Frau Abele war ein klassisches Beispiel dafür. Aber jetzt war das Fax nur noch eine Bestätigung.

Um 15 Uhr machte er sich auf den Heimweg. Es ging nicht anders, es war Weihnachten. Schließlich konnte er das Fest ja nicht im Büro verbringen. Als er in den Vicariweg einbog, war er traurig. Scheiß-Ägypten, Scheiß-Mörder, Scheiß-Alles. Das würde ja einen heiteren Abend geben! Wie konnte er sich auch nur auf ein einsames Weihnachten einlassen! So was Bescheuertes.

Er fuhr den Wagen in die Garage und wollte die Haustüre aufsperren.

Die war aber nur zugezogen. Seltsam!

Und das erwartete kalte Haus war bacherlwarm. Komisch!

An der Garderobe hingen verschiedene Sachen, die ihm nicht gehörten. Also, das war …

Wanner zog seine Schuhe aus, hängte die Parka neben die fremden Sachen und öffnete die Wohnzimmertüre.

Erschrocken zog er sie wieder zu. War er im falschen Haus gelandet? Das musste wohl so sein.

Denn was er eben gesehen hatte, konnte doch nicht in *seinem* Wohnzimmer sein.

Oder doch, natürlich, das waren doch ...

Er riss die Türe auf.

Da standen sie und grinsten fröhlich von einem Ohr zum anderen: Lisa, neben ihr Tochter und Sohn. Hinter ihnen sah ein rot und golden geschmückter Christbaum mit Kerzen hervor. Und, als er etwas nach unten schielte, da lagen auch einige in Weihnachtspapier gewickelte Päckchen. War das ein Traum? Waren das noch Spätfolgen des Schlages auf seinen Kopf?

Aber da fiel ihm schon Lisa um den Hals. Sie riss ihn schier um, das konnte kein Traum sein! Dann packte ihn seine Tochter und zog ihn an sich, danach bekam er noch einen Riesenklaps von seinem Sohn auf den Rücken. Gott sei Dank hatte er ihn nicht etwas höher getroffen, sonst würden jetzt vermutlich Sterne vor seinen Augen flimmern.

Paul Wanner wischte sich über das Gesicht. Wird wohl ein Schnupfen kommen, dachte er.

„Wo kommt ihr denn alle her?, ... also das ist ja ... Lisa, du solltest doch in Ägypten sein? ... und ihr Kinder, habt gar nix hören lassen ..." stammelte er. Doch die drei lachten nur ganz unverschämt und riefen: „Frohe Weihnachten ... frohe Weihnachten Paul ... frohe Weihnachten Papa ..."

Plötzlich zauberte Lisa vier Gläser mit Sekt hervor und sie tranken auf ein frohes Weihnachtsfest im Kreis ihrer Familie. Wie sehr hatte sich Paul Wanner das immer gewünscht! Sein Schnupfen nahm bedenklich zu. Schon hatte er auch die Augen erreicht.

„So, jetzt sag mir um Himmels willen, wie du von Ägypten hierher kommst? Das sind doch fünf Tage zu früh?" Wanner ließ Lisa gar nicht mehr los.

„Sechs", erwiderte sie fröhlich, „unser Hotel ist abgebrannt und wir bekommen einen Teil der Kosten wieder zurück! Umbuchen gab's nicht, auch Ramona wollte wieder zurück. Irgendeinen geheimnisvollen Brief hat sie errötend weggesteckt! Hurra, jetzt bin ich da!"

„Mensch, so ein Glück! Wer hat denn das Hotel angezündet? Ich war's nicht! Obwohl ich manchmal an so was gedacht hab. Und ihr, Kinder? Wieso habt ihr nix hören lassen? War schon ganz traurig, allein feiern zu müssen. Und jetzt die ganze Familie! Wie in alten Zeiten. Die größte Freude, die ihr mir habt machen können! Kommt, lasst euch alle umarmen!"

Er schaffte zwar nicht alle auf einmal, aber er holte es einzeln nach.

So schöne Weihnachten hatten sie seit Jahren nicht mehr erlebt. Sie besuchten die Christmette und Paul Wanner sang „Stille Nacht, heilige Nacht" ganz andächtig mit. Als sie danach in die winterliche, festlich erleuchtete Nacht vor der St. Lorenz Basilika traten, stand direkt über ihnen ein heller Stern, den Wanner vorher noch nie gesehen hatte.

*****

Zur Allgäuer Mundart

In einem Allgäu-Thriller erwarten die Leserin und der Leser zu Recht Lokalkolorit. Dies zeigt sich im Sprachlichen vor allem durch Dialoge in Mundart. Darauf wollten wir nicht verzichten. Um der Verständlichkeit willen, vor allem für Nicht-Allgäuer, haben wir ein gemäßigtes „Hoch-Allgäuerisch" gewählt. Dies auch im Hinblick darauf, dass es keinen einheitlichen Allgäuer Dialekt gibt.

Mundart-Puristen werden uns schelten, aber aus obigen Gründen bitten wir um Milde und Verständnis. – Danke.

Autor und Verlag

Der Autor

Dr. Peter Nowotny lebt seit über 50 Jahren im Allgäu, das er wie seine Hosentasche kennt. Seit seiner Jugend hat er sich für die Welt der Berge interessiert. Im Allgäu gibt es kaum einen Gipfel, den er nicht erstiegen hat. Aber auch viele hohe Berge in aller Welt sind in seinen Tourenbüchern verzeichnet.

Seit jungen Jahren ist sein größtes Hobby das Schreiben. Inzwischen gibt es eine ganze Bibliothek von Sachbüchern und Berg- und Wanderführern aus seiner Feder, die meist das Allgäu betreffen.

Mit dem Allgäu-Thriller „Grünten-Mord" hat er einen erfolgreichen Kriminalroman geschrieben, der Spannung mit viel Lokalkolorit und Detailtreue aus seiner Allgäuer Heimat bietet. – Mit seinem hier vorliegenden neuen Krimi „Klausentreiben" wird er seine Leser wieder begeistern.